GALANTINE DE VOLAILLE POUR DAMES FRIVOLES

DU MÊME AUTEUR

Dans la même collection :

Laissez tomber la fille.
Les souris ont la peau tendre.
Mes hommages à la donzelle.
Du plomb dans les tripes.
Des dragées sans baptême.
Des clientes pour la morgue.
Descendez-le à la prochaine.
Passez-moi la Joconde.
Sérénade pour une souris défunte.
Rue des Macchabées.
Bas les pattes.
Deuil express.
J'ai bien l'honneur de vous buter.
C'est mort et ça ne sait pas.
Messieurs les hommes.
Du mouron à se faire.
Le fil à couper le beurre.
Fais gaffe à tes os.
A tue… et à toi.
Ça tourne au vinaigre.
Les doigts dans le nez.
Au suivant de ces messieurs.
Des gueules d'enterrement.
Les anges se font plumer.
La tombola des voyous.
J'ai peur des mouches.
Le secret de Polichinelle.
Du poulet au menu.
Tu vas trinquer, San-Antonio.
En long, en large et en travers.
La vérité en salade.
Prenez-en de la graine.
On t'enverra du monde.
San-Antonio met le paquet.
Entre la vie et la morgue.
Tout le plaisir est pour moi.
Du sirop pour les guêpes.
Du brut pour les brutes.
J'suis comme ça.
San-Antonio renvoie la balle.
Berceuse pour Bérurier.
Ne mangez pas la consigne.
La fin des haricots.
Y a bon, San-Antonio.
De « A » jusqu'à « Z ».
San-Antonio chez les Mac.
Fleur de nave vinaigrette.
Ménage tes méninges.
Le loup habillé en grand-mère.
San-Antonio chez les « gones ».
San-Antonio polka.
En peignant la girafe.
Le coup du père François.
Le gala des emplumés.
Votez Bérurier.
Bérurier au sérail.
La rate au court-bouillon.
Vas-y Béru !
Tango chinetoque.
Salut, mon pope !
Mange et tais-toi.
Faut être logique.
Y a de l'action !
Béru contre San-Antonio.
L'archipel des Malotrus.
Zéro pour la question.
Bravo, docteur Béru.
Viva Bertaga.
Un éléphant, ça trompe.
Faut-il vous l'envelopper ?
En avant la moujik.

Ma langue au Chah.
Ça mange pas de pain.
N'en jetez plus !
Moi, vous me connaissez ?
Emballage cadeau.
Appelez-moi, chérie.
T'es beau, tu sais !
Ça ne s'invente pas.
J'ai essayé : on peut !
Un os dans la noce.
Les prédictions de Nostrabérus.
Mets ton doigt où j'ai mon doigt.
Si, signore.
Maman, les petits bateaux.
La vie privée de Walter Klozett.
Dis bonjour à la dame.
Certaines l'aiment chauve.
Concerto pour porte-jarretelles.
Sucette boulevard.
Remets ton slip, gondolier.
Chérie, passe-moi tes microbes !
Une banane dans l'oreille.
Hue, dada !
Vol au-dessus d'un lit de cocu.
Si ma tante en avait.
Fais-moi des choses.
Viens avec ton cierge.
Mon culte sur la commode.
Tire-m'en deux, c'est pour offrir.
A prendre ou à lécher.
Baise-ball à La Baule.
Meurs pas, on a du monde.
Tarte à la crème story.
On liquide et on s'en va.
Champagne pour tout le monde !
Réglez-lui son compte !
La pute enchantée.
Bouge ton pied que je voie la mer.
L'année de la moule.
Du bois dont on fait les pipes.
Va donc m'attendre chez Plumeau.
Morpions Circus.
Remouille-moi la compresse.
Si maman me voyait !
Des gonzesses comme s'il en pleuvait.
Les deux oreilles et la queue.
Pleins feux sur le tutu.
Laissez pousser les asperges.
Poison d'Avril, ou la vie sexuelle de Lili Pute.
Bacchanale chez la mère Tatzi.
Dégustez, gourmandes !
Plein les moustaches.
Après vous s'il en reste, Monsieur le Président.
Chauds, les lapins !
Alice au pays des merguez.
Fais pas dans le porno...
La fête des paires.
Le casse de l'oncle Tom.
Bons baisers où tu sais.
Le trouillomètre à zéro.
Circulez ! Y a rien à voir.

Hors série :

L'Histoire de France.
Le standinge.
Béru et ces dames.
Les vacances de Bérurier.
Béru-Béru.
La sexualité.
Les Con.
Les mots en épingle de San-Antonio.
Si « Queue-d'âne » m'était conté.
Les confessions de l'Ange noir.
Y a-t-il un Français dans la salle ?
Les clés du pouvoir sont dans la boîte à gants.
Les aventures galantes de Bérurier.
Faut-il tuer les petits garçons qui ont les mains sur les hanches ?

Œuvres complètes :

Vingt-deux tomes déjà parus.

SAN-ANTONIO

GALANTINE DE VOLAILLE POUR DAMES FRIVOLES

FLEUVE NOIR

6, rue Garancière - Paris VIe

ISBN 2-265-03740-0

Je dédie ce livre aux oubliés et aux trop seuls afin de les réchauffer au feu de mes conneries.

San-A.

Le vrai désespoir, c'est de pleurer au soleil.

San-Antonio

ÇA COMMENCE COMME ÇA

Ils ont ficelé sommairement Son Excellence. Entravée serait plus exact.

Une paire de menottes aux poignets, une ceinture aux chevilles pour les tenir rapprochées.

Son Excellence est un homme grisâtre avec des poils qui lui débordent de partout, y compris des oreilles et des trous de nez.

Elle est assise, l'Excellence, dans le canapé du salon. Je dis pas « sur » le canapé, mais « dedans », vu que ce siège est profond comme un tombeau. D'ailleurs, il pourrait fort bien en devenir momentanément un !

Son Excellence pue parce qu'elle vient de déféquer dans son pyjama de soie blanche.

Edmond l'Auverpiot feuillette avec intérêt une édition originale de Madame Bovary-Mœurs de Province *de chez Michel Lévy Frères, Libraires-Editeurs, Rue Vivienne, 2 bis, Paris.*

Il l'engourdirait volontiers. Il est tenté par les deux minces volumes à reliure de cuir râpé. Il admire Flaubert parce que le Normand évitait l'inutile. Il déteste parler pour ne rien dire, Edmond, et pense qu'il doit en être de même question littérature.

Chochotte, son « assistante », une greluse au minois viceloque tacheté de rousseur et aux grands yeux bleus écarquillés par l'innocence (Edmond l'a surnommée « Son et lumière », because les taches de son et la clarté de ses vasistas) demande en réprimant un bâillement :

— Bon, tu le zingues, qu'on s'en aille !

— Mrmr, répond distraitement Edmond.

Il ajoute :

— Flaubert, pour moi, c'est le foot !

Conscient néanmoins de ses responsabilités, il referme à regret le bouquin et le dépose près de son jumeau, le tome 2, sur un rayon de la bibliothèque, laquelle recèle bien d'autres trésors.

Il regarde Son Excellence qui cacate de plus en plus fort, ayant deviné que sa dernière heure s'achemine.

— Je vais aller l'assaisonner dans la salle de bains, décide-t-il, j'ai peur qu'ici ça éclabousse ! Je m'en voudrais de balancer une giclée de raisin sur ce de Staël ou ce Delvaux ; faut pas déconner avec les chefs-d'œuvre !

Il se baisse et, d'un geste sec, déboucle la ceinture.

— Venez par ici, Excellence ! ordonne-t-il.

Mais le bonhomme paraît prostré. Chochotte se saisit d'un gros briquet d'argent massif posé sur la table basse, le bat et approche la flamme du pif de l'homme.

La brûlure arrache une plainte au diplomate. Il se lève. Chochotte s'exclame :

— Je m'en gaffais ! Il a bédolé dans son froc !

Edmond tance vertement sa victime :

— Par votre cul, c'est votre pays qui vient de chier, Excellence ! Y a pas de quoi pavoiser !

Les narines froncées de dégoût, il pousse le malheureux hors du salon. Comme il a déjà fait le tour du propriétaire, il sait où se tient la chambre et, par conséquent, la salle de bains. Chemin faisant, il le réconforte :

— Je vous promets que vous n'éprouverez rien, Excellence. J'ai ma recette : le cervelet.

Il dégaine son rigoustin calibré féroce et le montre à l'ambassadeur.

— Avec un article pareil, un éléphant éternue son cerveau sans s'en rendre compte !

L'Excellence regarde le feu et s'arrête pour dégueuler sur le Chiraz de la chambre.

— Vous êtes une vraie poule mouillée ! déclare Edmond, écœuré.

L'autre continue de s'extrapoler la glotte et de restituer le méchant foie gras de l'ambassade du Guatemala où il a dîné ce soir. Et puis le champagne d'une marque plus qu'inconnue : exotique ! Dans son job, avant toute autre qualité, il convient d'avoir le foie solide. Justement, le sien commençait à donner de la bande.

A travers ses rafales et ses beurgs, il parvient à bredouiller :

— Pourquoi voulez-vous m'assassiner ?

Ça, franchement, je trouve que c'est une bonne question à cent francs.

Edmond hoche la tête.

— Vous m'en demandez trop, Excellence : j'exécute un contrat, voilà tout, et j'ignore jusqu'au nom des gens pour qui je travaille.

L'autre remonte ses mains enchaînées jusqu'à sa bouche et essuie maladroitement ses lèvres souillées. Puis il semble prendre une grande décision et, faisant face à Edmond, lui dit :

— Si vous m'épargnez, je fais votre fortune. Quelle que soit la somme qu'on vous donne pour m'abattre, moi je vous ferai gagner des centaines de fois plus !

Ce langage intéresse Edmond. Il flaire un coup bandant.

— Expliquez-vous, Excellence !

— Je détiens un secret qui n'a pas de prix.

— S'il n'a pas de prix, comment pourrait-on le monnayer ? objecte pertinemment le tueur.

— C'était façon de parler. Vous iriez proposer ça à l'ambassade d'U.R.S.S. ou américaine, une fois la première phrase prononcée, on vous donnerait ce que vous voudriez pour que vous disiez le reste !

De causer, ça l'a légèrement rassérénée, l'Excellence. Quand tu discutes le bout de gras avec un tueur, il paraît moins dangereux car parler désamorce. L'espoir lui revient à tire-larigot. Elle veut vivre, Son Excellence ! Elle est mariée, elle a des enfants, une superbe maîtresse et, rentrée dans son pays, elle sera appelée à une destinée plus rutilante encore ! Déjà, ambassadeur à Paris, tu permets ! Les grands postes ternationaux sont : Washington, Londres et Paris, et puis loin derrière, y a le reste avec peut-être bien un paquet de Bonux supplémentaire pour Rome et Bruxelles-plaque-tournante-de-l'Europe.

Edmond continue de se dire qu'il vient de toucher le bon ticket du TacoTac, tu grattes et y a le gros lot qui t'attend !

— Faut voir, Excellence, murmure-t-il.

Qu'il n'arrive pas à se rassasier du titre de son « client ». Ça l'honore, quelque part, cette fine gâchette, de décerveler un diplomate. Il a beaucoup de P.-D.G. à son palmarès, mais c'est la première fois qu'il se lance dans la Carrière. Il a « fait » un ancien ministre, y a déjà lurette, mais c'est toujours les hommes d'affaires qu'on refroidit, et puis les beaux-pères à héritage. Classique. Là, il a l'impression d'une promotion, l'Auverpiot. Il monte en grade !

L'ambassadeur réalise qu'il a flouzé dans ses hardes et le respect humain le réempare.

— Je voudrais me changer, je... j'ai eu un petit accident consécutif à un mets pas très frais.

— Non, laissez, Excellence, ça n'est pas la peine.

Le grisâtre n'insiste pas. Il joue sur les sensibles en ce moment. Sa vie ressemble à un mobile de Calder. T'éternues trop fort et ça valdingue !

— Je vous écoute ! déclare Edmond, en s'asseyant sur un pouf garni de velours rose.

L'emmerdé secoue la tête.

— Je ne peux pas vous parler sans assurances !

— Quelles assurances ? s'étonne le tueur à gages.

— Voyons, une fois que je vous aurai dit, vous me tuerez, c'est évident.

— Vous proposez quoi ? riposte Edmond avec un max de placidité.

Il reste décontracte, ne se lance pas dans les grandes protestations oiseuses. Parce que c'est vrai que, si le type lui parle, il le refroidira tout de suite après, du moment qu'on l'a payé pour ça et qu'il est à pied d'œuvre ! L'autre n'est pas un enfant, il le sait bien. Seulement il n'existe pas de compromis possible, si tu y réfléchis. On est dans l'impasse. Marché pas exécutable !

Sur ces entrefaites, Chochotte se la radine. Morose.

— Merde, qu'est-ce vous branlez les deux ! J'aimerais bien qu'on aille se zoner, Edmond, j'ai de la petite lessive à faire en rentrant !

— Hé ! dis, ça crame pas ! proteste le tueur, on essaie d'y voir clair, Son Excellence et moi.

En quatre bouts de phrases, il résume la situation à sa polka. La sœur gratte son crâne aux cheveux courts. Elle a de vachement beaux yeux, sans vague à l'âme, ce qui est dommage pour des mirettes d'un tel bleu !

— Eh ben, moi je sais, fait-elle.

Les deux hommes espèrent en elle et la dévorent.

— Tu rentres à la maison, Edmond. Moi, je reste avec monsieur. Une fois arrivé chez nous, tu téléphones ici et Son Eminence te dit ce qu'il a à te dire. Si c'est banco, je m'en vais. Si ça l'est pas, tu reviens *flinguer monsieur puisque je serai là pour t'ouvrir la porte.*

— Qui me dit qu'il ne reviendra pas de toute façon ? proteste le diplomate.

— Oui, c'est juste, convient Chochotte, on est vachement en porte à faux quand la confiance ne règne pas. Cela dit, Edmond, je vois une autre soluce, moi !

Et sans attendre une question de pure politesse de son amant, elle lance :

— Puisque ça se goupille mal pour lui vendre sa vie, vendons-lui sa mort, chéri. Ce qu'il sait, il va nous le dire pour éviter d'être torturé. Le prix de son secret, ce sera sa délivrance !

Edmond a un large sourire.

— Voilà qui me paraît logique, Excellence ! Vous voyez bien qu'il existe une solution à tous les problèmes !

S

Dans les hôpitaux, le service de nettoyage entre en action à cinq plombes du matin. Sitôt que la grosse aiguille des pendules électriques vient se poser sur le 12, tu vois surgir une horde de travailleurs émigrés armés d'aspirateurs mastodontes, de balais pour pattemouilles géantes, de seaux, de bonbonnes de lessive, et ce monde courageux se met au charbon dans les couloirs et dans les chambres. Silencieux, actif; aspirant, frottant, rinçant avec frénésie.

Chez nous, à la Grande Taule, cette opération a lieu un peu plus tard, sur les couilles de six plombes. Le corps de balais est moins nombreux et déferle avec une fougue plus mesurée. Faut dire aussi que nos locaux n'ont pas l'éclat d'un hosto neuf. C'est brique et broque, avec des zones vétustes : lambris et vieux parquets ! Et d'autres vachetement clean, où l'acier et le formica sont rois, sans parler des sols en résine de jus de paf ou je ne sais plus quoi.

Quand il m'arrive d'être sur place au moment où les Chevaliers Ajax ammoniaqué font leur entrée, je suis frappé chaque fois par une exquise créature de rêve qui me flanque des extra-systoles. Il s'agit d'une jeune Vietnamienne au corps de petite fille, avec une poitrine à peine plus bombée qu'une paire de lunettes de soleil.

Un visage d'ange jaune, d'une pureté saisissante. Tu captes juste assez de son regard pour y faire naviguer tes fantasmes. Chaque fois, je m'arrête afin d'admirer ses gestes prestes, sa grâce. Je voudrais lui parler, mais moi le vieux traîneur de couilles, moi la grande gueule camelotienne, je reste coi, impressionné. J'admire en silence cette femme-enfant si délicate. Des élans me bichent. C'est pas l'envie de la fourrer qui me chahute la nervouze. Je n'ai aucun instinct salingue à son endroit, je jure. Simplement, j'aimerais pouvoir la serrer dans mes bras, Fleur-de-Rêve, lui chuchoter des passions capiteuses. Mordiller sa fine oreille translucide comme une aile de papillon. La crise, quoi ! L'homme, il se trimbale toujours des évaseries de ce genre. Faut qu'il cristallise ses envies inavouées. Entre le chien et loup de ses endormements, il a besoin d'un coin en friche où s'ébattre. T'as déjà vu des chiens qu'on sort pour pisser se rouler sur les pelouses ? Ils trémoussent, battent l'air de leurs quatre pattes, kif un bébé sur la table où on le lange. On est terriblement chien et bébé, nous autres, les mecs. On a des songeries plus ou moins turpides et des instincts qui nous arrivent de la nuit des temps.

Or, donc, en ce matin où jeté hors de mon lit par un appel quasi nocturne du Vieux je me pointe à la Grande Volière, le service de nettoiement est à l'œuvre. Ce qui domine, c'est le Maghrébin, et puis le Noir, ensuite le Portugais à poil ras (chef d'équipe) et y a aussi quelques Annamites ; mais eux, j'ai remarqué, ils ne séjournent jamais longtemps dans ce job ingrat. Ce sont des arrivants qui prennent n'importe quoi, descendus de leur botte pipole, mais qui, très vite, ayant appris cent mots de français, passent à des tâches plus rémunératrices et délicates.

En grimpant à mon burlingue, je cherche « ma » mignonne Asiatique du regard : en vain. Elle a dû déjà se reconvertir. S'engager comme femme de service dans un hosto ou serveuse dans un restau viet.

Bon, dommage. C'était ma prime pour m'être levé aux zobes (je veux dire aux aubes, pardon).

Croisant sur mon palier le brigadier Moulakiche (c'est lui qui a remplacé le brigadier Poilala, le pauvre Corsico tué dans un attentat à la Grande Taule), je lui demande si le Vieux est arrivé. Il me dit qu'il vient d'apercevoir, depuis la fenêtre, sa tire qui se rangeait dans la cour.

Bon, je vais attendre chez moi que le Dabe me carillonne.

J'ouvre la lourde de mon burlingue et, où merveille ! j'aperçois ma tendre petite déesse jaune, à croupetons sur le boule-gomme avec une serpillière, à jouer les Cosette, époque Thénardier.

Elle lève la tête à mon entrée, m'adresse un frugal sourire, puis continue sa tâche.

Mézigue, de relourder lentement et de rester adossé au chambranle. L'exquis petit cul mignon, pommé juste à point, se déplace sur le parquet. Qu'une sorte de vaste pitié m'empare. Pourquoi des êtres doivent-ils astiquer ce que nous souillons ? Ah ! tu sais que moi, je suis de plus en plus traumatisé par les prestations ancillaires. Tu trouveras jamais plus déférent que ma gueule vis-à-vis des larbins, serveurs, bonnes « à tout faire » (quel qualificatif !). Bien que les « bons usages » le proscrivent, je dis toujours merci au loufiat qui me sert à boire ou qui change mon couvert ; et si on se trouve en même temps à la lourde, notre soubrette et moi, je la laisse passer kif ce serait la comtesse de Ségur.

Les domestiques, ça n'existe pas. Ou alors, un domestique, pour moi, c'est le gars qui sollicite une décoration, une promotion honorifique, tout ça.

— Comment vous appelez-vous, mademoiselle ? risqué-je.

Un moment s'écoule. Elle n'a pas répondu.

J'insiste :
— Vous ne voulez pas me le dire ?
Alors elle se retourne, surprise.
— C'est à moi que vous parlez ? gazouille-t-elle.
O l'humble créature qui ne se croyait pas digne de mon verbe ! Mais tu l'es même de ma bite, mon oiseau des îles !
— Je vous demandais votre nom.
— Marie-Jeanne.
Et moi qui croyais qu'elle se nommait « Fleur-de-Lotus-irisée-par-le-soleil-couchant » ou un machin de ce tonneau.
— Vous êtes vietnamienne ?
— Non, française. Mais mon père a épousé une Cambodgienne...
Je n'ose lui demander comment il se fait qu'elle se consacre à une tâche aussi subalternement modeste. Sa maman a vraiment accompli le plus gros du boulot car rien d'occidental ne transparaît chez cet être délicat comme un rameau d'églantier.
— Quel âge avez-vous ?
— Dix-neuf ans.
— Ça vous dirait de déjeuner avec moi ?
— Je ne peux pas, car je serai à Nanterre pendant midi.
— Vous habitez là-bas ?
— Non, je vais à la fac de lettres.
Mon ahurissement se développe comme un sexe de routier dans un cinéma classé « X ».
— Et vous travaillez le matin ?
— Pour pouvoir continuer mes études. Ma mère est morte, mon père m'a abandonnée, je dois me débrouiller seule.
Le cher ange ! Ah ! l'édifiante adolescente ! Et courageuse ! Et surdouée ! Délicieuse à t'en faire périr d'indigestion.

— Alors, on pourrait dîner ce soir ?

— Le soir je travaille et me couche tôt car je dois me lever à quatre heures !

Mais ça existe donc encore à notre époque des saintes de cette qualité ? Tu te rends compte d'une perle rare ? Je le savais, vois-tu, que cette fille était un être d'exception !

— Vous ne fréquentez personne, Marie-Jeanne ?

Son regard oblique se pose un instant sur moi, puis se dérobe.

— Pratiquement pas.

— Il faut absolument que je vous voie, où habitez-vous ?

Les Jaunes, on ne sait pas quand ils rougissent. Tout est infiniment secret chez eux.

— Ce n'est pas la peine, monsieur.

— Pourquoi ?

— Tant que je n'aurai pas achevé mes études, je ne sortirai pas.

— Mais votre vie est inhumaine, ma chérie ! Comment pouvez-vous, si jeune, ne vous consacrer qu'au travail ! Vous vous tuez !

— Oh ! non, ma vie est très bien organisée.

Puis elle murmure :

— Vous êtes le commissaire San-Antonio, n'est-ce pas ?

— Vous avez donc le temps de savoir qui je suis ?

— C'est écrit sur votre porte. Et d'autre part, je lis les journaux. Vous êtes un policier célèbre.

— Marie-Jeanne, je vous conjure de me donner votre adresse. J'aimerais vous écrire.

— Mais pour me dire quoi ? Nous ne nous connaissons pas !

— Je vous ai remarquée à plusieurs reprises lorsque je me trouvais dans la maison à l'heure de sa toilette et il se passe quelque chose en moi.

Elle me tourne le dos pour achever son ouvrage. Comme un glandu, je n'ose plus parler. Le biniou intérieur tintinnabule : c'est Achille !

— Je vous attends, San-Antonio.

— J'arrive, monsieur le directeur.

Je me tourne vers Marie-Jeanne.

— Bon, alors, au revoir, Marie-Jeanne.

— Au revoir, monsieur le commissaire.

C'est con à chialer. Je pars. Elle ne m'a même pas accordé un regard d'adieu.

Faudra que j'écoute la mère Soleil, à 7 heures, savoir comment ça se présente pour le Cancer, aujourd'hui. J'ai idée qu'il doit pas être blanc-bleu, mon thème astragale (comme dit Béru).

*
**

Je lui trouve un air d'archivieux, Achille. Il a eu été, quoi ! Ça me fait comme de revoir à la télé des artistes d'il y a lulure. « La Chance aux Chansons » par exemple ! Les fossiles sont de retour. Ils viennent chanter avec une canne blanche ou des béquilles, ces braves. Les dadames craquant de partout après leur énième liftinge ; le plissé soleil en apothéose ! Le geste emprunté. La gaucherie de l'âge ! Tu peux rien contre ! Les bonshommes, eux, leur drame, c'est le bide et les châsses. Ils ont grossi, ils ont picolé. Les yeux bordés de maigre de jambon (de Parme) et la rétine trouble. Contents de se produire encore une fois, avec le gentil présentateur blond qui leur oint le fion à la bonne pommade ! Refourbit leur gloire passée pour un ultime éclat ! Il est le Monsieur Propre de la ringarderie. Si bienveillant ! On marche, on s'attendrit ! Faut pas craindre. C'est triste pour un vieux de n'être pas grand-père ! La Dedion-Bouton *for ever !* Merci, beau jeune homme, pour le son et lumière !

Le boss, il se biche une frime casse-noisette, comme ceux qu'on te vend dans l'Oberland bernois et qui représentent des tronches de vieux kroums. Lui aussi, son regard part à dame. Et il a des chiées de nouveaux plis sur les temporaux, avec les paupières gonflées, et puis le cou pendouillard, légion de fanons ! Et pas fanions de la Légion ! Ses cols amidonnés, tu dirais des cerceaux autour d'un bâton. La vache, ce qu'il a reçu, l'ancêtre ! Le *Déclin de l'Empire Romain,* dis, il baigne en plein dedans, mon Achille ! Il est minuit, docteur Schweitzer ! On ferme !

Ça me frappe, cette arrivée extra-matinale dans son P.C. Les gens, on les constate de temps à autre seulement. A un tournant de vie, on s'aperçoit qu'ils sont en train de couler brie ou calandos à force de s'attarder. Que je les reçois cinq sur cinq, Hemingway, Montherlant, consorts, de s'être fait sauter la gueule sur les rives affreuses du Trop-tard. Tu meurs cent fois à trop durer !

Mais peut-être a-t-il cette bouille défraîchie à cause de l'aube. Sans doute qu'il manque de sommeil, bébé-rose. N'a pas eu son taf, Chilou. C'est une grande cocotte coquette qui, à cause d'un événement grave, n'a pas eu le temps de se consentir les ravalements quotidiens d'usage. Sa crème antirides de chez Dermabite, ce sera pour *domani,* voire même tantôt.

Il puise un bonbon mentholé dans une boîte de fer posée sur son sous-main, because son haleine de pingouin.

— Merci d'avoir répondu spontanément à mon appel, mon petit, me fait-il avec solennité.

— Tout naturel, monsieur le directeur.

Un peu de lèche matinale, ça ne mange pas de bred ! Jamais hésiter à remouiller la compresse des supérieurs puisqu'ils aiment.

— Une affaire de merde, San-Antonio ! Et je pèse

mes mots : de merde ! J'ai tout de suite songé à vous !

C'est gentil de sa part, non ? Pour cézigus, merde égale San-A. !

Il me désigne le fauteuil en attente de mon cul, de l'autre côté de son burlingue. Il sent son eau de toilette de toujours, un parfum ambré et opiacé, avec des arrière-pensées de printemps.

— Cette nuit, on a assassiné l'ambassadeur du Toufoulkan (1).

— Où cela, monsieur le directeur ?

— Dans un domicile où il allait prendre du bon temps avec une jeune actrice. C'est cette dernière : Alicia Surcouff, qui a découvert le cadavre en rentrant d'une soirée, sur le coup de 4 heures.

Je passe mentalement l'annuaire du cinoche en revue. Alicia Surcouff, je la retapisse très bien. Une belle brune au teint mat, avec un regard tellement langoureux qu'il remplace le laxatif dans les cas de constipation rebelle. C'était elle la vedette de *Ma femme est en colloque* et de *Tu me fais pleurer l'Ephèse.*

Le Dabe continue en lissant ses pattes-d'oie à deux mains, simultanément et dans le sens des aiguilles d'une montre :

— Le meurtre a été précédé de violences inouïes. Son Excellence Tabîtâ Hungoû a subi d'effroyables tortures. L'actrice s'est évanouie en découvrant le corps. Il va falloir agir avec doigté, mon vieux lapin. Un ambassadeur, c'est un personnage délicat. Le fait qu'on l'ait trucidé dans l'appartement d'une actrice complique les choses, vous vous en doutez ! Ce personnage est marié, et plutôt deux fois qu'une. De plus son influence

(1) J'avais mis le vrai nom, mais mon éditeur a pensé qu'on allait avoir des incidents plomatiques, et on peut pas se permettre de foutre la barabille entre ce pays et la France.

SANA.

est considérable dans les milieux diplomatiques où on le considérait un peu comme un arbitre, touchant les conflits du Moyen-Orient.

« Qu'il aille se faire occire chez une pétasse réputée la fiche mal. Pas de vagues, mon vieux lapin ! Pas de vagues ! »

Son vieux lapin assure qu'il « fera de son mieux » avec cette carotte et s'enquiert de l'adresse.

— C'est 84 rue Meissonnier (1), me renseigne Pépère, troisième étage.

En le frimant, Chilou, j'arrive à me demander s'il copule toujours avec la même fougue ? Doit se cantonner dans la menteuse, à présent. La fellation, c'est la baisance des vioques, la tyrolienne à crinière, leur chant du cygne.

— Pourquoi me dévisagez-vous de la sorte, San-Antonio ? s'inquiète le Vénérable. Vous me trouvez mauvaise mine ?

— Bien au contraire ! mens-je précipitamment, je me disais que vous étiez de plus en plus fringant, patron, ce qui doit combler d'aise quelques ravissantes personnes comme vous seul savez en dénicher !

Là là ! Ce qu'il mouille ! Envoyez les serpillières ! Tu peux pas imaginer cadeau plus somptueux pour ce débris de luxe. La pâmoison !

Il rit si grand qu'il faudrait rajouter douze ratiches de mieux à son râtelier pour meubler les espaces libres.

De l'index, il me tance.

— Polisson ! Toujours des idées frivoles en tête !

— J'ai été à bonne école, monsieur le directeur, riposté-je (en recommandé avec accusé de réception).

Le bonheur complet.

— Antoine, Antoine ! Ne cherchez pas à m'arracher

(1) Meissonnier (avec deux « n ») Juste Aurèle. Ornemaniste du Dix-huitième siècle. Cassait du stuc sur le dos des gens.

des confidences, l'heure est trop grave. Sachez seulement que j'ai présentement une « Mademoiselle Zouzou » au feu dont vous me direz des nouvelles ! Une pouliche de race, mon gamin ! Une chatte si délicate qu'on ne la taste que du bout de la langue ! Nous ferons un petit dîner fin ensemble, plus tard, quand nous aurons élucidé cette affaire de meurtre.

C'est sur cette radieuse promesse qu'on se sépare. Je sais qu'il a toujours des sujettes de choix, Achille. Je lui ai aimablement calcé toutes celles qu'il a cru devoir me présenter, ce qui a considérablement renforcé l'estime que je lui porte et également celle qu'il éprouve pour moi, bien qu'il n'en ait jamais rien su. Mais ça crée des ondes, ces échanges galants.

Repassant par mon burlingue, pour un coup de grelot, je découvre un feuillet de bloc au beau mitan de mon sous-main, maintenu par un bel encrier ancien, pur cristal, à couvercle d'argent, cadeau d'une dame fortunée que j'ai eu comblée de mes énergiques faveurs.

Sur le feuillet, je lis :

Marie-Janne Montclair, 18 bis rue de la Glacière.

Ainsi s'est-elle ravisée, l'exquise Asiato-Française, et m'a-t-elle laissé son adresse ! Bonheur, délices et orgues de barbarie !

Dis, on dirait que ça s'arrange, côté thème astral. Y a eu un petit cafouillage aux aurores, mais à présent le soleil se lève.

Je dépose un baiser préliminaire sur la ligne d'écriture (souple et racée), plie le faf en quatre et le serre dans mon larfouillet.

A présent, turlutage.

C'est Mme Bérurier qui décroche ; encore dans les dormes, donc malgracieuse.

— C'est qui est-ce ? interroge la virago.

— San-Antonio, ma belle, vous pouvez me passer votre cradingue ?

— Merde, quelle heure est-elle ? fulmine la Baleine.

— A l'ombre de notre fuseau horaire, nous nous acheminons vers six heures trente, très ravissante amie.

— Qu'est-ce y vous prend d'réveiller l'monde si tôt ?

— Le travail commande, il me faudrait votre époux.

Elle grommelle :

— Bon, j'vous l'fais, d'mander. Alfred, tu voudrais-t-il aller app'ler Alexandre-Benoît, j'te prille. Alfred, bordel ! Ah ! çu-là, l'est pas rital pour rien, quand y s'agite d'le réveiller, faut y fout' un seau d'eau, comme aux chiens collés. Bougez pas, Antoine, j'vais chercher l'Gros. Y roupille su' l'canapé du salon.

— Merci.

Je constate qu'il n'y a rien de changé sous le soleil béruréen. Leur pote, le merlan, a même droit ouvertement à la couche matrimoniale alors que le cocu se contente du canapé.

— Il va viendre ! m'annonce l'Ogresse au bout d'un temps.

— Vous faites chambre à part, Berthe ?

— Rapport qu'y ronfle d'trop, commissaire. C't'homme, c'est les zuzines Dassault à lui tout seul.

— Vos rapports conjugaux n'en sont pas perturbés ?

— Pensez-vous : j'les fais av'c Alfred que vous connaissez l'tempérament de feu de Dieu ?

— Béru n'y trouve rien à redire ?

— Qu'est-ce voudriez-vous qu'il disâte, mon cher ? Vous coucheriez, vous, av'c un mec qui ronfle à pas qu'on puisse fermer l'œil ?

— Non, conviens-je, mais le fait est que je ne dors positivement jamais avec des hommes, sauf quand les nécessités d'hébergement m'y contraignent. Pendant que je vous tiens, douce amie, laissez-moi vous dire qu'Apollon-Jules se porte comme trente-six charmes.

— Qui ça ?

— Apollon-Jules, votre fils unique, que ma mère a le grand honneur d'élever.

— Ah ! voui ! ronchonne l'infâme femme, faites-y un poutou quand t'est-ce vous le verrerez, d'la part d'sa p'tite môman. Quel âge ça lu fait, déjà ?

— Bientôt deux ans, ma chère. Il marche et m'appelle papa. Si vous avez l'occasion de le voir avant son retour du service militaire, cet enfant vous surprendra.

— Est-ce qu'il mange-t-il ?

— Comme (j'allais dire : comme ses parents, mais je me contente du cliché habituel) un ogre !

— Y boit toujours son vin sucré dans son biberon avant de s'endormir ?

— Toujours, mens-je pour rassurer la marâtre.

— Si ça deviendrait insuffisant, maint'nant qu'y grandit, vous pouvez lui donner du marc d'Bourgogne dans du lait, c'est plus efficace.

— Je ne manquerai pas de transmettre votre prescription à ma mère, chère puéricultrice.

— Bon, j'vous passe Ducon, l'v'là, av'c la bite à l'air ! Sandre ! Merde, quoi, tu pourrais t'gêner d'Alfred au lieu d'êt' là à bander comme un loup-garou, bordel !

Voix de l'interpellé :

— Dis, Loulette, écrase. Tu viens m'chercher en castatrophe comme quoi l'Tonio m'veut au bigophone ! J'prends même pas l'temps d'enfiler mon slip. D'alieurs, ton pommadin, c'est pas ma chopine d'âne qui rixe de l'indigner : il en écrase comme cent marmottes ! Allô ! Grand ? Y a du zef ?

— Rabats-toi dare-dare sur la rue Meissonnier, Alexandre-Benoît. On a zingué un ambassadeur, cette nuit et le Vioque en pisse dans son fauteuil ! Au 84, tu te souviendras ?

— Bédame ! Hé, Antoine ! Préviens-moi pas ton enfoiré de bougnoule d'enculé de sa sœur, surtout ! Ce Jérémie Blanc, j'peux pas l'souder et quand c'est qu'il participe à une enquête av'c nous, y m'fout de l'eurticaire.

Je raccroche pour alerter M. Blanc.

***

C'est un immeuble cossu, avec des moulureries autour des fenêtres, un hall de marbre dans les tons lie-de-vin, un ascenseur garni de velours, lent comme la marche funèbre de Chopin, et de grosses lanternes de verre suspendues dans l'escadrin.

Nonobstant les deux agents qui pied-de-gruent devant le porche, la maison n'a rien perdu de sa dignité bourgeoise et compassée.

Au troisième, la lourde de « l'appartement fatal » est incomplètement fermée et il suffit de pousser son vantail gauche pour entrer.

A l'intérieur, c'est le bousin silencieux des heures qui suivent la découverte d'un crime. Sont réunis céans, le procureur de la Raie publique, le commissaire du quartier, le médecin légiste et deux gonziers de l'Identité judiciaire en action ; plus une ravissante personne brune encore en robe de soirée en qui je reconnais Alicia Surcouff, l'actrice que je t'ai précédemment causé d'elle.

Elle pourrait nous interpréter le rôle intéressant de la maîtresse éperdue d'amour qui trouve le cadavre de l'amant vénéré sur sa moquette ; elle devrait, auquel cas, pleurnicher, déchiqueter un mouchoir à belles dents, se tordre les mains, et autres simagrées de même style ; au lieu de ça, elle est parfaite de sobriété. Juste qu'elle semble emmerdée, oh ! la la ! tu peux pas savoir comme ! Se rend parfaitement compte du sale temps ! La pube pas joyce qui va s'ensuivre ! Sa liaison étalée au grand jour par les médias qui vont se goinfrer. Et puis merde, un type mort après avoir subi d'odieuses violences chez soi, ça te donne envie de déménager, pas vrai ?

Mon arrivée fait sortir les graves personnages de leur componction silencieuse. Serrements de louches.

Avant toute chose, je demande où est le corps.

— Dans la salle de bains, au fond du couloir ! m'annonce le légiste en ponctuant d'une grimace destinée à m'avertir que c'est pas bioutifoul à contempler.

Je m'y rends.

Et alors là, oui, faut convenir. Le matin, avec pas encore le moindre caoua-croissants dans le cornet, c'est dur à encaisser. Cramponne-toi, Dudule, y a du vent !

Vraiment, c'est un supplicié qui s'offre à mon regard. Il est dans la baignoire, debout, parce que suspendu par un poignet à un tuyau grâce à une paire de menottes au niveau d'une boucle scellée. Tu imagines le tableau ?

L'homme porte un pyjama blanc, à fines rayures grises, absolument rouge de sang par-devant. Sa tête penchée du côté opposé au bras levé n'est plus qu'une plaie. Le visage a été criblé de brûlures de cigarettes très profondes. Il a eu un œil presque arraché et celui-ci pend sur la joue, encore relié à la tête par une série de nerfs. On a fracassé sa denture avec un marteau qui gît dans la baignoire et sa bouche n'est plus qu'un informe magma violet, d'où sortent encore d'énormes caillots de sang et des éclats de dents.

On l'a achevé d'une balle en plein cœur, tirée par un si fort calibre qu'elle a creusé un véritable cratère dans la poitrine du malheureux ambassadeur. Elle a traversé le corps de part en part et fait éclater les carreaux de faïence garnissant le mur au-dessus de la baignoire.

— Joli travail, hé ? murmure le légiste qui m'a rejoint.

— De la Gestapo des grands jours ! renchéris-je. Vous pouvez me raconter quoi, doc ?

— Bien entendu, les brûlures ont été pratiquées avec une cigarette incandescente.

— Je m'en doutais.

— L'énucléation partielle a été faite au moyen d'un instrument servant à se couper les cors aux pieds. Il est là, au fond de la baignoire.

Je me penche, regarde alentour et constate que l'ustensile fait partie d'une trousse se trouvant sur la tablette du double lavabo. Son manche de corne blanc, frappé d'un motif doré, est éloquent, puisque semblable à ceux des autres instruments.

— Ensuite, docteur ?

— La mort est intervenue entre minuit et deux heures du matin, je ne pourrai le préciser qu'après l'autopsie. L'homme a déféqué dans son pantalon, la terreur a sans doute causé ce relâchement du sphincter. Il a également vomi sur la moquette. Malgré ces tortures, l'ambassadeur n'avait pas perdu conscience. Il est mort de la balle tirée à bout portant. Pour l'instant, je ne vois rien à ajouter.

— Merci, doc.

Je passe dans la chambre où continuent de s'affairer les deux collègues de l'Identité.

— Des trouvailles intéressantes, les gars ?

Manurier, le plus vieux, que je connais de longue date, renifle. On l'appelle « la perle de rosée » à la Grande Volière parce qu'il a sans cesse la goutte au nez consécutivement à un rhume chronique, inguérissable.

— Ils étaient probablement deux, commissaire. Un couple. Le mégot ayant servi à brûler le visage de la victime comporte des traces de rouge à lèvres.

Il tire de sa fouille un petit sachet de plastique dans

lequel se trouve une moitié de cigarette.

— Quant à la balle...

Second sachet, pareillement exhibé :

— Un très fort calibre ! De l'outil de tueur professionnel ! Vous n'avez pas touché au marteau ni au coupe-cors, commissaire ?

— Tu me prends pour un jobastre ou quoi, Manurier !

— Nous allons les emporter au labo-histoire de vérifier les empreintes.

— Faites, mes enfants, faites ! Je veux le rapport sur mon burlingue de la Maison Poupoule, le plus rapidement possible.

— Vous l'aurez dans les heures qui viennent.

Le second mec de l'Identité, un jeunot mal fringué qui pue le bouc négligé, déclare :

— L'ascenseur est le seul endroit où l'on est certain de repiquer les empreintes des agresseurs, à moins qu'ils soient montés à pince !

— Pourquoi ? fais-je, intéressé.

— Parce qu'il est à touches digitales. S'ils étaient gantés, l'un d'eux a fatalement dû ôter son gant pour obtenir le contact. J'ai commencé par relever les empreintes avant que cent mille personnes ne viennent appuyer dessus.

— Voilà qui est bien, mon garçon.

Et alors, ça se met à brouhaher dans le hall, biscotte Sa Majesté Cornard Ier vient de se pointer et qu'elle commence à déplacer de l'air pire qu'un hélico Alouette au décollage.

— Mes hommages, m'sieur l'producteur d'la République ! clame-t-il, en parfait homme du monde. J'viens pour l'crime. Pourrais-je-t-il voir la victime si ell'serait encore présente ?

Je m'empresse de le rejoindre et de l'emballer.

— Va chez la concierge, Gros, surtout ne la baise pas

comme tu as coutume de le faire avec toutes les pipelettes jalonnant ta route de lumière. Demande-lui comment fonctionne l'ouverture de la porte d'entrée et si elle a perçu quelque chose d'anormal cette nuit. Go !

— Pour la lourde, j'peux t'réponde tout d'sute, Sana : elle est tomatique, à code. T'as pas r'marqué en arrivant ?

Un sarcasme perce dans le ton. Ce qu'il y a de chiant à l'extrême, avec les subordonnés, c'est qu'ils vous épient, guettant vos moindres défaillances pour vous les brandir sous le nez.

— Elle était ouverte, plaidé-je.

— Elle y est encore, ouverte, malin. N'empêche qu'j'ai noté l'cadran estérieur, av'c des numéros. Quand c'est qu't'as le code, tu le tapotes et ça s'ouv'.

Il se débranche enfin et l'air redevient salubre.

Le procureur me tend trois doigts (ceux du milieu) réservant les deux autres à des usages plus intimes : l'auriculaire pour se fourbir les cages à miel, le pouce pour se le carrer dans l'oigne, manière de refouler ses hémorroïdes vagabondes dans leur foyer.

— Agissez au mieux, commissaire. Surtout, ne pas ébruiter la chose. Coûte que coûte il convient de tenir la presse à distance. Dès que les constatations seront achevées, faites conduire le corps à l'institut médico-légal le plus discrètement possible.

— Ce sera fait, monsieur le procureur.

Le magistrat nous regarde.

— S'il se produisait une indiscrétion au niveau policier, soyez assurés que des têtes tomberaient !

Une image pour film d'horreur jaillit dans mon cerveau délirant. J'imagine une haie de flics au garde-à-vous en train de se laisser décapiter à coups de yatagan par ce grave personnage. Style bourreau chinois dans une exécution de masse.

Mon chose-frère du quartier murmure :

— Besoin de moi, San-Antonio ?

— Oui, pour le véhicule de Police-Secours. Envoyez-en un d'ici une demi-heure.

— D'accord. On prévient la famille ?

— Je m'en chargerai.

Il se tire, pas mécontent d'avoir passé la balle à ses collègues de la Judiciaire. Si bien que je me retrouve seul avec la belle Alicia Surcouff.

— Il est temps que nous prenions langue, je lui balance ; exprès comme ça, parce que ça fait un peu équivoque, cette expression : une fille comme elle, un homme comme moi !

Prendre langue ! Le mec qu'a inventé ça devait être facétieux !

Avant de la suivre au salon, je passe vérifier l'état de la serrure. A vrai dire, il y en a deux, dites de sécurité. Aucune trace d'effraction.

Une fois dans le salon, nous allons nous installer devant la cheminée de marbre blanc. Deux élégants canapés sont disposés face à face, perpendiculairement à l'âtre, séparés par une table basse en plexiglas.

On se place part et d'autre. Je croise mes jambes sans trop meurtrir les plis de mon futal. Alicia en fait autant, mais comme elle est en robe du soir, le gracieux mouvement est négatif pour l'homme aux aguets qu'*I am*. Circulez, y a rien à voir !

Je lui virgule un léger sourire qui se voudrait gêné.

— Bon, écoutez, mademoiselle Surcouff, vous vous doutez bien que les questions indiscrètes sont incontournables.

— Allez-y, je suis prête !

Je tire mon sacré calepin à couvrante de moleskine, on n'en trouve pratiquement plus dans le commerce, des commak. M'man en a un stock qui lui vient de papa, lequel adorait faire des réserves. Il accumulait les trucs les plus insensés, mon vieux : des grosses et des grosses de crayons papier, des caisses de trombones de toutes les tailles, des cornes à chaussures, des crochets « X », des savonnettes Gibbs, des brosses à dents, que sais-je encore ? Il avait un côté écureuil, mon dabe. Des marottes lui venaient brusquement. Un besoin de se prémunir contre les vacheries futures de l'existence. Il se disait un jour, par exemple, que le temps des calepins allait disparaître et cette perspective lui paraissait intolérable. Alors il fonçait dans une grande papeterie et achetait tout son stock de calepins.

Dommage qu'il ait disparu si tôt, p'pa. On aurait sûrement eu des choses à se dire ; des connivences somptueuses à établir entre nous, les deux.

L'actrice reste très calme, un peu rassurée par les dispositions prises à propos du corps. On va lui empaqueter Son Excellence et l'embarquer à la morgue, dare-dare ; ensuite, ne restera plus que du ménage à faire.

— Parlez-moi de votre liaison avec l'ambassadeur, mademoiselle. Où, quand, comment ? Tout, quoi !

Elle opine. C'est assez son genre !

— Nous nous sommes rencontrés à la première de mon film *Un Coup de Pied dans le Cube*. Je ne sais qui l'avait invité, probablement le producteur qui est levantin lui aussi. Ma prestation avait dû l'impressionner car, d'emblée, il s'est fait pressant et m'a harcelée pendant la réception ayant succédé à la projection.

« C'est... Pardon, *c'était* un homme plutôt laid, plus très jeune, mais qui possédait un charme fou. J'ai accepté un rendez-vous et suis devenue sa maîtresse rapidement. Au lit, c'était un amant éblouissant. »

— La chose remonte à quand ?

— Nous sommes en juin... C'était fin janvier, début février.

— Vous vous rencontriez souvent ?

— Plusieurs fois par semaine, disons trois ou quatre, selon nos emplois du temps respectifs.

— Toujours la nuit ?

— Oh ! non, au contraire. Tabîtâ avait des mondanités presque chaque soir. On se rencontrait beaucoup le matin, voire dans l'après-midi.

— Il possédait les clés de l'appartement ?

— Oui, car dans mon métier je ne puis être exacte à mes rendez-vous.

— Ce soir, sa visite était exceptionnelle ?

— Oui, en ce sens qu'il disposait de toute sa nuit. Malheureusement, j'étais prise par la « Nuit des Gaston » où, peut-être l'ignorez-vous, j'ai obtenu le prix de la meilleure interprète féminine.

— Toutes mes félicitations, mademoiselle, je n'ai pas écouté les informations, ce matin.

— Nous étions convenus, Tabîtâ et moi, qu'il se coucherait et dormirait en m'attendant. Je suis rentrée il était plus de 4 heures. Et je l'ai trouvé...

Elle porte la main à ses yeux, sans chiqué, pour conjurer l'horrible vision.

— Et alors, qu'avez-vous fait ?

— Mon mouvement de panique surmonté, j'ai décidé d'appeler la police, naturellement. Mais, compte tenu de la personnalité de la victime, il m'a semblé opportun de ne pas appeler Police-Secours.

Dis, elle a du sang-froid, la mère ! La tronche sur ses jolies épaules !

— Qu'avez-vous fait ?

— J'ai réveillé mon ami Léo Pauldine, le sous-secrétaire d'Etat à la Para-Culture pour lui signaler ce qui m'arrivait. Nous étions au cours Jacob ensemble, il y a quelques années, c'est un type épatant. Il m'a dit qu'il allait faire le nécessaire en prévenant les hautes autorités policières.

Je pige la raison pour laquelle Achille a été affranchi de si bonne heure. C'est à lui que Léo Pauldine a téléphoné. Le Vieux a prévenu le procureur de la

République directement, puis le commissaire du quartier et m'a branché ensuite.

Sage comportement qui évitera peut-être que l'affaire ne fasse de trop hautes vagues.

— Quelqu'un d'autre que l'ambassadeur possède les clés de votre appartement ?

— La femme de ménage.

— Vous voulez bien me fournir ses coordonnées ?

— Bien sûr, mais vous savez, c'est une brave Portugaise que j'ai à mon service depuis cinq ans et qui n'a jamais dérobé une épingle !

— Elle vient souvent ?

— Tous les après-midi, excepté le week-end.

Alicia Surcouff me donne le nom et l'adresse de sa Maria (elles se prénomment toutes Maria, les Portugaises). Elle, c'est Maria-José de Herrédia ; domiciliée 8, Impasse des Ternes.

— Elle est mariée ?

— Oui. Son mari est camionneur. Ils ont un fils qui prépare son bac, c'est paraît-il un sujet brillant.

— Revenons à ce soir, mademoiselle Surcouff. Votre ami a été torturé et tué alors qu'il se trouvait en pyjama. Il a donc été cueilli au lit par surprise. Ce qui nous amène à conclure que ses meurtriers possédaient les clés.

— Comment se les seraient-ils procurées ?

— A nous de l'établir. Serait-il concevable qu'ils eussent sonné et que l'ambassadeur soit allé ouvrir en croyant qu'il s'agissait de vous ?

— Sûrement pas ! riposte vivement l'actrice.

— D'où vous vient cette belle certitude ?

— J'ai téléphoné à Tabîtâ dans la soirée, vers onze heures environ. Il regardait la télé et venait de voir que j'avais obtenu le prix, il était fou de joie. Je lui ai dit que j'allais devoir fêter ça avec les gens de la profession, ce qu'il a parfaitement compris, et je lui ai demandé d'aller dormir en m'attendant. Je lui ai précisé que j'avais mes clés et que je le réveillerais par une délicatesse dont il raffolait.

Pas bégueule, la star ! Elle annonce la couleur. Je m'imagine de quelle délicatesse il est question et ça me met de l'émoi dans le composteur. Tu la vois, roulée grand luxe, avec des lèvres charnues et un regard qui promet tout, tu t'inscrirais d'autor sur sa liste d'attente, mam'zelle, afin qu'elle t'opère un jour la grande sortie du Petit Chose !

— Donc, on peut formellement conclure que les assassins avaient les clés de votre appartement.

Elle sursaute :

— Il va falloir que je change les serrures ! Je n'y avais pas encore pensé.

— Je ne saurais trop vous le conseiller. Quel genre d'homme était-ce, cet ambassadeur, en dehors de ses performances amoureuses ?

— Un être exquis, d'une grande douceur, intelligent, généreux.

— Vous aurait-il parlé d'éventuels ennemis ?

— Oh ! non, bien au contraire, il intervenait dans les litiges. C'était une espèce de sage dont on sollicitait l'intervention pour le règlement des problèmes délicats.

— Et sa vie de famille ?

— Je crois savoir que son épouse est du genre terne-résigné ; c'est une femme maladive sans éclat ni conversation qu'il montre le moins possible.

— Mais peut-être pleine de rancœur ? Mais peut-être d'une jalousie exacerbée ? Mais peut-être brûlante de haine pour l'époux volage ?

Alicia hoche la tête.

— Selon moi, trop gourdasse pour assumer de tels sentiments.

— Vous l'avez rencontrée ?

— Une fois : elle assistait avec son mari à la présentation de mon film.

On sonne en coulisse et je vais ouvrir. C'est Son Importance qui revient de chez la concierge, plutôt égrillard, le bougre ! Tu veux parier qu'il a tiré la dame dans sa loge ? Les cerbères l'inspirent, le Mammouth. Je crois que c'est l'ambiance d'alcôve régnant dans les loges qui lui porte au gros bout, mon pote !

— Décidément, y a rien à te dire, Gros Dégueu, y a fallu que tu m'emplâtres cette femme ! lancé-je, furax.

Il me virgule un œil de bœuf qui pourrait servir d'enseigne aux frères Lissac.

— Non, mon drôlet, l'était absente ; l'est été au docteur pour ses plaies variqueuses. J'sus été reçu par sa fille, une grande bringue de vingt piges. Quand j'dis qu'j'sus été reçu, je m'ai reçu tout seul. Magine-toi que je toque au carreau et ballepeau répond. J'ent'. M'semb' entend' un bruit dans la chambre. Je m'approche, et qu'aspers-je ? La grande fifille vachée dans un fauteuil, la chaglate en avant, la culotte z'aux ch'villes, en train de s'bricoler la moniche, façon : aide-toi, l'ciel t'aidera ! Et mam'zelle s'excitait en regardant une r'vue salopiote qui r'présentait un motard beau comme un dieu, chibré féroce, qu'une dévergondée lu pompait l'carburant à tout va !

« La gamine m'aperçoit et s'arrête son manège à moi. L'avait à la caille d'être surprise en flinguant délit. Mais moi, émoustillé comme un pou, j'lu fais « Non, non, arrête-toi pas, ma mignonne ; c'est la nature qui cause, faut pas avoir honte de lui tend' l'oreille ! Tiens, vise un peu les conséquences que tu me causes ! » Et d'lu dégager un pollux qu'en comparaison, çui du motard ressemblait à un'quenelle d'brochet qu'aurait pas pris ou trop attendu. Ça l'a laissée sans voix, la môme. A n'savait pas qu'un engin pareil pouvait exister su'c'te terre d'misère. « C't'un vrai ? » qu'é m'a d'mandé.

J'm'ai fendu l'pébroque. « Et comment, poulette, touche pour t'rend' compte que, malgré les appâts rancès c'est pas du carton plâtre ! »

« A s'l'est pas faite dire deux fois ! Une chose emmenant un'aut', la gosse s'est trouvée embrochée comme une girouette sur son moilieu, pleurnichant qu'j'y f'sais mal. Moi, tu m'connais, Antoine ? J'ai un gros zob, mais j'sus le bon bougre, compatissant d'partout ! L'a eu droit à une bonne p'tite minette baveuse, histoire d'lu déjuguler la case départ. Après, c'est d'v'nu joyce pour elle comme une promenade en forêt d'Marly. »

Le cher homme s'étire.

— La crampe du matin, y a que ça pour mettre en train l'pèlerin, proverbise-t-il. T'sais que ça vaut un caoua serré, mec ? J'me sens pimpant comme un tank à la r'vue du Quatorze Juliet.

Réprimant mon exaspération, je demande :

— Et pour la question boulot, plein de bites, t'as du nouveau ?

— La gamine a rien entendu. A n'sait même pas qu'on a refroidi un gazier dans l'immeub'. J'ai jamais vu un crime empêtré de façon aussi discrète !

Il se tait soudain, pétrifié. L'arrivance de M. Blanc motive ce coinçage général. Le Mastar tourne vers moi un regard si lourd de reproches qu'une grue de dépanneuse parviendrait pas à le soulever.

— Salut, les as ! lance Jérémie, jovial.

Il devient de plus en plus gandinus, l'négro. Le voilà en flanelle grise croisée, chemise blanche, cravate bordeaux, pochette assortie, lunettes Cartier. Il se met à ressembler à un chef d'Etat africain.

Il nous serre la louche.

— De quoi s'agit-il ?

Je lui résume le papier.

— Tu permets que je jette un œil sur le défunt ?

— Va !

— Je voye qu't'as plus b'soin d'moi, éclate Bérurier, du coup, j'me rabats à la Grande Taule !

— Non, mon cher hippopotame, tu te rends d'urgence à l'ambassade du Toufoulkan. Tu demandes à parler aux plus éminents collaborateurs de feu Son Excellence et tu me constitues un dossier surchoix sur la victime : ses activités, ses amis, ses ennemis, ses préoccupations, ses marottes, la couleur de son papier cul, tout ! Allez, go !

Il tâte son pantalon, alerté par un courant d'air sur ses joyeuses, découvre qu'il bée, le clôt.

— Et toi, pendant c'temps, tu vas faire équipe avec ton chouchou le moricaud ?

Je le saisis par le cou.

— Ne sois pas jaloux, sac-à-vinasse, tu sais bien que je t'aimerai jusqu'à la fin du monde !

GALANTINE DE VOLAILLE

Edmond l'Auverpiot dormait nu, en chien de fusil, la tête sur son bras droit qui lui servait d'oreiller. Chochotte qui le contemplait s'aperçut que son homme avait encore du sang sous les ongles et se dit qu'elle devrait le manucurer. Il allait également falloir foutre à l'incinérateur leurs fringues de la nuit. Et puis changer d'appartement. C'était la règle. Après chaque « contrat », le couple déménageait et prenait une nouvelle identité. Edmond assurait que, dans leur job, on ne pouvait s'en tirer longtemps que grâce à un excès de prudence. Il ne se permettait jamais la moindre entorse à sa ligne de conduite.

Du soleil éclairait les rideaux tirés de leur coquet studio de la rue Magellan. Chochotte songea qu'elle aimerait prendre un repas dans un restaurant de luxe. Les émotions l'avaient creusée. Il faut dire que la séance rue Meissonnier avait salement dégénéré. D'ordinaire, les choses s'accomplissaient beaucoup plus proprement; plus brièvement aussi. Mais là, elles s'étaient goupillées différemment. L'Excellence, peu pressée d'écoper d'une bastos dans la tronche, avait ergoté à mort, obligeant Edmond à sortir le grand jeu. L'homme étant ce qu'il est, l'Auverpiot y avait pris goût.

Chochotte regarda la pendulette de voyage posée sur la

tablette ; celle-ci indiquait dix heures. Il était temps d'éveiller Edmond car il devait aller toucher « ses honoraires » (il tenait à ce mot).

Elle avança la main vers le sexe de l'homme endormi et se mit à le caresser habilement. Le résultat ne se fit pas attendre. L'Auverpiot sourit aux anges dans son sommeil. « Quelle salope tu fais ! » chuchota-t-il. C'était parti ! Aucun type ne démarrait plus vite que lui. Chochotte en avait déjà plein la main. Elle repoussa Edmond de manière à ce qu'il se positionne sur le dos et, sans vergogne se mit à le chevaucher. Elle se démena comme une folle et il finit par s'éveiller tout à fait, mais il le regretta car il raffolait de ces sensations fortes enrobées de l'inertie du demi-sommeil.

— Ceux qui bénissent les meutes ! récita Edmond.

Il avait toujours une bribe de poème, voire de chanson, pour saluer sa reprise de conscience.

Il ajouta, pour lui :

— Ceux qui bénissent l'émeute !

Il sourit de son jeu de mots. Puis il prit l'initiative des opérations, fit basculer sa partenaire, et la saisit à pleines fesses pour un galop éperdu qui fit bientôt hurler Chochotte.

Ils procédèrent en commun à leur toilette dans la salle de bains dont le marbre noir faisait un peu bordel de luxe. Edmond paraissait songeur.

— Après l'amour l'animal est triste ? interrogea Chochotte qui ne manquait pas d'une certaine culture (on ne pouvait guère vivre avec Edmond sans en posséder).

— Non, répondit le tueur à gages, je pense aux révélations de Son Excellence.

— Et alors ?

— Je me demande par quel bout on va attraper ça pour obtenir un max.

Pratique, elle objecta :

— S'agit de savoir qui ça intéresse et qui peut en proposer le plus de fric !

— Peut-être pas ceux qu'on croit, fit Edmond. Je ne voudrais pas commettre une bavure et me planter dans les négociations. C'est jouer avec le feu, comprends-tu ? Ça peut nous valoir un monceau de dollars comme une balle dans la nuque.

Il se lavait les dents à l'Email Diamant blanc avec application car il tenait à l'éclat de sa denture. Autrefois, l'Email Diamant était rouge. On en foutait partout et la salle de bains semblait avoir hébergé des hémorragies abondantes.

— De toute façon, on a du temps devant nous, assura la fille. Pour l'instant, il faut aller palper notre dû. Ensuite, si tu es d'accord, on se cognera un bon gueuleton dans un restau smart ; après quoi nous déménagerons. Ce ne sera pas long : nos valises sont faites ! J'aime bien le nouveau quartier que nous avons choisi : la Muette, il fait classe. Le studio est moins élégant que celui-là, mais l'immeuble a davantage d'allure.

Il l'écoutait distraitement. Les gonzesses finissaient toujours par déraper dans des futilités.

A onze heures trente, ils se présentaient au sous-sol du Paris-Elysée, *un bar élégant sur la célèbre avenue. La dame pipi, une vieille ravaudée et platinée comme une star du muet, somnolait derrière sa sébile. Edmond trouvait ridicule ce cérémonial des chiottes dans les maisons dites de standing. Ces personnes au rancart, croupissant dans une odeur d'urine et de désinfectant, en des lieux sans aération, lui causaient un obscur sentiment de honte.*

Il salua la vieillarde et demanda si quelqu'un ne lui aurait pas remis une enveloppe au nom de M. Baumann.

La préposée dit que si, précisément. La chose remon-

tait à moins d'une heure. Elle souleva l'assiette garnie de pièces et prit la petite enveloppe pour carte de visite qui se dissimulait dessous.

Edmond laissa tomber un billet de cinquante francs dans l'assiette et s'empara de l'enveloppe sur laquelle on avait écrit le nom de Baumann à la machine à écrire. Elle contenait une clé de consigne portant le numéro 36.

Toujours escorté de Chochotte, il prit un taxi pour la gare de Lyon. La consigne 36 recelait une forte enveloppe de papier kraft. Il l'ouvrit à l'intérieur du coffre, dans sa hâte d'en vérifier le contenu. Elle contenait quatre énormes liasses de billets de cinq cents francs dont chacune était retenue par une bande de papier entoilé de couleur violette. Edmond savait que l'ensemble représentait quatre cent mille francs. Plus cent qu'il avait touchés à la commande, le demi-million était bien versé. Satisfait, il referma l'enveloppe et la fourra dans le grand sac Chanel à chaînette que Chochotte lui présentait.

A

Comme il fait un temps éclatant et que l'Impasse des Ternes n'est pas tellement éloignée, nous décidons de nous y rendre à pincebroque, Jérémie et moi.

On arque un bon bout en silence, le caberluche grevé de lourdes pensées. Police-Secours vient d'évacuer le corps de Son Excellence ; nous avons discrètement interrogé les deux voisins de palier d'Alicia Surcouff en prétextant un vol de bijoux. Mais ni le général Conhachier, ni maître Laglotte qui encadrent le lieu du crime n'ont perçu le moindre bruit. Le premier dort tôt et lourdement, le deuxième écoute ses plaidoiries sur cassettes une grande partie de la nuit. En outre, ce sont des êtres qui vivent seuls, le regard résolument braqué sur eux-mêmes, et la vie de leurs semblables, fussent-ils des voisins de palier, les indiffère.

— Il était drôlement salopé, ce pauvre bougre d'ambassadeur, finit par murmurer M. Blanc au bout d'un silence.

Ses narines sont si dilatées qu'on dirait un parachute. Temps à autre, il coule un doigt pareil à une barre de Mars entre son col et son cou pour détendre l'atmosphère. M'est avis qu'il se fait un peu de lard, depuis sa promotion sociale, l'ancien balayeur du quartier Saint-Sulpice. Les hommes, sitôt qu'ils prennent de l'importance, prennent également du poids.

— Tu penses quoi de cette affaire ? demandé-je, sachant combien ce Noirpiot est riche en déductions judicieuses.

— Une arme de tueur à gages ! riposte-t-il sans barguigner.

« Tu as vu cet impact ? Y a que les pros pour utiliser de l'artillerie aussi lourde ! Un malfrat ordinaire va pas trimbaler une arquebuse pareille dans ses poches ! C'est pour du ponctuel, un feu de ce calibre. On le prend pour une opération précise. C'est pas de l'instrument de défense ou d'attaque. »

— Je le pense également, admets-je, mais ce qui me chicane, ce sont les sévices. Un flingueur patenté exécute, point à la ligne. Ensuite il remise sa rapière et rentre chez lui avec la satisfaction du devoir accompli.

On se parcourt encore une centaine de mètres sans mot dire ni maudire personne.

— Note, reprends-je, que ça faisait peut-être partie de sa mission, les tortures.

— Je crois pas.

— Ah non ?

— Si le tueur avait projeté de torturer son client, il se serait muni d'un matériel ad hoc ; là il a utilisé ce qui lui tombait sous la main : une cigarette, un marteau, un coupe-cors, c'est de la bricole.

Quand je te disais qu'il est stupéfiant, M. Blanc. Il possède un chou capable d'inventer la théorie sur la relativité du temps si ce con d'Einstein n'était pas né avant lui !

— Bon, alors on imagine un tueur qui, avant de buter sa victime désignée, décide de lui infliger un traitement gestapiste par sadisme, ou pour régaler sa copine ?

— Pourquoi pas ? Remarque, les tueurs à gages ne vont pas par deux, et surtout pas par couple. Or là, on est presque certain qu'il y avait un homme et une femme.

— A cause du rouge à lèvres ? Mais la femme était peut-être seule, après tout ?

Jérémie fait la moue.

— Hum, faut de l'énergie pour suspendre un mec par une main avec des menottes.

— L'énergie, c'est pas ce qui manque aux femmes.

— Mais la force ?

Une terrasse de café me tente. Il fait si doux, ce matin, si tendre. Quand on vient de quitter un pauvre mec massacré, l'envie vous biche de profiter des joies quotidiennes. La vie de Paris m'a rattrapé : tout à l'heure, y avait pas de trèpe en circule, ou peu. Et voilà que c'est reparti à grouiller comme des astèques sur une charogne.

— Viens, je t'offre un pot, j'ai un coup de turlu à donner.

Il m'obéit sans rechigner, lui qui d'ordinaire abhorre les bistrots à cause de sa pruderie héréditaire. Jérémie, les gonzesses le feraient rougir s'il n'était pas black, et il dit pis que pendre de l'alcool, bien qu'il ne soit pas musulman mais catholique-païen. Un cas ! Par moments, j'ai idée qu'il doit loncher Ramadé, sa gerce, à travers une chemise de nuit à trous, kif les vieux culs-bénits du siècle trépassé.

On commande deux grands noirs, ce qui fait ricaner le regard du loufiat, si je puis dire. N'après quoi, je descends turluter près du réduit où l'on empile les seaux vides et les balais. J'ai plein de numéros mystérious sur mon calepin ; ils se trouvent en queue de peloton. Le genre « adresses utiles de tante Marthe ». Je feuillette à la recherche de Paul Akourdidé, un mec des Sommiers qui aura passé sa carrière à roupiller dessus ; mais d'un œil seulement car, de l'autre, il a lu, relu et mémorisé tant de blazes que sa mémoire ressemble au *Who's who* de la voyoucratie. L'est en retraite depuix six mois, Paulet. Meudon ! Une petite bâtisse utrillienne coincée entre deux chouettes villas. C'est là qu'il existe avec sa fille un peu demeurée et ses cochons d'Inde (il en fait l'élevage et ça pue depuis le bout de sa rue !). Sa dame l'a quitté, jadis, pour faire la vie avec un boxeur arabe qui, par la suite, l'a mise au tapin. A cette heure, si elle vit encore, Froufrou ne doit même plus être apte à pomper un camionneur flamand !

La prostite, c'est beau quand t'es jeune et carrossée Bertone, mais quand t'as morflé ta dose de carats, que t'as des dominos empochables et des miches en goutte d'huile, avec un intervalle de deux mains en haut des cuisses, c'est plus rentable !

Il met un bout à répondre, Akourdidé. D'origine, il est libanais et, bien que né en Francerie, avec une *mother* native de Pithiviers, il parle doucereux, tu vois ? Genre loukoum, en zézayant légèrement.

— Oh ! cher commissaire, quelle grande joie vous me faites !

— Tu sais bien que tu es comme les Incorruptibles, Popaul : dans les cas difficiles, on fait appel à toi !

— Que puis-je pour servir votre renommée ? demande cet être délicat.

— Je voudrais te poser une question un peu glauque, amigo : un tueur à gages qui travaillerait avec gros calibre en compagnie d'une gonzesse ; t'aurais ça dans un recoin de tes méninges ?

— Vous ne pouvez pas m'en dire plus, commissaire ?

— C'est tout ce que je tiens à ta disposition, et encore, rien n'est prouvé rigoureusement.

Il fait un petit bruit de bouche, comme quand t'as bouffé une blanquette de veau et qu'il t'en est resté entre les chailles.

Il turbine du bulbe, le retraité. Tu penses que ce genre de colle ça lui tient à cœur. Le voilà en pleine surchauffe de la matière grisâtre !

— Franchement, je ne vois pas, commissaire. Vous savez, dans les différents compartiments du crime, les tueurs à gages sont les plus difficiles à cadrer. Il n'y a rien de plus prudent, de plus méfiant, de mieux organisé. Ce qui les rend presque invulnérables, c'est qu'ils butent des gens qui n'ont aucun rapport avec eux et qu'ils n'ont jamais vus la plupart du temps.

« De plus, ils opèrent de manière ponctuelle, en espaçant leurs prestations. Il est rare qu'ils frayent avec le mitan ; certains ont même un job de couverture. Et puis, surtout, ils sont très peu nombreux. »

— Justement, ça devrait permettre de les connaître, objecté-je.

— Ne croyez pas ça, commissaire.

— Ecoute, Paulet, il faut bien qu'ils aient un point de chute, voire un « imprésario ». Suppose que je sois disposé à faire flinguer ma belle-mère, à qui devrais-je m'adresser ?

— C'est une question de coup de pot.

— Mais encore ? Allez, je te pose la colle : si je cherchais un tueur à gages, comment le recruterais-je ?

Un long temps de réflexion, car Akourdidé n'est pas du genre cacatoès qui jacte pour ne rien dire de valable.

Puis :

— Je suppose qu'il existe une frange interlope où il faut aller grenouiller. Je viens de vous dire qu'un tueur professionnel ne se mêle pas au Milieu ; il n'en reste pas moins que c'est par des accointances de mauvais aloi qu'on parvient à trouver la porte où frapper. Vous tentez de rencontrer des gens au pedigree douteux et vous leur glissez dans le tuyau de l'oreille que vous aimeriez trouver un volontaire pour « donner une bonne correction », moyennant finances, à quelqu'un qui vous désoblige.

Y a qu'Akourdidé pour user d'expressions aussi

surannées que « mauvais aloi », « désobliger » ou « interlope » :

— Et tu penses que le bouche à oreille constitue la seule filière valable ?

— C'est probable, commissaire. Dans l'univers des gorilles retraités, aussi, il doit être porteur. Les tueurs à gages sont parfois d'anciens mercenaires qui se sont carrément mis à leur compte, la guérilla ne payant plus son homme.

— Y en a bien qui sont tombés ?

— Naturellement, exemple Main-de-cuir, ainsi surnommé parce qu'il portait une prothèse en guise de main gauche. Lui, il avait conservé un côté « tête brûlée forte en gueule » qui l'a perdu. Il existe aussi des gars qui croient faire le poids. Des cavillons cruels pour qui un flingue est un fonds de commerce et qui vous surineraient n'importe qui pour une poignée de fèves. Ils sont donnés en moins de jouge par des arcans que leurs exploits défrisent.

— Je te pose la question antonyme, Popaul : tu as bien eu vent de mecs insaisissables ?

— Certes, mais ce ne sont que des points d'interrogation. On flaire leur participation à des petits airs de parenté entre certaines affaires. On se dit : le tueur de la rue de Passy doit être le même que celui du Vésinet, l'année dernière. Une manière de loger sa balle dans la nuque de la victime, ou bien d'en grouper deux en plein cœur par sécurité. Certains butent les gens dans leur bagnole, au déboulé de leur garage. D'autres s'introduisent chez eux pour les plomber.

On est là, on bavasse. J'ai l'impression d'interviouver le retraité des Sommiers en vue d'un papier pour *France-Soir*. On pourrait en dégoiser encore des tinées sans que je me fasse tartocher. L'est intéressant, Akourdidé. Depuis mon recoin, j'aperçois le jeune plongeur de l'établissement, un gentil Nordaf frisotté en train de lutiner la caissière descendue faire pipi. Il lui explique comme quoi « Vous êtes une sacrée jolie femme, madame Marthe » et la vioque, garnie de cul et de doudounes surgonflés, coupe à mort dans le madrigal, pâme comme une vache, trémousse son fion grassouillet. L'Arbi, lui reste plus qu'à se régaler un chouille. Une petite main tombée (préalablement essuyée à son tablier blanc). Un frottis-frotta d'inspiration canine contre le monstre dargeot de la mère. Il a les amygdales enflées, cézigo ! Alors il rechigne point trop sur le produit. Avec le tricotin qu'il promène, il bêche pas question carats de la mémé, son poids, ses bas à varices. La fine bouche c'est pour les bande-mou ! Le tringleur impétueux, pourvu qu'il trouve un orifice à crinière où caser sa bonne marchandise, il est joyce ! C'est pourquoi, quand les hordes soldatesques déferlent, les grands-mères ont droit encore à des coups de rapière, les vieilles chéries. Elles écument le trop-plein des ardeurs érotiques ; l'aubaine !

Mme Marthe, elle émoustille, je peux te dire. Dommage qu'elle soit bardée de gaine, culotte renforcée et autres sous-vêtements à armature. Le Maghrébin s'y ébrèche les ongles.

— Vous êtes toujours en ligne, monsieur le commissaire ?

— Bien sûr, Paul. Je réfléchissais. T'as rien de plus à me bonnir ?

— Votre problème se présente comment ?

La fliquerie lui revient au galop, l'apôtre. La nostalgie est bien toujours ce qu'elle était !

Je lui narre. L'Excellence suspendue par une pattoune dans la baignoire, les sévices affreux, la balle de fin de match, grosse comme un pruneau d'Agen.

— Bougez pas, s'écrie-t-il, je pense à quelque chose !

Dès lors, comme on dit puis en politique, je retiens mon souffle. Mais pas le plongeur nordaf, au fond du couloir. La mère Marthe, charitable, lui astique le pollux à tout va. Ce qu'est unique, chez la femme, c'est son abnégation. Pouvant pas se laisser beurrer le trésor ici, voilà que la brave caissière éponge les ardeurs du Nordaf à la mano, lui décrisper la glandaille, Moktar, qu'il reste opérationnel à son bac. Te le fourbit à l'énergie ! Que ça gicle ou que ça casse, bongu de bois ! Lui il est chibraqué de première. Alors il laisse voguer l'esquif de ses fantasmes, regard perdu, mâchoires crochetées. Et dame Marthe te lui moignonne le Nestor en trombe. C'est que dis : le temps presse. Deux employés absents de leur poste, ça pourrait éveiller les soupçons patronaux.

— A quoi penses-tu, Paul ?

— Les menottes, vous dites qu'il a été suspendu par des menottes ?

— Yes, mec, pourquoi ?

— Deux ou trois affaires d'assassinats, restées sans solution, mentionnaient l'utilisation de menottes. On en trouvait des traces aux poignets des victimes, car le meurtrier les récupérait avant de partir. Si vous voulez, je peux retourner aux archives faire des recherches ?

Il ne demande que ça, le brave Paulet. Aller renifler encore l'Himalaya de papiers administratifs jaunis, poisseux, pisseux.

— Tu serais vraiment un pape, mec !

— J'irai tantôt. Dans le cas présent, votre assassin a donc laissé les menottes sur place.

— Peut-être parce qu'il n'y a plus pensé après sa séance de tortures ; peut-être aussi parce qu'il n'a pas eu le courage de manipuler le cadavre ensanglanté ?

— Sans doute.

— Bon, je te rappellerai en fin de journée.

Je raccroche juste au moment où le plongeur, cédant à la belle empoignade de Mme Marthe, éternue ses langueurs. Ma survenance intempestive abasourdit le couple qui ne m'avait pas retapissé dans ma cabine garnie d'isolant.

— Continuez ! Continuez ! fais-je à la caissière. Surtout ne le laissez pas quimper avant l'arrêt complet des réacteurs, ce serait traumatisant pour lui.

Et puis je monte rejoindre Sa Noirceur Jérémie. Mon café est froid ; je l'avale néanmoins.

— Du nouveau ? interroge M. Blanc.

Je lui résume ma converse avec Akourdidé.

— Peut-être qu'en établissant un rapport avec les autres affaires dont il m'a parlé, on parviendra à confectionner un bout de brouillon de piste, conclus-je.

Il acquiesce.

— Il va falloir travailler sur la paire de menottes pour en découvrir l'origine.

— Ne t'inquiète pas, les gars du labo sont de première et je te parie un crochet à bottine contre un crochet au menton qu'ils sont déjà dessus.

On se lève d'un presque commun accord. J'adresse, de loin, un signe amitieux à la caissière qui vient de rejoindre sa dunette après s'être lavé LA main. Elle est digne d'estime, cette non-raciste. Faut que je dise à Harlem Désir (ou à son homologue tramway) qu'il l'inscrive en tête de ses compagnons du dix-septième, Marthe Plumeau. Elle est l'orgueil de sa profession, de sa religion et de sa race !

— Pendant que tu téléphonais, j'ai beaucoup réfléchi, annonce Jérémie.

— C'est la meilleure façon de lutter contre l'engourdissement du cerveau, grand !

— Le meurtrier avait le code de la porte et les clés de l'appartement, pas vrai ?

— Il a bien fallu.

— Alors, de deux choses l'une, il était soit de connivence avec l'actrice, soit avec sa femme de ménage. Il n'existe pas, a priori, de troisième hypothèse possible.

— A priori, non, confirmé-je.

*
**

— *Policia!* s'exclame Maria-José de Herredia après avoir contemplé ma carte. *Ma porqué, policia?*

— Une vocation, réponds-je, tout petit, quand on jouait au gendarme et au voleur avec les copains, c'est moi qui faisais le gendarme.

La F.M. (1) est une dame d'une quarante-cinquaine d'années, bien en chair, coiffée court et bouclé, dont la fine moustache donne à penser sur son système pileux privé. Un regard sombre mais limpide d'honnête personne. On la devine travailleuse avec des opinions politiques oscillant entre Mario Soares et Mélanie de Souza.

Elle cesse de fixer ma brème pour plonger dans mes deux grands yeux marqués de roux.

Je lui propose un tendre sourire rassurant.

— Ne vous inquiétez pas, Maria-José, nous avons seulement besoin de petits renseignements concernant Mlle Surcouff.

Bon, du moment que ça n'est pas elle qui est directo en cause, elle retrouve une vitesse de croisière convenable, médème Fado. Qu'ouf! elle a eu les jetons! Est-ce que son camionneur d'époux n'aurait-il pas, malencontreusement, écrasé une vieillarde sans le remarquer, ou bien son écolier de fils sniffé de la blanche? L'époque est farceuse, semée d'embûches de Noël.

— Vous détenez un jeu de clés de son appartement, n'est-ce pas?

(1) F.M. : dans l'armée, abréviation de fusil-mitrailleur, dans le civil, abréviation de femme de ménage.

— *Si, porqué ?*

— Vous pouvez-vous-t-il me le montrer ?

La moustachue ouvre le tiroir de gauche de son buffet de cuisine et y prend un porte-clés en cuir, fermant par une tirette Eclair. Me le présente.

Je l'ouvre et trouve à l'intérieur deux clés coriaces, avec des crénelures rébarbatives, fixées à un anneau.

— Vous les rangez toujours au même endroit ?

— Touzours.

— Personne ne vous les aurait demandées, par hasard, ces derniers étangs ?

Là, elle insurge, Mémère ! Sa dignité professionnelle mise en cause, qu'est-ce à dire ? Non, mais dis : elle s'abuse pas, la Portugaise, on piétine sa probité, hein ? On conchie son honnêteté, ma parole !

— Por qui vous mé prenez ! elle tonitruie. Vos croyez qué si on mé lé demandait je lé donnerais ?

— Calmez-vous, belle âme ! Quelqu'un aurait pu venir les chercher de la part de Mlle Alicia...

— Mémé si cé sérait son papa qu'il vienne démander los clédos, jé réfouserais dé donner !

Nous assistons à un grand moment vigoureux de conscience professionnelle. M. Blanc, qui examine le trousseau (un trousseau, des trous sales), déclare :

— Nous vous confisquons ces clés pour la journée ; on vous les rapportera demain.

La damoche rouscaille à mort, on la calme en lui signant une décharge en bonne uniforme.

Une fois dehors, je pose ma dextre sur l'épaule sinistre de Jérémie.

— Il a repéré quelque chose, le grand Sherlock en négatif ? demandé-je.

Il hoche la tête :

— Je ne sais pas ; ne suis sûr de rien. Mathias nous le dira.

— Que nous dira-t-il, Duraton ?

— Si une empreinte des clés a été prise. Il y a une espèce de molécule rose entre deux dents de l'une d'elles...

Il ajoute :

— Pourquoi ne lui as-tu rien demandé, à la Portugaise ?

— Qu'entends-tu par là, Noirpiot ?

— Tu n'as mentionné que les clés. Pas un mot sur son boulot chez la Surcouff, ni sur ce qu'elle pense de sa patronne ; rien sur les habitudes et les fréquentations de celle-ci. C'était voulu ?

Drôle de colle qu'il me pose. C'est vrai que j'ai été au-dessous de tout. Je pourrais biaiser, mentir, jouer au sagace mystérieux ; prétendre que ma discrétion fait partie d'un plan. Mais je déteste berlurer mes aminches.

— Non, grand, ce n'était pas voulu. Il s'est trouvé que j'étais uniquement préoccupé par les clés.

— Ton subconscient qui a fait une fixation. Et, plus que ton sub : ton instinct. Je suis certain que ces putains de clés vont nous apprendre des choses.

Un temps, il murmure :

— Tu veux que je te dise ? T'es chié ! J'en ai rencontré des mecs chiés, mais aussi chiés que toi, jamais !

Et on affrète un taxoche pour se rabattre à la Grande Turne.

Le Mathias, il est en train de décortiquer les fringues d'une vieillarde assassinée dans son pauvre logis. Des crèmes de merde l'ont estourbie à coups de tisonnier pour lui engourdir sept cents balles ! De tout temps, on a vu des mecs tuer les autres pour des nèfles. Note qu'il faut pas sombrer dans le côté « c'est dommage », car, après tout, buter quelqu'un pour trois francs ou pour trois milliards, c'est du kif !

Les hardes puent la pisse d'octogénaire. Mathias les examine, centimètre par centimètre, le nez chaussé d'étranges besicles dont chacun des deux verres est une loupe.

Notre silence lui fait relever la tronche. Il doit nous voir gros comme des maisons.

Je le trouve encore plus roux que d'habitude. Tu dirais un lion, ou un écureuil.

— T'as jamais eu l'idée de te faire teindre les crins ? je lui demande. En noir, par exemple ?

— Et mes taches de rousseur, commissaire, qu'en ferais-je ?

— Tu les passerais à l'acide sulfurique pour les déguiser en trous. Dès lors, tu aurais l'air d'un brun mal remis de la petite vérole.

— Je suis si laid que cela ?

— Mais non, t'es plus beau qu'un Van Gogh ; seulement tu te remarques de loin, comme un incendie de forêt dans le Haut-Var !

M. Blanc dépose les clés devant le Rouillé.

— Tu peux les examiner et nous dire si un moulage quelconque a été pris dernièrement ?

Il est tout de suite partant, le père de famille nombreuse. Il se saisit du trousseau et se retire au fond de son antre. Y a séance de microscope, puis des tests pratiqués à l'aide de drogues mystérieuses. Quand il revient à nous, son sourire le précède.

— Effectivement, une empreinte a été recueillie au moyen d'une pâte à base de poulardium et de corgnolon valvaire décentré.

Jérémie me balance un regard pareil à deux projecteurs de défense antiaérienne. Il avait donc vu juste, mon balayeur surdoué !

— Impec ! fais-je au blondinet, tu nous fais un monstre plaisir, Mathias. Ta dame est enceinte ?

— Comment le savez-vous ?

— Elle, quand elle est pas aux œufs, elle est au lait ! dis-je. Ça va vous faire le combientième, fiston ?

— Dix-huit !

— Le compte est beau, n'y touche plus après ça ! Pourquoi t'offrirais pas une boîte de pilules à ta dame pour son anniversaire ?

— Tu viens, au lieu de débloquer ? ronchonne Jérémié. T'es chié, avec ta grande gueule de camelot ! Tu sais que tu nous pompes l'air, à la longue ?

Maussade, ce jour, le mâchuré. La vie parisienne lui reste en travers de la gorge. Je sens qu'il regrette ses cocotiers jolis, mon pote. Et les langueurs du soir qui tombe sur les rives du fleuve Sénégal.

Une fois dans mon burlingue, il rêvasse :

— Comment s'y est-on pris pour obtenir un moulage des clés sans que la Portugaise le sache ?

— Quelqu'un a pu s'introduire à son domicile en son absence, fouiller et trouver les caroubles.

— Peut-être mais c'était aléatoire. Suppose qu'elle les conserve en permanence dans son sac fourre-tout de ménagère ?

Il a raison, M. Blanc. Toujours ! Il possède la science infusée, comme dit le Gros.

— Raisonnons, reprends-je. Je veux m'approprier les clés de ce logement, sachant que trois personnes les possèdent : la propriétaire, son amant et sa femme de ménage ; tout de suite je songe à la femme de ménage ; logique ?

— Impeccable.

— Comment les lui piquer ? Si je lui tire son sac dans la rue, la brave dame portera plainte, et sa patronne, apprenant que ses clés ont disparu, fera changer les serrures de l'appartement par mesure de précaution.

— Logique.

— Donc, il faut que je les obtienne à son insu... Je dois opérer en douceur. M'introduire chez elle quand il n'y a personne, mais quand elle n'est pas chez elle c'est parce qu'elle est au boulot, et que, donc, elle a pris les clés.

La porte s'ouvre à la volée, marquant durement la peinture murale, couleur colique d'hépatique colonial, de son loquet.

Achille le Majestueux se dresse, tel Superman, dans l'encadrement. Il est flanqué d'une gonzesse dont je ne te dis que ça. Une brune aux tifs frisottés, le regard bleu pervenche, une bouche à pipe surdimensionnée et alors foutue, mon pôvre, qu'oh ! la la ! qu'est-ce qu'on attend pour être heureux ? Qu'est-ce qu'on attend pour faire la fête ?

Elle porte un tailleur super-classe noir, à revers bleu-Klein. Un clip est piqué au revers, que ça représente la panthère Cartier en brillants. Saboulée de cette manière dès le morninge, que doit-ce t'être quand elle se rend à une soirée chez Sciclounoff, madoué !

Le Vioque nous fustige de sa prunelle glaciaire.

— Vous êtes bien sûr que vous enquêtez, San-Antonio ? me lance-t-il, un sultan (pardon : insultant).

— A perdre haleine, monsieur le directeur !

— Ici ? Dans ce bureau ?

— Je faisais le point.

Il a un sourire suffisant (et même excédentaire).

— A quelle heure comptez-vous avoir élucidé le meurtre de Son Excellence ? demande-t-il.

Dis, il constipe du bulbe, Chilou ! Ou alors il fait sous lui ! C'est sa nouvelle mousmé qui lui saccage la boîte à idées ?

Moi, du trac au talc, en matant le cadran de ma tocante :

— Est-ce que dix-huîtres vous conviendrait, monsieur le directeur ?

Il sort un délicat agenda Hermès en peau de saurien, le compulse.

— Ce serait parfait. Disons même dix-huit heures trente dans mon bureau, je ne veux pas vous bousculer.

— Entendu, monsieur le disjoncteur.

Il remarque pas la déviation car, dans cette chose infiniment conne qui s'appelle une conversation, les gens ne prêtent attention qu'à l'intonation. Les mots, ils s'en branlent. On pourrait seulement se les fredonner, si on voulait ; les dialogues deviendraient, pour lors, plus harmonieux.

Rasséréné, il fait :

— On me talonne en haut lieu, comprenez-vous, mon petit ?

— Je m'en doute, monsieur le directeur.

— Approchez que je vous présente à Mlle Zouzou.

« Ma très chère chérie, voilà le fameux commissaire que vous me disiez souhaiter connaître. Le plus doué de mes disciples. Je lui ai tout appris. »

Le disciple s'incline devant la beauté fatidique qui espérait le rencontrer, presse la main qu'elle lui présente en songeant qu'elle a des seins de force huit sur l'échelle de Playtex, et un dargif auquel il aimerait confectionner un slip avec ses deux mains ferventes.

Je la regarde fortement pour imprimer mon numéro de téléphone dans sa rétine, lui faire comprendre que j'ai pas encore attrapé le S.I.D.A. et que le jour où les fabricants de préservatifs créeront la taille colosse j'essaierai d'en faire un passe-montagne à mon gros chauve à col roulé. Elle semble enregistrer le tout, m'honore d'un battement de cils qui m'indique les mensurations de sa chattoune, plus un sourire en ivoire poli qui ensorcellerait un diffuseur de pâte dentifrice.

Message reçu de part et d'autre.

La demoiselle Zouzou dernier modèle avise alors Jérémie, à l'arrière-plan et murmure :

— Monsieur est un de vos collaborateurs ?

Le Dabe empresse.

— Venez, ma chère, nous allons être en retard à la remise du Prix Bitanlhair, et comme je fais partie du jury...

Il embarque la brune étincelante en chuchotant :

— Je ne vous ai pas présenté l'autre type car, sans doute ne l'avez-vous pas remarqué, il est noir !

*
**

On le regarde s'avancer et on pige tout de suite que c'est bien de lui qu'il s'agit.

A cause de sa ressemblance avec sa mère !

Son portrait tout craché ! Sauf que l'adolescent, lui, n'a pas de moustache.

Je l'aborde, bille en tronche.

— Dis voir, gars, tu es bien le fils Herredia ?

Frime lombaire, yeux et poils noirs, peau mate, un grain de beauté avec satellites dans la région du menton.

Ses vieux ont dû le mettre en garde contre les tantouzes racoleuses, toujours à l'affût d'un chibre de jeune homme, car il se ferme comme une frontière de l'Est.

— Pourquoi ?

Je lui montre ma carte plastifiée, très brièvement, pas en faire un documentaire sur écran large. D'un côté, ça le rassure, de l'autre, ça l'inquiète ; comme quoi, dans l'existence, la carburation s'opère jamais parfaitement.

— T'as deux minutes, grand ? On aimerait bavarder avec toi.

Il doit avoir dix-huit balais à peine. Il est sympa, avec un regard intelligent.

La présence de M. Blanc le trouble.

— Bavarder de quoi ? demande-t-il. Je n'ai rien à me reprocher.

— Parce que tu te figures que nous n'adressons la parole qu'aux gens qui ont mauvaise conscience ? pouffé-je.

Au lieu de répondre, il demande à Jérémie :

— Vous avez une carte de police, vous aussi ?

Mon pote sort la pièce demandée et la place à trois millimètres et demi du nez de notre jeune client.

— Nègre et flic, dit-il, sarcastique, tu vois, ça existe. Et ça ne fait que commencer, un jour, le pape sera noir, le président des Etats-Unis aussi, et peut-être même le roi d'Angleterre ; je ne désespère pas. Tu es content, je peux la remettre dans mon portefeuille ?

Le garçon ne répond pas. On se dirige jusqu'à ma bagnole.

— Monte devant, fils !

Il obéit. Je prends place au volant et M. Blanc s'installe à l'arrière.

— Quelqu'un de chez moi a eu des ennuis ? s'inquiète le môme.

— Non, rassure-toi. Quel est ton nom ?

— Blaise.

— A l'aise ! je rigole.

Pourquoi éprouvé-je cet obscur contentement qui me fait comprendre que je suis sur la bonne voie ?

Je m'accoude au cerclo de mon volant et me place face à Blaise.

— Tu sais, attaqué-je, je déteste finasser avec les gens sympathiques. Je pourrais te raconter une histoire de corne-cul, mais je préfère y aller franco de port. Ouvre grand tes cages à miel. Quelqu'un qu'on appellera « X », comme dans tes problèmes d'algèbre, a utilisé les clés de l'appartement de miss Alicia Surcouff, que ta maman détient. De ça, on en est persuadés presque sûrs et positivement certains.

Je lui montre les clés.

— Tu mords cette minuscule particule rosâtre ? C'est

un plastique spécial dont on se sert pour prendre des moulages de haute précision.

Esprit vif, ça l'intéresse. Il regarde. Il veut piger.

— Oui, et alors, monsieur le commissaire ?

Tiens ! il a eu le temps de lire mon grade sur ma brème.

— Et alors, comme nous ne suspectons pas ta mère d'avoir confié ses clés à quiconque, nous sommes amenés à nous dire que quelqu'un s'est probablement introduit chez vous pour prendre leurs empreintes.

Pas besoin de monter le son ! Tout de suite je note le changement qui s'est opéré chez le gamin. Il est écarlate. Obligé de garder la bouche entrouverte pour ne pas périr étouffé. Jérémie me file une œillade grosse comme un gant de boxe. Jubilatoire, mon équipier. Encore une idée à lui, l'interrogatoire du fils Herredia.

Je regarde l'adolescent exactement comme il convient de le faire, parvenu à ce point de l'action.

— Ce quelqu'un, notre proverbial flair de policiers nous souffle que tu le connais.

Pas joyce joyce, le môme ! Il n'aurait pas atteint sa majorité légale, il pisserait dans son froc ! Ses lèvres — l'inférieure principalement — ont un léger tremblement.

Il regarde le vide, là que tout est si plaisant, si accueillant ! On sent qu'il aimerait s'y incorporer, s'y fondre comme du *sugar* dans de l'eau chaude.

Alors, compatissant, je lui pose la main sur l'épaule.

— Ce qu'il y a de positif avec toi, Blaise, c'est que t'as du chou, comme Pascal dont tu portes le prénom. Etant intelligent, tu comprends immédiatement que la meilleure conduite à adopter, c'est de tout nous dire. Nous, on ne demande que ton bonheur. On n'a pas l'habitude de tourmenter les jeunes gens.

Jérémie qui, jusque-là, m'a laissé la pleine initiative de l'interrogatoire, lève son doigt, noir à l'extérieur et café au lait clair à l'intérieur, afin de solliciter la parole.

Le président des débats la lui accorde (à violon).

Alors il laisse simplement tomber :

— Une simple histoire de cul, pas vrai ?

Et là, c'est comme un coup de lancette dans un beau furoncle bon à être vendangé. Ça ne coule pas : ça gicle. Il nous balance le bonheur, le gamin, les larmes au bord de ses longs cils portugais. Un jour de la semaine passée, il rentrait du lycée sous des trombes d'eau. Il avait pas d'imper, encore moins de pébroque. Une dame qui sortait d'un porche pour monter dans sa voiture le hèle :

— Mon pauvre garçon ! Vous allez où ? Attendez, je vous ramène.

Une fille superbissime : blonde, avec des lunettes teintées et un parfum qui aurait flanqué la trique à un escargot...

A peine qu'il est à son côté, la voilà-t-elle pas qui se met à le draguer comme une folle ! Dès le premier feu rouge, la main sur le genou. Au second, la paluche remontée de 40 centimètres en direction du delta du paf ! Et tout ça, sans faire pute. Bonne chique, bon gendre, si tu vois ? Le coup de la pulsion incoercible. La dadame de trente carats foudroyée par le bel adolescent ! Blé en herbe ! Et si mystérieuse, la belle amazone ! Du maintien, malgré qu'elle lui fourbisse le chipolata. De la grâce. Un savoir-faire éblouissant ! Il en était transporté, le gamin ! Le ciel qu'ouvrait à deux battants ! Somptueux !

Au bout de peu, elle s'est arrêtée dans un renfoncement, sous les arbres du boulevard. Lui a demandé, après quelques pelles velouteuses s'il avait pas un coin où passer une demi-heure, Blaise. Elle pouvait pas le driver chez elle vu qu'elle habitait Neuilly et que son mari dentiste occupait les lieux avec sa roulette de merde et tout son bataclan à tortures, le con. Alors, Blaise s'est rappelé qu'on était mardi toute la journée et que, tiens-moi bien, le mardi, sa mère, exceptionnellement, sa mère allait garder la mercerie de Mme Manupied, dont c'était le jour d'amant. Les autres *days* elle ménageait chez l'actrice et rentrait en même temps que lui au logis ; mais pas le mardi, vu que Mme Manupied allait se faire calcer à Charenton par un vieux zig déplumé qui marchait difficilement d'à la suite d'un accident. Il pouvait piner à mort, Evariste, ça le dérangeait pas, mais marcher, c'était croix et bannière ; alors Mme Manupied se rendait au fade sur place. Moyennant quoi, le kroum lui arrangeait ses problèmes fiscaux, tout ça...

Pour m'en revenir, le mardi, il avait deux plombes de battement, seul à la casa, Blaise. Et voilà que son gentil mandrin en pleine apothéose, il se rappelle la chose et propose à madame de venir chez eux, Impasse des Ternes. Simplement, qu'ils n'entrent pas ensemble dans l'immeuble, la mère Foidevin, la pipelette, étant fumière au-delà du possible, toujours à rapiner sur Pierre, Paul, Blaise, cette salope vivante !

Et donc, ça se fait comme prévu. Il monte quatre à quatre, change de slip à la volée, manière d'assurer le coup, pas avoir de fâcheuses surprises du dernier moment avec un calbar oblitéré.

La dame se pointe. Réagit pas devant la modestie du logement. Se goinfre d'autor le môme. Lui, l'amour, il connaissait par lerchouille. Juste une fois, à une sauterie, il avait éjaculé entre les cuisses d'une rapide, dans la salle de bains des parents absents. Mais c'était de la décharge publique, pas de l'amour en vrai. Là, sa belle rencontre lui a fait le grand jeu : la féerie cinghalaise, la mousse de pied de veau, le cadran des supplices, et d'autres trucs qu'il a oublié le nom, mais qui te font voltiger les sécrétions ésotériques par-dessus le mur du lycée !

— Et ensuite ? je lui demande. Elle n'est pas partie comme ça, n'est-ce pas ? Je parie que vous avez causé, les deux ?

— Beuh, oui.

Ce qu'ils se sont dit ? Il a du mal à s'en souvenir. Il avait les cannes en flanelle, le tempérament essoré à zéro. Oui, pour parler, ils ont parlé... De ses parents, ça il se le rappelle : papa et son semi-remorque, m'man et ses ménages chez Alicia Surcouff.

— A un moment donné, elle a dû te parler des clés, mon grand. Je sais qu'elle a amené la converse sur ce détail. Cherche ! T'avais beau avoir les roubinches fanés, tu ne peux pas avoir oublié. Elle a dû prendre un détour, le faire à l'allusion, à la confiance que la mère Surcouff accordait à ta daronne ou un machin de ce tonneau, mais vous avez abordé la question des clés. Et cette gentille dame s'y est prise de telle sorte que tu les lui as montrées, vrai ou faux ?

Il cramoise jusque dans les cheveux, le Blaise. Opine. Un brave petit. Ne cherche pas à m'empailler. Il sait que je suis le plus marle et que ses éventuels mensonges, je les démonterais comme des éléments de Légo.

Effectivement, la converse est allée dans la direction que j'indique, à croire que j'écoutais derrière la porte. La « dame » a dit qu'elle connaissait Alicia Surcouff. Que c'était une bonne actrice, mais une fille méfiante. Et lui, le gentil nœud volant, il a déclaré que non, qu'à preuve, elle confiait ses clés à maman. La dame a chiqué l'incrédulité. Alors il est allé les chercher dans le tiroir de la cuistance pour les lui montrer. Après, ils ont changé de converse. Sa belle conquête l'a prié d'aller chercher dans sa tire un petit bocal de cerises à l'eau-de-vie, pour fêter ça ! Elle venait de l'acheter, ainsi que d'autres produits d'épicerie de luxe. Blaise ne se l'est pas fait répéter. Ils ont bouffé toutes les cerises. Au bout du compte, il était légèrement murgé, le jeune Casanova. Il a voulu remettre le couvert et lui filer une dernière bitée cosaque, mais elle a déclaré qu'elle n'avait plus le temps. Elle est partie sur des promesses de revoyure un peu floues. Depuis lors, il se languit d'elle, le gentil Roméo. L'aimerait faire rebelote ! Il se met à dépérir. Ne s'alimente plus. Si je te disais : il a conservé les noyaux des cerises qu'elle a mangées et il les suce, le soir, avant de s'endormir. Fanatisé complet ! C'est beau l'adolescence. Y a que ça d'authentique. C'est juste un moment privilégié de la vie, pendant lequel les individus ne sont pas trop débectants. Y a des lambeaux de poésie tortillés autour de leur bitoune. Mais ça ne dure pas longtemps. Très vite, ils deviennent dégueulasses comme tout le monde. Bien féroces et bien menteurs, avec des désirs impurs et plus la moindre innocence !

Il se fout à chialer.

Intelligent, le mignon Portugais, il pige qu'il a été eu par la « dame ». Que ce n'est pas pour sa frimousse de collégien ni pour sa quéquette de grand garçon qu'elle a fait ça, mais pour des motifs inavouables.

Je le biche par le cou.

— Pleure pas, grand, tu n'as rien à te reprocher. Ce que tu as vécu là, dans le fond, c'est une belle aventure. Elle t'a bien régalé, la gonzesse. Maintenant tu sais que ça existe. Tu vas en trouver d'autres avec qui tu recommenceras l'opération, mais en y apportant l'amour. Des vraies filles ardentes qui t'aimeront pour de bon. Allez, on n'en parle plus. Deux tombeaux, M. Blanc et moi. Ta *mother* n'en saura jamais rien, ni elle ni personne ; on te le jure !

Il réconforte. On a un moment entre hommes. Tout baigne. Le courant passe.

— Par contre, tu vas nous fournir un max de détails

sur cette fille, sa voiture, ses fringues, sa couleur d'yeux, de cheveux, de peau, de chatte. Tout ! Capital, garçon ! Et ne crois pas la trahir en agissant de la sorte.

Je sors mon calepin, mon Bic.

— Laisse-toi aller, c'est pas une disserte, Blaise. Balance tel que ça te vient ! Sache seulement qu'il s'agit d'une dangereuse criminelle et qu'à chaque détail que tu fourniras, tu rendras service à la société !

N

On l'a conduit au Quai, le môme, tout de suite après avoir pris sa dépose. Pas lui faire avoir d'ennuis avec sa vioque, il est allé lui dire qu'il allait réviser les maths chez son pote Rigourdin dont le père travaille aux Pompes Funèbres Générales.

Au bout de deux plombes, on s'est obtenu un portrait robot de sa séductrice. L'image était figée, comme toujours dans ces cas-là, mais on se rendait parfaitement compte qu'il s'agissait d'une mousmé de première classe. Blonde, avec un regard dur et intense et un cou plutôt allongé, à la Modigliani.

Il était intéressé, Blaise, par nos techniques. N'en revenait pas. « C'est terriblement elle ! » assurait-il en tripotant le résultat du puzzle.

Et comme je l'avais mis en confiance, timidement, il a chuchoté :

— Vous croyez que je pourrais avoir une épreuve ?

Malin, va ! Pour se taper des rassis devant l'icône, en évoquant les instants capiteux vécus dans le logis de l'Impasse des Ternes !

— Je te ferai poster un tirage !

— Hé, non, pas de blague ! Ou alors chez mon camarade Rigourdin.

— O.K., laisse l'adresse.

Ensuite je l'ai fait reconduire dans son quartier. Au fond, il vivait une chouette aventure, tu ne crois pas ?

Les éditions spéciales ont annoncé l'assassinat de l'Excellence. Et puis des flashes à la radio et sur les différentes chaînes tévé.

On avait retrouvé le corps mutilé de Tabîtâ Hungoû, l'ambassadeur du Toufoulkan, dans un terrain vague, Porte de la Chapelle ! Commako qu'on écrit l'Histoire !

Le Mastar nous a rejoints à la Cabane Pébroque, pété à mort. Soûl perdu, à ne plus pouvoir apercevoir ses mains au bout de ses bras ! Une caisse pareille, ça faisait des années que je lui en avais pas vu ramasser !

Il a fait une entrée bizarre dans mon burlingue. T'aurais dit une créature du paléolithique moyen. Un être en haute précursion ! Il faisait un peu peur. Je l'aurais préféré nu. Là, on l'aurait situé carrément dans la classe animale, mais ses fringues l'apparentaient à la race humaine, comme ces uniformes de groom qu'on mettait aux singes joueurs d'orgues de barbarie les transformaient en espèce de gamins anormaux.

Il a ouvert la lourde et s'est tenu un bon moment dans l'encadrure, vacillant comme un immeuble dynamité dont on filme l'effondrement au ralenti.

Sa tête s'était tassée. Y avait plus que des poils dans du rubicond. A la place du regard, deux glaves de tubard au dernier degré. Ses lèvres ont tenté de remuer, juste une partie de son râtelier est sortie de sa bouche. C'est tout ce qu'il parvenait à exprimer, Alexandre-Benoît : son dentier. Il a voulu un geste pour se le rengainer dans la clape, et c'est ce mouvement brusque qui l'a déséquilibré. Son embardée lui a pris la moitié du burlingue qu'au bout de quatre mètres, il a heurté une chaise du genou et s'est catapulté ventre contre terre. Sa hure a sonné contre le montant d'un bureau de métal supportant notre antédiluvienne machine à écrire. Et puis, plus rien : le silence, l'immobilité.

Par acquit de conscience, nous l'avons examiné, M. Blanc et moi, voir s'il n'aurait pas fait une crise cradingue ou s'il se serait pas fracturé la cabêche en tombant. Mais non : souffle régulier, état précomateux, nonobstant. Il avait trop chargé la carriole, le Gros. Il filtrait plus. On a hésité à le faire transporter à l'hosto. Jérémie penchant pour car il n'a pas encore l'habitude de Béru en plein ; mais moi qui connais à mort le Seigneur des comptoirs, je savais bien qu'il valait mieux le laisser gésir sur le plancher. On a dégauchi un vieux pardingue moisi dans un placard oublié. Y a toujours des hardes en perdition dans les administrations. Des épaves de fringues. De ces frusques malodorantes et trouées qui furent quelque chose à une époque, sans qu'on sache trop bien quoi. Là, ce devait être un lardeuss, on en aurait juré. C'était long avec deux manches et des poches déchiquetées. Cela avait dû appartenir à un suspect tabassé jadis. Avant l'époque des bavures interdites. On l'a étalé sur le Mastar. On se voulait charitables, malgré notre mépris. Te dire la mansuétude de Jérémie nonobstant son aversion pour Lord Pléonasme, il lui a mis trois-quatre journaux pliés en quatre sous la nuque.

Ensuite on l'a laissé cuver. Fallait pas tenter de le dessoûler trop vite. Il avait plus les moyens de refaire surface. L'avait dépassé le stade où un café fort additionné d'ammoniaque te ramène un poivrot. Seul, du temps le guérirait, Dudule ! Des heures ! Un jour entier peut-être bien, tant il était en perdition.

On s'est cassos, le Noirpiot *and me.* On avait d'autres chats à fouetter. Une enquête à faire. Ne restait plus lerche avant l'heure que m'avait fixée le Vieux pour lui amener sur un coussin de velours bleu France la clé de l'énigme.

*
**

On carillonne à une porte de fer toute rouillée, mais le fil de la sonnette n'est plus relié à rien. Il tire-bouchonne par-dessus le mur tel un pampre de vigne. Je pousse le vantail posé au-delà des barreaux, il s'ouvre en grinçant, nous dévoilant une sorte de jardin en friche tout en longueur, d'environ quatre mètres de large sur cent de long. Un sentier pelé, causé par un passage permanent, conduit à l'extrémité du terrain, là que se trouve une bicoque en déliquescence, d'un étage, avec un toit pointu, et qui ressemble à une grande niche à clébard.

Dans l'allée, y a une grande bringue aux tifs roussâtres coiffés en nattes, qui fait du tricycle. L'engin est conçu pour un gamin de six ans, aussi la fille qui mesure un mètre soixante-dix est-elle obligée d'écarter à fond ses cannes pour pouvoir pédaler.

Elle ne porte pas de culotte et la selle disparaît presque dans sa chatte.

Je fais jouer le loquet après avoir passé la main à travers les barreaux et la portelle s'ouvre en grinçant.

Ces masures de la banlieue parisienne m'émeuvent toujours. Elles sont si humbles, si tristes malgré des arrière-pensées prétentieuses. Un jour, un mec sans moyens a voulu se donner l'impression qu'il en avait. Il a acheté à kroum cette pauvre bande de terrain et l'urbanisme de l'époque, encore plus tarte que celui d'aujourd'hui, l'a laissé édifier son clapier.

Et puis tout ça s'est délabré. Et aujourd'hui, mon pote Akourdidé y élève sa fille azimutée et ses cochons d'Inde en se fichant pas mal du décor.

Notre survenance épouvante la gerce au tricycle qui abandonne son bolide en glapissant pintade. Ses bieurlements alertent le retraité et le voilà qui surgit sur son seuil, comme le petit bonhomme annonciateur de pluie dans les baromètres-chalets.

En nous reconnaissant, il fait un grand geste de bienvenue, puis entreprend de calmer sa grande fille toute simplette.

Il a sa blouse grise de jadis. Celle qu'il mettait, le vieux rat, pour évoluer dans la poussière des Sommiers. C'est un petit gusman, avec une calvitie en forme de coucourbe, un teint plombé, un bout de ventre malsain au-dessus de jambes maigrelettes. De loin, tu croirais quelque échassier en disgrâce, achevant de se déplumer loin des siens.

Il a expédié sa gosse à l'intérieur de la cahute et s'avance en souriant.

— Commissaire ! Si je m'attendais ! Vous déplacer jusqu'ici en personne !

C'est un modeste que tout impressionne, Akourdidé. Un être diffus, ténu, auquel une poignée de main fait de l'usage. Je lui en vote une, justement, puis lui présente l'inspecteur Blanc lequel lui en accorde une autre pour faire la paire. Des poignées de mains à poignées ! Byzance !

— Entrez, messieurs !

Seigneur ! Il a évidé tout le rez-de-chaussée de sa baraque et les murs sont tapissés de cages. En entrant, t'es chaviré par l'odeur. Des centaines de cochons d'Inde bouffent, pissent, forniquent ou se battent, composant un formidable remuement assorti de couinements.

Au centre du local, il y a une table surchargée de nourriture pour les bestioles et, au fond, l'étroit escadrin menant à la partie habitable.

— Je me permets de vous précéder, il déclare en s'engageant dans l'escalier.

Dans un sens, le haut est pire que le bas. Là encore il se compose d'une seule pièce. Ce bordel ! Deux lits de fer disposés côte à côte. Un évier et une cuisinière à charbon. Une table de jardin en fer, des chaises également en fer (Akourdidé ne semble pas apprécier le bois). Une théorie d'armoires en toile pourvues de fermetures Eclair. Tout le reste de la place est occupé par des livres empilés jusqu'au plaftard.

La grande bringue demeurée s'est placée dans un angle, nez au mur, comme une élève au piquet.

— Asseyez-vous, je vous prie ! invite Akourdidé.

On lui obéit, en évitant de se regarder, M. Blanc et moi. Lui, dans son antre de nègre, il mène une vie plus normale. Certes, on fait le méchoui à même le carreau de la cuisine chez Ramadé, son épouse. Ses chiares mènent une bacchanale d'enfer et la lumière ne s'y éteint jamais car il y a toujours un ou plusieurs des occupants en train de bouffer ou d'écouter de la musique ; mais ça reste un appartement, avec des chambres, un living, une salle d'eau. Ici, c'est une sorte de roulotte sédentaire. Une niche humaine. T'as envie de pleurer. De demander pardon. Tu te sens concerné par ce mode d'existence.

— Je ne vous offre rien à boire, car je n'ai rien, déclare notre ex-collaborateur.

Il ajoute :

— Ma fille et moi ne buvons que de l'eau.

— Tu es allé au Sommier, tantôt ?

— J'en arrive.

Il sourit et va chercher une liasse de feuillets sur son traversin.

— Je vous ai relevé deux affaires non solutionnées dans lesquelles il y a eu assassinat avec utilisation de menottes.

— Magnifique, Paul !

— Je ne sais pas si vous pourrez me relire, commissaire ?

Il me présente ses fafs et je constate qu'ils paraissent noircis par des caractères arabes.

— Effectivement, je ne lis pas le Coran dans le texte, avoué-je en les lui rendant.

Il rit.

— Moi non plus, commissaire. C'est du français, mais j'écris mal.

— En ce cas, j'espère que tu te relis bien ?

Il se met à déchiffrer ses hiéroglyphes, lesquels auraient flanqué la gerbe à Champollion.

— Le 14 avril 83, au Vésinet, le général Hougredocq est assassiné d'une balle en plein cœur de calibre II en l'absence de son épouse qui se trouvait à Deauville chez sa sœur. A noter que c'était le jour de congé de la domestique et qu'on a trouvé des traces de menottes aux poignets du général.

Là, Akourdidé avale sa cotonneuse salive, jette un œil navré à sa pauvre grande fille et reprend :

— Seconde affaire. Elle a eu lieu l'an passé à Paris, dans une luxueuse maison de rendez-vous proche des Champs-Elysées. Un important P.-D.G. autrichien, Wolfgan Deflanelh, qui dirigeait une usine de produits chimiques, a été abattu d'une balle dans le cœur, de calibre 9, cette fois-ci. On l'avait bâillonné avec des bandes de sparadrap et attaché à l'aide de menottes au robinet de vidange du bidet. La balle a été tirée dans le dos. L'arme comportait un silencieux. La victime s'est entamé les paumes des mains dans les efforts qu'elle a produits pour se défaire des cadennes. On présume qu'elle avait été amenée là par une femme. Le lit non défait indique qu'elle fut tuée dès son arrivée dans le baisodrome. Le meurtre n'a été découvert que six heures après qu'il eut été commis.

— On a eu un signalement de la fille ?

— La préposée à la serviette a prétendu qu'il s'agissait d'une personne d'un certain âge, aux cheveux gris,

portant des lunettes à verres teintés et un manteau de fourrure noire. Le meurtre a eu lieu le 24 novembre.

— La femme s'était camouflée, dis-je.

— Très probablement, convient Akourdidé. J'ai relevé encore plusieurs affaires non élucidées où le meurtrier a tué d'une balle de gros calibre dans le cœur, mais là, on ne mentionnait pas de traces de menottes. Pour mémoire elles figurent sur mes notes.

— Donne ! Je les transmettrai pour décryptage à Mathias qui est quelque peu égyptologue !

Il me rend ses feuillets mystérieux en souriant. Quelle drôle d'existence que celle de ce fonctionnaire à la retraite. Quelle pauvre vie mutilée, passée entre une enfant demeurée et des douzaines de cochons d'Inde dans un taudis biscornu. Il attend encore quelque chose, Paul Akourdidé ? Il espère confusément, quelque part, tu crois ? En qui ? En quoi ?

— A mon tour de te confier un document, Paulet, déclaré-je en lui produisant le portrait robot réalisé à partir des indications de Blaise de Herredia. Ce dessin évoque un souvenir dans ta grange à idées ?

Il examine l'épreuve avec une acuité d'aigle observant un agnelet téméraire qui s'écarte du troupeau. Cela dure comme tu peux pas savoir. On le croirait en hypnose, Akourdidé ; parti à naviguer à bord de chimères fragiles sur des mers Caraïbes.

M. Blanc me cligne de l'œil. On sent qu'il va finir par accoucher d'un œuf d'autruche, le retraité. Inopportune, sa grande bringue, toujours au piquet, pousse un grand cri désespéré qui vous glace la moelle pépinière dont parle ce soûlographe de Bérurier.

Akourdidé se précipite.

— Non ! Ramona ! N'aie pas peur, ma chenille ! On va chanter.

Et il se met à fredonner « Il tétait une bergère, Henri le héron, épate à con. »

La gosse finit par fredonner avec lui. C'est terrible. On regarde en biais cette scène douloureuse, Jérémie et moi. On voudrait mourir de pitié. La fille se calme. Papa lui chuchote d'aller jouer dans le jardin. Elle finit par se ranger à ce conseil. Moi, je me dis que c'est râpé, pour le portrait. Que mon pote a délesté ; ses recherches mentales, fallait pas les troubler. Il travaillait dans le ténu. Se faufilait à travers des montagnes de barbe à papa.

Mais, contre toute appréhension, il revient à nous et déclare en montrant le potrait robot :

— L'affaire de La Varenne-Saint-Hilaire, il y a huit ans. Ce vieux veuf qu'on a retrouvé pendu dans sa cave à l'espagnolette du soupirail...

Tu parles d'une encyclopédie du crime, Popaul ! J'ai été rudement bien inspiré de le tuber, ce morninge. Moi, ce qui assure mon succès, ce sont mes élans incontrôlés. Pourquoi me suis-je mis à penser à lui en sortant de chez la môme Surcouff ? Pourquoi ai-je couru l'appeler dans ce troquet paisible où la caissière pognait le plongeur ?

— Raconte !

— Un type qui vivait seul dans une grande maison. Son nom, bougez pas, un nom de métier. Quelque chose comme « Le Tapissier ou Le Cordonnier », je me rappelle plus. Un jour, il engage une gamine pour lui faire le ménage. Bien entendu, il la saute sans délai. Son nom à elle... Ça va me revenir. Un curieux prénom toujours est-il. Elodie ! Voilà : Elodie ! Elodie avec un patronyme pas trop français, genre Chmeurgue, Smirgue... Mais je retrouverai. La môme devait avoir dix-huit ans environ. Une pétroleuse ! Elle a commencé par se faire offrir un maximum de choses. Et puis, comme ça n'allait pas assez vite, elle a vidé le coffre du vieux. Le bonhomme a porté plainte. On a arrêté Elodie qui a reconnu les faits. Le dabe a alors retiré sa plainte et ils ont repris la vie commune. Jusqu'au jour où, rentrant d'un bal de banlieue, la gosse a trouvé le bonhomme pendu. Elle s'est sauvée, de peur qu'on ne l'accuse. C'est elle qui a prétendu cela par la suite, lorsqu'elle a été interpellée de nouveau... Le juge d'instruction l'a convaincue de meurtre. Elle a nié mordicus. Elle est passée aux assiettes tout de même. Son avocat l'a défendue comme un champion, démontrant qu'aucune preuve de sa culpabilité n'avait été apportée. Il a mis l'accent sur la force et le poids du vieux comparé à la fragilité de sa petite amie... Bref, on l'a acquittée. Ça y est, son nom me revient, monsieur le commissaire : Elodie Smurgh !

— Tu es sûr qu'il s'agit de cette fille ?

— Positivement, adverbise-t-il ; je me rappelle un croquis d'audience tout à fait semblable à ce portrait robot.

— Et qu'est-il advenu de cette souris ?

— Je l'ignore. Je ne crois pas qu'elle ait refait parler d'elle par la suite ; soit qu'elle se soit tenue peinarde, soit qu'elle ait acquis trop de chou pour se laisser gauler.

Jérémie s'est emparé du cliché, l'a retourné. Il écrit Elodie sur le papier glacé avec un feutre et demande :

— Ça s'écrit comment, Smurgh ?

*
**

Manurier-la-goutte-au-nez s'aborgnise sur un microscope grand comme Michel Jobert, si tu te souviens encore de lui.

Mon entrée ne le fait même pas battre d'un cil.

En pull troué, avec sa limouille cradoche et sa cravate en cuir tressé à boucle métallique (il l'a achetée pendant des vacances aux Saintes-Marie-de-la-Mer, il y a une quinzaine d'années — pour faire genre — et ne l'a jamais plus posée) il ressemble à un rat de bibliothèque.

Une stalactite morvesque pend de son pif pointu. Une goutte finit par s'en détacher, qui choit sur le bord de la lamelle de verre préservant ce qu'il scrute.

— C'est beau, y a de l'action ? lui demandé-je.

Il se relève et masse ses reins endoloris par la position qu'il vient de quitter.

— Travail de titan ! grommelle « La Perle de Rosée » en reniflant quatre de ses dix-huit centimètres de stalactite.

Je me penche et constate qu'il étudie des empreintes.

— Quelque chose ?

— Comment répondre par l'affirmative devant un tel sac de nœuds !

— Pourquoi tu te moucherais pas, un jour, juste pour voir l'effet que ça fait ? suggéré-je. Tu veux mon paquet de Kleenex ?

Vexé, il se torche le blair d'un revers de manche (une manche qui, dès lors, essuie des revers).

Son *nose* à l'extrémité rougeoyante ne tarde pas à fournir une nouvelle sécrétion plus limpide que la précédente.

— J'en suis aux empreintes sur les boutons d'ascenseur. Je vous le dis tout de suite : il n'y en avait aucune sur le manche du marteau ni sur celui du coupe-cors.

— Et sur les boutons, oui ?

— Sur celui du troisième, elles fourmillent, ce qui est logique : on trouve celles d'Alicia Surcouff, plus les nôtres et les vôtres, probablement.

« Par contre, je n'ai découvert qu'une infime trace d'index sur le bouton du rez-de-chaussée et il y a gros à parier qu'elle appartient à l'un des meurtriers. »

— D'où te vient cette certitude ?

— Réfléchissez : l'actrice est montée, elle a découvert le drame et appelé la police ; sont arrivés alors : le procureur, le commissaire de quartier, le légiste, nous et vous. Vous parlez d'un fromage ! Tout ça par-dessus l'empreinte du criminel ! Par contre, comme nous avons relevé les empreintes immédiatement à notre arrivée, aucune des personnes que je viens de citer n'a eu l'opportunité de toucher au bouton du rez-de-chaussée. Il est donc vraisemblable que les dernières empreintes qui s'y trouvent soient celles de l'assassin.

— Bien dit, mon vieux Manurier ! A première vue, s'agit-il d'une empreinte d'homme ou de femme ?

Il me désigne son microscope, comme s'il me suffisait d'y river l'une de mes prunelles pour y lire la réponse.

— Trace infime, vous dis-je. Je vais devoir procéder à des agrandissements. Mais si j'osais me mouiller, je pencherais pour une empreinte femelle.

— Peut-être vais-je pouvoir réduire ton travail de titan, vieil enrhumé. Cherche aux Sommiers la fiche d'une dénommée Elodie Smurgh et compare ses empreintes avec le petit brimborion que tu as pu relever. J'attends ta réponse dans mon burlingue. Bouge-toi le cul car j'ai rencard avec le Dabe dans vingt-cinq minutes !

*
**

Comme il dort bien !

Avec une espèce d'application angélique. De bonne volonté éperdue. Comment, où, et avec qui a-t-il ramassé une telle muflée, le gros porc épique ? Mystère.

Qui ne s'éclaircira pas aujourd'hui car, tel qu'il est parti, je lui suppose encore vingt-quatre plombes d'autonomie, au Mastar. C'est du sans escale. Si des besoins naturels lui viennent, il les soulagera sous soi, l'artiste. Tel un cosmonaute qui, prisonnier de sa fusée, ne peut rentrer déféquer à la maison.

Moi, si j'ai fait romancier au lieu de cosmonaute, c'est à cause des chiottes. Bédoler dans ma combinaison spatiale, je m'en sentais pas capable. Les téléspectateurs, quand on leur montrait le retour sur Terre des vaillants pionniers de l'espace, ils se gaffaient pas que ces héros étaient pleins de merde. Si t'as l'occase, un jour, de passer par Washington, va visiter le Musée de l'Aéronautique. Bon, y a l'avion de Lindbergh, mais ça, ça reste terrestre malgré tout. Ce qui te chancetique, ce sont les premiers engins spatiaux, ces énormes toupies bourrées de fils, de condensateurs, de bidules et de trucmuches avec, à peine discernables dans cet enchevêtrement, deux places pour des hommes. Fallait-il avoir des couilles géantes pour oser prendre place là-dedans et se laisser valdinguer dans l'intersidéral ! Ces gonziers qu'on a déjà oublié les blazes, je les salue bas. Ils auront fait du genre humain autre chose qu'un paillasson ! Tu crois que sur leurs agendas, ils avaient noté des rencards pour la semaine de leur retour ? Probable. La foi ! En Dieu, peut-être ? En tout cas en la technique ! Moi, ces places réduites qui les obligeaient à se tenir tête-bêche, recroquevillés à l'extrême, je comprenais pas où ils pouvaient loger leurs gigantesques burnes, les focards de l'espace. Et puis ils en sont revenus, ils ont depuis fait des gosses, pris du ventre, regardé *Dynastie* à la tévé. Sont rentrés dans l'atmosphère glandue, là que le con prolifère, que se développe le vice et qu'on meurt pour de bon, pas plus avancés qu'avant le déluge !

Jérémie visionne le poussah avec répulsion.

— C'est vraiment un tas de merde, diagnostique-t-il. Je comprends pas. J'ai beau m'efforcer, ça m'échappe.

— Quoi donc, Blanche-Neige ?

— Toi et lui. Votre amitié. Toi, plutôt intello sous tes airs canailles, et lui uniquement organique, pis qu'animal ! T'es chié, c'est pas pour dire ! Il est gros, sale, puant !

— Mais fidèle ! enchaîné-je. Mais courageux ! Mais

dévoué ! Mais bourré de tendresse ! Et si reposant ! Si totalement en vie, monsieur Blanc !

Mon plaidoyer ne fait qu'exacerber la rogne de Jérémie.

— Ce type, tu lui confies une mission délicate. Et au lieu de ramener des renseignements, il ramène une cuite phénoménale ! Tu parles d'un zélé collaborateur !

— Attendons de connaître comment et pourquoi il l'a ramassée, cette pinture !

Il hausse les épaules.

— Tu es vraiment touché par la grâce, Antoine ! Faut être chié pour défendre l'indéfendable !

A cet instant, un bredouillis bulbeux, caverneux, se fait entendre. Ça provient de la masse de chair étalée sur le plancher. Par quel orifice en est-elle sortie ?

Je m'agenouille sur la rive de Béru.

— Tu as parlé, Gros ?

Silence. Un borborygme. Re-silence. Puis, une voix indéterminable de ventriloque gavé de cassoulet se produit. Je tends mes baffles. Elle dit :

— Gaffe ! C'v' chier !

— Qu'est-ce qui va chier, Gros ?

Mais plus rien ne se manifeste. Il est retombé dans le sirop de goudron intégral. J'ai beau l'exhorter, le secouer, rien ne vient. L'appareil est en rade, panne sèche (si je puis dire !).

— Je savais, murmuré-je, soucieux, en abandonnant le pachyderme à son inertie.

— Que savais-tu ? grogne M. Blanc.

— Qu'il n'avait pas ramassé une muflée de cette ampleur sans raison. Il a dû se produire quelque chose au cours de son enquête. Elle lui a permis de découvrir que « ça allait chier ». Je vais tout de même mander un toubib pour tenter de lui faire retrouver quelque lucidité.

J'appelle le docteur Kopstétos, un Grec d'origine ;

chypriote plus précisément. Il prend du rond comme un fou, mais c'est le médecin le plus sympa que j'aie jamais rencontré. Tout l'amuse et il amuse tout le monde. Je lui expose mon dilemme et il promet de rabattre chez les draupers avec un matériel ad hoc et des vulnéraires surefficaces.

Ma tocante indique dix-huit heures vingt. Il est temps de grimper chez Achille.

— Tu vas attendre le toubib et lui prêter aide et assistance ! enjoins-je à Jérémie.

Il rouscaille comme quoi il s'est engagé comme flic, pas comme infirmier et que, dessoûler un tas de viande avariée n'entre pas dans ses attributions.

Je le laisse grincher à sa guise et je sors.

Ce faisant, me casse le nez sur « La goutte de rosée » dont le pif pointu ressemble à un tisonnier rougi. Lui, si maussade de nature, montre un visage radieux comme une petite culotte de jeune fille.

— Bravo, commissaire ! il me lance.

Il serait britiche, il ajouterait : « Congratulation ».

Je réalise alors que tout baigne. Et un hymne confus retentit dans ma chère grande âme, à gauche en entrant.

— Vous avez vu juste, poursuit Manurier, le brin d'empreinte que j'ai relevé coïncide parfaitement avec celles de la fille Smurgh.

Je lui saisis la main et la baise comme s'il s'agissait d'une dextre épiscopale.

— Tu es musical, quand tu le veux, Manu, assuré-je. Pour ton anniversaire, je t'offrirai une douzaine de mouchoirs !

POUR DAMES FRIVOLES

Afin de fêter leur installation dans leur nouveau studio de la Muette, ils se firent à chacun un cadeau. Chochotte offrit un magnum de Chivas Regal de vingt ans d'âge à Edmond, lequel, en retour, lui apporta une superbe corbeille de fleurs blanches, dont sa compagne raffolait.

Il se mit à siroter un grand verre de whisky bourré de glaçons tandis qu'elle sortait leurs fringues des valises pour les répartir sur les cintres de la penderie.

— Tu t'es choisi un nouveau nom ? questionna distraitement Edmond.

Car cela faisait partie de leur rituel. Après chaque « contrat », ils abandonnaient leurs pseudonymes pour s'en choisir d'autres. Cette précaution ne rimait pas à grand-chose, mais ils l'observaient scrupuleusement ; elle renforçait cette notion de sécurité qui les obsédait.

Chochotte accrocha une robe d'organdi noir à la tringle qu'elle s'était réservée et se retourna, pensive. Son regard erra sur le studio cossu. Il accrocha la corbeille de fleurs et elle eut le déclic.

— Pour moi, ce sera Blanche-Fleur, dit-elle.

Il lui sourit.

— Ça t'ira au poil, ma gosse.

— Et toi ?

A son tour, Edmond étudia le problème. Incité par

l'initiative de sa maîtresse qui avait puisé l'inspiration dans les fleurs, il regarda l'énorme bouteille de scotch. Chivas Regal.

— Régalo ! fit-il.

Elle ne contesta pas. Chacun décidait pour son propre compte, sans chercher à influencer l'autre.

— O.K.

Elle ajouta :

— Pas mal porté en tout cas : c'est vrai qu'on se régale avec toi, voyou !

Ce genre de compliments flattant toujours l'orgueil d'un mâle, il coula sa main experte sous les pans de la robe de chambre.

— J'adore ta touffe ! assura Régalo.

— Bouffe-moi ! supplia-t-elle soudain, cédant à une brusque envie de jouir.

Il ne rechignait jamais. D'un geste calme il déposa son verre sur la table basse placée devant lui, se dégagea du fauteuil et y fit choir Blanche-Fleur. Après quoi, il plaça les jambes de sa compagne sur chacun des accoudoirs. Le slip constituait un obstacle théorique. Il commença à « entreprendre » la fille à travers l'étoffe arachnéenne. Quand elle fut vraiment « lancée », Régalo sortit un couteau de sa poche et sectionna l'entrejambe du sous-vêtement.

C'était un de leurs nombreux fantasmes. Elle achetait les culottes par douzaines !

Il lui prodigua du plaisir pendant près d'une heure, tant il avait une technique éprouvée. Quand elle fut rassasiée, il alla reprendre son verre de whisky, y remit des glaçons et s'assit dans le fauteuil d'en face.

— C'est rudement peinard dans ce quartier, soupira voluptueusement Blanche-Fleur, on n'entend aucun bruit.

Un temps s'écoula. Régalo faisait tinter les nouveaux glaçons contre les parois du verre.

Il murmura :

— On ne devrait pas trop attendre, quoi que tu en penses, pour négocier le secret de l'ambassadeur. C'est le genre de valeur qui peut chuter d'un moment à l'autre. Si l'Excellence savait, d'autres savent. Donc, on n'a pas l'exclusivité.

Elle réfléchit et finit par approuver.

— Alors, on commence par qui ? demanda Régalo.

— Qui dit Américain dit dollars, répondit-elle au bout d'un moment.

Elle ajouta en pouffant :

— Et j'adore les dollars !

GALANTINE DE VOLAILLE

— — —

Il a voulu lui-même lancer les opérations, Achille au pied léger. Tu l'aurais vu lire les notes que je venais de lui transmettre. A se faire homme-serpent pour pouvoir se pourlécher l'anus ! Ce ton grave, gaullien presque.

— J'ordonne aux unités Scroum, aux brigades Macheprot, à la section Burnecreuse...

Des trémolos ! Du phrasé ! Une majestueuse concordance d'étang ! Voix de gorge, et puis des aigus là qu'il fallait.

— La fille Elodie Smurgh, née à Pithiviers...

La tirade des nez dans *Cyrano,* les stances du *Cid,* celles à Sophie ! Il déclamait bien tout : la date de naissance de la fille, ce qu'on connaissait de son pedigree, son dernier point de chute, son signalement, le genre de charges qui pesaient sur elle, et qu'elle devait être la compagne d'un dangereux tueur. Bien se gaffer d'elle, surtout ! L'emballer en souplesse. La ramener vivante et sans tapage. Il passait un instant de vrai bonheur, le dirlo. Se goinfrant de prérogatives ! Imposant sa loi avec une énergie stupéfiante pour son âge !

Derrière lui, se tenait la nouvelle Mlle Zouzou. Et ma pomme au côté de cette dernière, lui bricolant la cuisse d'une main experte. Au premier coup d'œil, j'avais décelé le tracé béni d'une jarretelle. Je vérifiai : c'était exact. Je piaffais du zob dans mon Eminence. Elle me laissait l'investiguer en souriant. Cette forte paluche de mâle ardent qui lui parcourait l'hémisphère sud lui causait une joie sensorielle sans mélange (t'aurais voulu la mélanger avec quoi, malin ?). On était bien. Tu sais, ces brins de félicité qui t'arrivent dessus sans crier gare, comme le font certains malheurs. Heureux, à l'improviste, y a rien de plus jouissif.

Le cérémonial a duré une bonne demi-heure. Quand il s'est terminé, on avait sécrété dur, la môme et moi. Fallait qu'on s'achève. Elle a prétexté au Vioque qu'elle devait « se laver les mains ». Puis elle m'a regardé et je l'ai suivie. l'Achille continuait de palabrer avec des « importants » ; de ces chefs-chefs qui se branlent la couennasse dans des burlingues sans trop savoir le jour qu'on est ni dans quel sens ils doivent tourner le capuchon de leur stylo pour le dévisser.

Il leur expliquait, Chilou, comment, en moins de jouge, il était parvenu à identifier l'un des meurtriers de l'ambassadeur. Du beau boulot ! Il se félicitait. Personne n'aurait su le faire mieux que lui. Etre félicité par un tiers est moins comblant. Les autres en oublient, même lorsqu'ils sont animés des meilleures intentions du *world*. Ils laissent des zones d'ombre. Ils sautent des passages. Au contraire, l'auto-félicitateur, lui, il connaît à mort son sujet. Exhaustif complet ! Ne laisse rien dans le *schwartz !* Il se complimentait minutieusement, le dirluche, pour sa diligence, son efficacité, son flair !

Et moi, pendant ce temps, j'embroquais sa jolie nouvelle Zouzou à fond de couilles dans les cagoinsses. L'endroit manquait de poésie, mais dans les cas d'urgence, le décor n'a plus la moindre importance. Elle s'était déslipée, puis accrochée à mon cou, ses admirables jambes autour de ma taille. Je la promenais ainsi d'un mur à l'autre des toilettes. A un moment donné, le divisionnaire Bordellacut est entré because sa prostate qui le taraude. Quand il m'a vu en train de bien faire, il a ouvert la bouche pour un cri de surprise qui n'est pas sorti. Par contre, il s'est licebroqué une grande giclette dans le falzoche. Puis, discret, il est ressorti. Mlle Zouzou, elle tentait de ne pas crier, mais lorsque je lui ai eu déposé le bord des fesses sur le lavabo pour pouvoir y aller plein gaz, ç'a été trop intense et elle s'est mise à appeler sa maman sur l'air impérissable de *la Marseillaise.*

Ça faisait la combien-ce que je cuissais, des souris d'Achille ? Tout en limant, je tentais de dresser un catalogue raisonné de ces jolies greluses. Mais y en avait trop ! Faut dire, le Dabe, il les choisit toutes à mon goût. Y a comme une obscure connivence dans notre aventure. Il est fidèle à un style de coucheuse, mon Vénérable. Lui, c'est la fille de trente balais à peu près, roulée classe, saboulée Lady Di, bien ronflante du pétrus et salopiote de bon ton. La môme qui surveille sa taille, ses dessous, son langage et les beaux mâles d'une assistance. Les pétasses à Chilou, c'est pas dans le bois de Saint-Cucufa que t'as une chance de les culbuter. Trop bien sapées pour les étreintes forestières, ces dadames ! Bon, au déboulé, la frénésie étant, tu peux les embourber aux chiches comme je le faisais là, mais c'était exceptionnel. A la rigueur extrême, elles voulaient bien s'encanailler dans un hôtel de passe, histoire d'ajouter des sensations ; voire me turluter le Nestor à l'arrière de ma Maserati ; mais elles restaient très mode, la baise haute couture elles pratiquaient, comprends-tu ?

Je lui ai flanqué la grande seringuée cosaque, telle qu'on n'en a plus revu depuis la chute des Romanoff. Ses cris sont devenus stridents. J'ai craint qu'Achille n'en fût alerté et se pointât pinément (impossible d'employer inopinément dans cette délicate circonstance !). Mais il courait sur son erre, le vieux dindon. Se balançait les ultimes compliments qu'il venait d'encourir. Posait sur sa calvitie étincelante les derniers lauriers, façon sacre de Napo. Son auditoire en gémissant trop fort d'obséquiosité indicible pour qu'il puisse percevoir le chant du fade de sa nouvelle merveilleuse.

Cette régalade m'a laissé tout con.

Les bourses essorées, mais l'âme mécontente. Pas que j'éprouvasse le moindre scrupule à encorner Pépère. Ce vieux forban ne baisait plus qu'avec la langue depuis lulure, excepté dans des occases rarissimes, les soirs de gala.

Ses derniers coïts relevaient de la légitime défense. Il embroquait, après une longue préparation d'artillerie, juste pour se prouver qu'il existait encore. Mais la plupart du temps, on jouait « Le Naufrage du Titanic » dans son alcôve, « La Guerre de mes Trois n'aura pas lieu » ! « A l'Ouest rien de nouveau » ! Si bien que, ce qui aurait pu passer de ma part pour du cocufiage n'était en réalité que de l'assistance à personne en danger.

Si je me sentais triste, post coïtum, c'était par insatisfaction sentimentale. La brosse, bravo, mais après ? Une fois le désir assouvi, comme on dit puis dans les vrais livres, ne me restait plus qu'une méchante savonnette administrative pour me replacer dans la vie.

De plus en plus, après m'être octroyé une bergère, je ressentais ce vide cacateux, cette petite mort grisâtre dont on se remet, hélas, mais dans quel état !

— C'était étourdissant, m'a complimenté la belle brune.

Voilà, le salaire de la bite ! « Etourdissant ! » Le terme était flatteur, mais il me laissait indifférent.

Je lui ai baisé la main avant qu'elle ne réintègre son diabolique slip en dentelle.

— Bonne soirée, mademoiselle !

Et alors je m'en suis allé poursuivre mon destin à

l'étage au-dessous. Là que le gentil et tout folingue docteur Kopstétos s'occupait activement du Gros.

***

— Qu'en pensez-vous, toubib ? je lui ai demandé.

Il était tout enchifrogné, M. Blanc. Au regard d'épagneul breton qui n'a pas su retrouver le canard foudroyé dans l'étang, j'ai pigé que l'enfant se présentait mal.

— Il faut l'hospitaliser d'urgence ! a égosillé la pédale médicale. Comment avez-vous pu laisser cet homme sur ce plancher pendant des heures, Antoine ! Vous êtes devenu fou, ma parole !

J'ai croassé :

— Je le croyais ivre mort, doc !

— Ivre, mon cul !

Son cul, à Kopstétos, il avait dû en voir de dures. Cézig-pâte, comme suppositoires, il s'enquillait des œufs d'autruche dans le fignedé !

J'ai pas dérivé sur le propos, ça risquait de nous entraîner trop loin de l'impérieuse réalité.

— Mais bon Dieu, qu'a-t-il, s'il n'est pas soûl, docteur ?

— Pour vous le dire, il faut auparavant lui faire une prise de sang et un lavage d'estomac. Vous ne vous apercevez pas qu'il est dans le coma, espèce de folle !

L'espèce de folle est devenu comme un bloc de glace. Je me suis tétanisé, comme on emploie dans les polars ; ça toujours, faut pas rater le coche : tous les *books* d'action, si tu lis pas un tétanisé quelque part c'est que l'auteur connaît pas son job ! J'en sais qu'on leur a retiré leur licence parce qu'ils avaient publié trois livres sans le mot tétanisé. Alors, moi, tu permets ! Pas de ça, Lisette ! Je tétanise aussi.

Quel crétin je faisais !

Mon Béru titubant, qui s'affale. Et moi de lui placer

une harde sur le râble, quelques journaux sous sa hure, et *bye-bye.* Alexandre-Benoît ! Bonne crève ! Mais je suis un criminel, ma parole !

Stetoskop, pardon : Kopstétos, est au bigophone :

— Hôpital de l'Empétrillère ? Service du professeur Le Bézouyeur, je vous prie !

Autoritaire et précis, il explique ce qui se passe à l'interne de service. Bon, on nous envoie un cardiobus. Lui, en attendant, il va injecter à mon pauvre Gros cinq centilitres de Pétahouche retard.

Quand la piquouze est faite, je murmure :

— Pourtant, tout à l'heure, il a pu prononcer quelques mots !

— Et ça prouve quoi ! exclame la doctoresse.

— S'il était dans le coma, il ne...

— Taisez-vous donc, Antoinette, vous ne savez pas ce que vous dites ! Si ce type meurt, vous en porterez la responsabilité !

Franchement, il y a des jours où il ferait bon n'avoir jamais existé !

D'ordinaire, je suis au mieux avec le Chypriote. En tout bien tout honneur, naturellement : tu connais ma religion qui est celle de mes aïeux ? Mais là, son côté professionnel l'emporte sur l'amitié et il me boude sauvagement. Jérémie partage ma culpabilité, encore qu'il eût parlé d'hôpital après l'effondrement du Mastar, lui. Mais quoi, nous sommes deux à l'avoir abandonné à ses agonies, Béru. On mérite les assiettes pour un tel forfait !

Nous attendons, en silence, la venue des spécialistes. Ils rabattent presto avec leur brancard pliable. Mais le Mammouth pèse deux tonnes et on les aide à le dévaler jusqu'au cardiobus en s'attelant chacun à un mancheron de la civière. J'ai la tête vide. Je voudrais avoir la force de le coltiner tout seul, mon pote. Dans mes bras, tel un gros bébé rose.

***

C'est ensuite que nous vient l'énergie. Une fois l'hébétude dissipée et le véhicule sanitaire loin. On se défrime, l'arboricole et moi ; pas somptueux, mais déterminés.

— Il faut savoir qui l'a fadé de la sorte, déclare M. Blanc. Tu l'avais envoyé enquêter à l'ambassade du Toufoulkan, n'est-ce pas ?

— Exact.

— Alors, allons draguer là-bas !

— Il est dix-neuf heures trente, tu penses bien que les bureaux sont fermés.

— Il reste la famille et le personnel de maison, non ?

Que veux-tu que j'objecte ? Il a raison !

Alors, voilà : on se pointe à l'ambassade que je te cause. Va surtout pas imaginer monts et vermeil. Ça n'a rien du Trianon Palace ! Juste deux étages dans un confortable immeuble moderne du boulevard Machot de Pys (1) dans le dix-septième. Le reste-chaussé (car il ne s'agit pas d'une mosquée) est consacré aux bureaux, le premier laitage constitue les appartements de fonction.

Onc ne répondant à notre carillon du bas, nous gravissons l'escalier garni d'un somptueux tapis rouge pour aller tenter notre chance à la majestueuse porte à deux battants du premier.

Là, ça usine, et une femme de chambre au teint basané vient nous ouvrir. Elle a les yeux albinos, consécutivement à son récent et copieux chagrin, car

(1) Machot de Pys : savant français né à Vatefère (Morbihan) (1850-1789). On lui doit l'invention de la célèbre poudre d'escampette, dont l'armée française fit une si large utilisation en 1940.

elle adorait son patron dont il lui arrivait de caresser les testicules avec une plume d'autruche, certains matins, Son Excellence Tabitâ Hungoû raffolant de ce genre d'attouchement, peu pratiqué sur le marché.

Je l'informe que nous sommes de la police, le lui prouve et elle questionne d'un ton pleurard en désignant Jérémie :

— Lui aussi ?

— Lui aussi, confirme M. Blanc ; il est noir comme un nègre, il a le goût du nègre, mais c'est un flic !

La fille dit « qu'ah bon, merci » et s'inquiète de l'objet de notre visite.

— Nous souhaiterions avoir un entretien avec Mme l'ambassadrice.

— Je ne pense pas qu'elle puisse vous recevoir tout de suite, répond l'ancillaire, elle est en train de pleurer avec des amis.

Et de lever un doigt pour requérir notre attention. Effectivement, nous percevons un bruit étrange, presque mélopesque, qui fait penser à plusieurs bonbonnes d'huile renversées, dont le contenu se répandrait dans un escalier (1). La soubrette ajoute que le sécrétaire d'ambrassade, M. Kadmir Saabit, se trouve là et qu'il va se faire un plaisir de nous recevoir ; ce dont j'accepte.

Avant qu'elle n'aille quérir l'intéressé, je me permets de retenir la domestique par le bras.

— Dites-moi, jeune fille (elle a cinquante-huit ans et quatre dents de devant), vous avez déjà reçu la visite d'un de nos collègues, ce matin, n'est-ce pas ?

Elle opine à tout va.

— Un gros, précisé-je, avec un chapeau ?

(1) C'est son sens des comparaisons qui a fait de San-Antonio le premier écrivain berjallien de son temps !

Marc PERRY (de l'Académie française par contumace).

— Qui sentait mauvais, complète la bonne à tout te faire.

— Exactement.

— Oui, il est venu.

— Qui a-t-il vu, ici ?

— Il a vu Madame.

— Qui d'autre encore ?

— M. Kadmir Saabit.

— Et puis ?

— Moi.

— Vous avez eu une conversation ensemble ?

— Si, vous voulez. Au bout de cinq minutes il m'a fait toucher sa grosse affaire. Un engin épouvantable ! Il voulait me le mettre ! C'était de la folie ! Il a une affaire, je ne vous mens pas, longue comme ça et grosse comme ça.

— Je suis au courant, coupé-je : j'ai vu le film en version originale.

Le plus curieux, c'est qu'elle ne s'indigne pas, la chérie. Je me demande même si elle ne déplore pas le surdimensionnement de mon cher Alexandre-Benoît, qui l'a privée de faire plus ample connaissance avec lui.

Elle murmure :

— Dans notre famille, les femmes, nous sommes très étroites, on doit nous opérer avant de nous marier.

— Et vous êtes restée célibataire ?

— Oui.

— Pauvre chère petite, vous êtes passée à côté de bien des joies.

— Je suis abonnée à *Nous Deux,* me rassure-t-elle.

— En ce cas votre problème est réglé. En dehors de cet attouchement qui, je le vois, vous a rendue perplexe, quel autre rapport avez-vous eu avec notre confrère ?

— Il voulait savoir si Monsieur avait des ennemis ! Vous pensez ! Un homme si gentil ! Si doux ! Si généreux !

— Lorsqu'il vous a rendu visite, était-il passé par les bureaux du bas ?

— Non, je ne crois pas, puisqu'il m'a demandé à quelle heure ils ouvraient.

— Merci, vous êtes très coopérative et je suis convaincu que Son Excellence devait beaucoup vous apprécier.

Elle se met à pleurer, façon exercice d'alerte. Une vraie sirène d'usine ! Autrefois, les usines hululaient pour la rentrée et la sortie du personnel. Y avait un côté paquebot sédentaire dans ce long cri déchirant. Mais ça faisait partie de la vie. C'était la clameur de la peine des hommes. Zola !

A présent c'est feutré. Ça ordinate. Nos manufactures ressemblent à des hôpitaux.

On stagne dans l'antichambre un bout avant que ne s'annonce (apostolique) le secrétaire. C'est un petit homme fiévreux, plein de tics et saboulé à la perfection par un tailleur anglais. Très brun, le nez aussi long que celui de Manurier, portant d'énormes lunettes de vue aux verres surépais, la lèvre inférieure en gouttière, le geste vif, il marche sur nous d'un pas déterminé, kif un huissier hépatique venant saisir ton mobilier.

Congratulations d'usage.

Il sait qu'un assassinat implique des relations répétées avec la police et nous considère comme un mal nécessaire ; simplement, il s'abstient de regarder M. Blanc, histoire de marquer son racisme primaire.

Deux vilains poissons exotiques qui, en fait, sont ses yeux, restent en permanence dirigés sur ma personne. Je questionne à brûle-parfum :

— Vous êtes allé reconnaître le corps à la morgue ?

Il opine très vite. Ce mec, un vrai rat dans son genre. Je l'imagine se nourrissant de graines, voire de croûtes de fromage.

— Comment l'avez-vous trouvé ?

— Epouvantablement mutilé.

— Je ne vous demande pas si vous lui connaissiez des ennemis, je sais que c'était une espèce de sage apprécié de tous.

Il continue de me regarder. Moi je pense qu'il pourrait nous recevoir ailleurs que dans cette antichambre meublée de deux fauteuils Louis Quatorze et d'une tapisserie d'Aubusson-les-Bains que ça représente Diane chiasseresse fléchant un cervidé étonné. Mais dans son patelin, au secrétaire, le poulet n'est pas un mets de choix. Il nous accepte, sans plus. Ne lui vient point à l'idée que nous sommes des fonctionnaires, tout comme lui. Alors on continue de se défrimer et de se parler en dansant d'un pied sur l'autre.

— Son Excellence ne pouvait avoir d'ennemis : il était…

— Gentil, doux et généreux, je sais : on nous l'a déjà dit. Comment se fait-il en ce cas qu'on l'ait torturé et tué ?

— Un fanatique, sans doute.

— M. Hungoû avait des opinions combattues par des éléments d'opposition ?

— C'était au contraire l'homme de tous les rapprochements, de tous les pardons.

— Cela suffit parfois pour déclencher la haine, remarque Jérémie.

Mais l'autre fait comme si aucun décibel ne venait d'atteindre son tympan.

Il a beau être d'un noir fougueux, mon M. Blanc, on a l'impression qu'il est transparent pour le secrétaire d'ambassade. Insonore et inodore, aussi. Impalpable, même ! Il lui marcherait à travers, tel le passe-muraille franchissant un mur sans s'en rendre compte.

— Et au plan familial, des problèmes ?

— Le meilleur des époux, le plus choyé des pères.

Bref, un saint ! N'empêche que le meilleur des époux se respirait la môme Surcouff, sacrée meilleure (elle aussi !) comédienne de l'année prochaine à la Nuit des Gaspards. Il découchait, Tabîtâ Hungoû. Continuait-il pour autant à tirer Bobonne ? Juste pour la reconduction de l'espèce ?

Hypocrite jusqu'à la moelle, j'interroge :

— Vous ne lui connaissiez pas de liaison ?

— Quelle horreur ! Lui ! Un tel homme de devoir...

A l'entendre, on aurait dû le peindre en doré et le placer dans une niche, l'ambrassadeur.

Moi, carrément, bille en tronche :

— Donc, d'après vous, ses relations avec Mlle Alicia Surcouff auraient été platoniques ?

Là, les deux poissons exotiques exécutent le tour de leur aquarium avant de me refaire face. Son regard produit un tournicotage d'appareil à sous en action. Et puis, bon, il s'immobilise sans pour autant déclencher le jack-pot. Mais il a accusé le coup, Ernest !

— J'ignore de qui vous parlez, ment-il.

— Puisque nous sommes au chapitre des révélations, cher monsieur Kadmir Saabit, laissez-moi vous révéler que Son Excellente Excellence n'a pas été tuée dans un terrain plus ou moins vague, mais au domicile de cette admirable actrice qui fut primée la nuit dernière tandis qu'on trucidait M. Hungoû dans sa salle de bains. Le départ de l'enquête indique qu'il aurait été victime d'un tueur à gages. Or ces gens-là travaillent sur commande, pour le compte de quelqu'un. Alors je retrouve ma question initiale : qui pouvait souhaiter la disparition de votre ambassadeur ? Ne me répondez pas encore : « un fanatique » car, dans ce cas, son exécution se serait produite différemment.

Tu connais mon sens inné de la psychologie ? Moi, je joue des êtres. Menuhin au crincrin, c'est Zavatta comparé à moi à l'âme humaine !

Une chose me frappe dans l'expression du gars, c'est la stupeur qui a marqué sa physionomie quand je lui ai révélé que l'ambassadeur avait été tué au domicile de la comédienne. La liaison, il la connaissait, j'en mettrais ta main au cul, mais le lieu du meurtre, nenni.

Un lapsus de temps s'écoule, comme dit mon cher Béru, dont je recommande vivement le salut au Seigneur. On commence à vachement fatiguer, les trois, debout, pareils à des hérons sur une plage à marée basse. Puisqu'il se sait transparent, M. Blanc en profite pour aller déposer son postérieur de nègre entre les bras compatissants d'un des deux fauteuils. Qu'ouf, il a de la chance.

— Alors ? asticoté-je.

Un léger coup de tisonnier, que le secrétaire se grouille les méninges, merde ! Faut pas laisser s'épaissir les silences, sinon ils deviennent des murs.

Il le crache, son mensonge, oui ou merde ?

— Je ne vois pas.

Bon, il s'abstient de mentir, pour juste bivouaquer dans l'évasif.

— Monsieur Saabit, vous ne pouviez ignorer la liaison de Son Excellence avec Alicia Surcouff. La discrétion fait partie de votre métier, je sais, mais nous sommes dans une position qui oblige tout le monde à jouer cartes sur table ; du moins ceux qui ont la conscience nette.

Les deux poissecailles chinois retournent voir ailleurs si j'y suis ; ne m'y trouvant pas, ils rappliquent une fois de plus.

— Mme l'ambassadrice non plus ne pouvait ignorer que son époux avait une maîtresse. Où en étaient leurs relations matrimoniales ?

— Elles paraissaient excellentes, bredouille Kadmir Saabit.

Bon, il est trop rompu aux finasseries de la diplomatie pour jacter franco, l'apôtre !

— A quelle heure l'officier de police Bérurier a-t-il quitté l'ambassade ? attaqué-je, après un croisement de balle.

— De qui parlez-vous ? biaise le foutriquet myope.

— Du policier qui vous a questionné ce matin.

— Mais je... je l'ignore.

— Décidément, ne rien savoir constitue chez vous une règle de conduite ! Ou bien une espèce de sport, peut-être ?

Il ne se désunit pas, hausse les épaules.

— Lorsque j'ignore les réponses à vos questions, je vous réponds que je les ignore. Préféreriez-vous que j'invente ?

Son français est très correct, un peu sucré toutefois, avec des bribes de volubilité qu'il calme volontairement, comme s'il craignait de se laisser entraîner. Ce genre de client, si tu veux que je te dise, c'est le pire de tous. Du poisson gluant que tu ne parviens jamais à saisir !

— Mon collaborateur est venu ici, il vous a interrogé, ainsi que l'ambassadrice et la domestique, et puis il est descendu dans la partie fonctionnelle de l'ambassade pour questionner le personnel. Au fait, celui-ci se compose de combien d'éléments ? Sans vouloir vous vexer, ça ne doit pas être les bureaux de la Régie Renault, l'ambassade du Toufoulkan. Les gens souhaitant s'y rendre ne font pas la queue comme au rayon des soldes des Galeries Lafayette !

— En dehors de moi, répond Kadmir Saabit, il y a le second secrétaire, une dame chargée des relations culturelles et deux autres femmes pour la réception et le travail de bureau ; plus un chauffeur.

— L'officier de police Bérurier vous a interrogé ici, dès que l'ambassadrice vous eût fait appeler, n'est-ce pas ? Vous êtes redescendu aussitôt après ?

— Non, j'avais un rendez-vous à l'extérieur.

— Si bien que mon collaborateur s'est rendu seul dans les bureaux ?

— C'est probable.

— Plus tard, dans l'après-midi, vos collaborateurs ont mentionné sa visite ?

— Naturellement ! Ils étaient tous atterrés par l'affreuse nouvelle et sanglotaient.

— Son Excellence aura été très aimée et donc beaucoup pleurée, conclus-je.

Et c'est alors qu'il se produit dans les pièces agaçantes un remue tu sais quoi ? Ménage !

Cela ressemble à une échauffourée très fourrée. Y a même des meubles renversés, des cris, des appels en langue étrangement étrangère. La porte principale s'ouvre à toute volée et trois personnes déboulent : trois femmes. L'une est boulotte, très brune, c'est elle qui glapit. Les deux autres se composent de la femme de chambre déjà mentionnée dans la liste des engagés et d'une grande gonzesse anguleuse, type matonne, portant une blouse blanche. Visiblement, la bonne et l'autre bonne femme s'efforcent de contenir la première, laquelle semble hors d'elle-même, et même, après une rapide auscultation, j'ajouterais légèrement pincecornée sur les pourtours.

Le secrétaire a blêmi (il avait tout pour ça au départ, vu son teint semblable aux boulettes de papier journal détrempées puis séchées, que ma grand-maman confectionnait pour allumer son poêle).

Il se précipite. Barre la porte d'entrée à la sombre boulotte en écriant des choses véhémentes dans son patois national. Une scène confuse s'ensuit. Ça gesticule. Jérémie et moi nous nous tenons à l'écart du conflit because quand tu te trouves nez à nez avec une guerre que tu connais pas, garde bien tes pieds au sec au lieu de te jeter dans la mêlée comme la première France venue sitôt qu'une Pologne quelconque gueule au secours ! Il est toujours temps d'y être entraîné bon gré mal gré dans la guerre. Plus tu retardes ton entrée, plus t'économises de vies humaines, et point à la ligne !

Aidées du premier secrétaire, les deux juguleuses finissent par avoir le contrôle de la situasse. La boulotte brune change ses piaillements et ses appels en pleurs. Elle s'effondre au sol et, les jambes à l'équerre, la tête basse, arrose le chiraz de ses larmes. D'autres gens sont apparus. Quatre personnes. Un vieil homme chenu, genre roi mage déshydraté, une jeune fille pubère, deux dames de « par là-bas », loquées à l'orientale. Suit une période plutôt confuse. Tout le monde jacte avec volubilité, à l'exception de la fille pubère, laquelle me couve d'un regard qui précède son pucelage. Je pige pas le dialecte, mais il ressort des gestes et expressions que chacun produit son avis sur la conduite à tenir. A la fin, c'est celui du pommier secrétaire qui prévaut car il a grade de prévôt. On force la dame à terre à se relever en la saisissant sous les aisselles. On l'entraîne.

— Ton avis, docteur Mabuse ? je demande à Jérémie.

Manque de bol : il n'est plus là.

Ne l'ai point vu s'éclipser. Est-il parti par la grande porte du salon ou par celle du palier ?

Le gars Kadmir Saabit réapparaît essoufflé, plus tiqueux que jamais. Ça consiste en un léger haussement d'épaules répété une dizaine de fois à toute vibure et ponctué par une torsion de la bouche.

Il est surexcité comme une bite dans la main de la princesse Sarah, la copine rouquemoute à Lady Di, devenue sa belle-sœur par le jeu des partouzes. Son épaule, tu dirais franc un levier de pompe à main un jour d'incendie au village.

— Fâcheux ! fait-il. Navrant ! Le chagrin !

— Il s'agissait de Mme l'ambassadrice, si j'ai bien compris ? demandé-je.

— En effet. Elle vient d'avoir une crise de nerfs. La mort de Son Excellence lui a provoqué un traumatisme terrible. D'ailleurs j'ai dû appeler le docteur...

— Je comprends, fais-je. Un drame pareil, dans un foyer aussi uni ! Aussi ne vais-je pas vous importuner plus longtemps, monsieur Saabit ; donnez-moi les noms et adresses de tous vos collaborateurs et je viderai les lieux.

Il a un léger temps de surprise.

— Ah oui ?

— Oh oui !

— Bon, je vous demande un instant...

Il sort. Je constate alors que M. Blanc lui, est de retour. Un magicien, ce Noirpiot !

— Tu pars en croisière sans prévenir ! reproché-je.

— J'ai profité de l'inattention générale pour visiter les lieux.

— Intéressant ?

— Très.

Il ajoute, non sans mélancolie :

— Dans le fond, c'est bien d'être noir : même en plein jour, personne ne te remarque !

A

Comme il est l'heure de la croque, que nous sommes en France et que je suis français jusqu'au plus humble poil de ma raie culière, je propose à Jérémie d'aller casser une graine dans un troquet de mon invention.

Comme il est athlétique, doté d'un solide appétit et familiarisé avec cette cuisine occidentale, fleuron de notre chère patrie, il accepte à pieds joints.

Et nous voilà chez Bézuquet, cuisine provençale, pieds et paquets, anchoïade, pâtes au pistou, et autres délicieuseries, à écluser un Estandon rosé pour faciliter nos mastications carnassières.

— Allons, fais-je au bout d'un instant, dis-le-moi sans que j'aie à te fouiller !

Je fais bien sûr allusion à ce qu'il a découvert dans les appartements de l'ambassadeur, et il le comprend très bien puisqu'il répond sans barguigner :

— L'épouse est malade et c'est bien antérieur au décès de son mari. Le système nerveux qui patine, probablement. Tu verrais sa chambre ! On se croirait dans une clinique ! Il y a même des sangles à son lit ; lequel est en fer ! Pour une ambassadrice, ça la fiche mal, non ? Elle doit piquer des crises sauvages, la mère ! Je ne te parle pas de l'armoire à pharmacie bourrée de médicaments ! Ce qui rend l'endroit dramatique, c'est que les murs sont garnis de posters représentant deux enfants d'environ huit et douze ans. Un garçon et une fille ! En outre, le lit est empli de peluches diverses qui représentent des nounours, des koalas, des chienchiens et je ne sais quoi encore. Si Tabîtâ Hungoû allait se régaler ailleurs, c'est probablement parce que sa bonne dame roule sur la jante. Vu sa position diplomatique, il écrasait le coup. L'une des femmes qui maîtrisaient l'ambassadrice est, de toute évidence, une infirmière attachée à sa personne.

Ces révélations de mon précieux collaborateur ne me surprennent pas outre quiévain, ni outre mesure, comme dit mon tailleur. (Cerruti, l'homme qui fait parler l'homme — publicité rigoureusement gratuite.) Depuis l'intrusion de la mère Hungoû dans l'antichambre, j'ai parfaitement réalisé qu'elle cloquait un peu de la matière grise, Mémère.

— La femme de chambre a prétendu que Bérurier a interrogé l'ambassadrice, crois-tu que la chose soit possible ?

— Pas trop, même en période de calme elle paraît hors circuit.

— Donc, la soubrette nous a berlurés ?

— C'est extrêmement probable.

— Dans quel but ?

— Parce qu'on lui aura demandé de le faire.

— Le vilain premier secrétaire ?

— Pas exclu.

— Il fait pas catholique, ce type !

— Il ne l'est pas.

On attaque les délicieux pieds et paquets de la mère Bézuquet (c'est elle qui est au piano et c'est son gâtochard qui joue les Von Karajan dans le restau).

Je me sens délicieusement las. Saturé de sentiments contradictoires. Je revois le cadavre mutilé de Son Excellence, le calme comportement d'Alicia Surcouff, primée dans la soirée et veuve de son amant. La mère Herredia et son chiare, le Portugais précoce, qui grimpe déjà les ravissantes tomobilistes à la chatte de braise. Et puis mon brave Paul Akourdidé et sa fille pincecornée, au milieu de ses cochons d'Inde. Le vieux avec sa nouvelle conquête si tant ardente. Et surtout mon Béru, que je tenais pour soûl perdu et qui était comateux !

En quelques heures, que de périphéries, dirait le Vaillant ! Un point positif — ô combien ! — : nous avons déterminé l'identité de la tueuse, et ça, crois-moi, c'est un pas de géant.

Le repas s'opère en silence. Nous mastiquons façon ruminants, en pensant à autre chose.

Après le frometon, comme nous déclinons les desserts, Bézuquet mâle apporte une grande boutanche pleine d'un liquide pâle dans lequel macèrent des plantes mystérieuses.

— Le petit alcool maison, commissaire ? propose-t-il, engageant.

C'est son arme atroce, ce flacon ! Un jour, j'ai commis l'imprudence d'accepter et il en a consécuté un trou large comme une pièce de cinq francs dans mon estomac.

Faut être fou pour filer un machin pareil dans le cornet de gens dont on vient de choyer les papilles gustatives ! Il est inconscient, Bézuquet ! Quand on refuse, il plaide coupable. Il avoue que c'est sa fabrication à lui tout seul, Joachim ! Un secret de famille transmis sur les lits de mort, de père à fils aîné. Leur vrai testament, aux Bézuquet ! Ils en sont plus fiers que Fleming ne l'a été de la pénicilline.

Il prétend, le père gargote *mit uns,* que le mec qui se cognerait un gorgeon de sa saloperie par jour est assuré de vivre jusqu'à cent balais ! C'est peut-être vrai, note bien, seulement les gaziers qui s'y sont essayés sont morts avant ! Pas de pot !

— Tu as eu le temps d'établir un programme, grommelle Jérémie. Comme convive, t'es chié, mon vieux ! Claper sans un mot, sans un regard à son vis-à-vis, même Victor Hugo ne se serait pas permis, et le général de Gaulle pas davantage !

Je lui tends la liste des employés de l'ambassade du Toufoulkan que m'a dressée Kadmir Saabit.

— Tu rends visite à ces gens-là, ma vieille branche de lilas blanc. Tu cherches à apprendre des choses sur l'enquête de Béru, ce matin. Et aussi, naturellement, sur l'ambassadeur et sa pauvre bonne femme rétamée de la coiffe.

— Quand dois-je les visiter ?

— Tout de suite.

Il effare des prunelles et ça lui fait des lampions grands comme les phares des Hispano-Suiza du début du siècle.

— Tu sais qu'il est neuf heures trente ?

— Ma montre est au courant.

— Ils vont me jeter, ces mecs, en me voyant débouler chez eux à une heure pareille ! C'est pas légal ! Et puis nègre comme je suis, ça va être ma fête !

— Jérémie ! Tu es beau, intelligent, diplomate, séduisant ; nul ne possède autant que toi le sens du contact humain ; je suis certain que ce sera un jeu de piste pour mon grand sorcier noir ! Fais le maximum, monsieur Blanc, ainsi auras-tu toujours une conscience décrassée avec Ariel double action !

Ayant ciglé la douloureuse, je prends congé.

— Tu me plantes là ?

— Lis ta liste, la dame chargée des relations culturelles de l'ambassade crèche à deux rues d'ici, balayeur !

— Et toi, si c'est pas trop indiscret, tu fais quoi ?

— Pas la guerre, ricané-je, surtout pas la guerre ! Mais peut-être bien l'amour, qui sait.

*
**

T'expliquer comment ça m'a biché, cette envie, au cours du repas, je serais pas capable. Une pulsion, tu vois, c'est ça : l'idée qui te saute dans la tronche, l'investit, se fout de toutes tes objections et décide.

Ça m'a pris en urgence. On m'aurait prévenu que notre pavillon de Saint-Cloud était en flammes, j'aurais pas renoncé à mon projet. Même de savoir Béru à l'hosto n'a rien modifié à ma trajectoire. C'est « l'appel profond », tu comprends ? Le tueur de la peine lune, quand son besoin d'éventrer une pute l'empare, il suit inexorablement son instinct.

Je circule vitement dans un Paris assagi par l'heure. Direction, le 13e ! J'aime bien cet arrondissement. J'y ai des souvenirs.

J'en aurai encore. Faut toujours préparer les mélancolies de demain. Ça se tisse au jour le jour, sans qu'on y prenne trop garde. Tu laisses refroidir, et puis un jour tu repêches dans ta mémoire des bribes d'instants que t'avais à peine remarqués en les vivant ; ils te deviennent alors confortables.

La rue de la Glacière est restée peinarde, malgré des constructions neuves. Quand on s'est connus, elle et moi, elle était vieille et moi imberbe. Et puis le temps nous change et le contraire se produit.

Devant le 18 bis, y a pile une place pour ma tire, comme si le destin me l'avait préparée. Je pénètre sous un porche. Des boîtes aux lettres dissemblables sarabandent contre un mur pas frais. L'immeuble ne comporte que deux étages dont le second est déjà mansardé. Je lis, sur l'une des boîtes *M.-J. Montclair, deuxième gauche* écrit à la main sur du bristol.

Combien crois-tu qu'il me faille d'enjambées pour avoir raison de ces 34 marches ? T'as perdu ! Moins !

J'ai l'impression d'en consacrer deux par étage, alors tu vois !

Sur la porte de gauche on a collé un ruban de Dymo de couleur noire sur lequel des lettres blanches disent : « Marie-Jeanne Montclair ». Je tends l'oreille. Une musique classique s'échappe du logement. Je te parie un détroit de Gibraltar contre une de mes deux que c'est du Mozart. Alors je sors le papier sur lequel elle a écrit son nom et son adresse, le glisse sous la lourde et toque doucement au panneau peint d'un vilain marron huileux. Bientôt un glissement s'opère, de l'autre côté de la lourde.

Une voix frêle, inquiète, demande :

— Qu'est-ce que c'est ?

Au même instant, sa propriétaire avise mon papier, le ramasse (froissement léger) puis ouvre.

Elle se tient debout sur fond de lumière jaune, menue dans un tee-shirt qui lui dévale jusqu'aux genoux. Il est blanc avec, en gros sur le devant « J' (cœur) Paname » en noir et rouge. C'est devenu un classique, le *I love* graphique.

Elle est nu-pieds, mais je te parie qu'elle porte une culotte sous le tee-shirt. Le cul nul, c'est pas son look à ma frêle Eurasienne.

Elle me sourit.

— Quand on vous donne une adresse, vous ne perdez pas de temps ! gazouille-t-elle.

— Je peux entrer un instant ?

Elle hausse les épaules, comme si la chose n'allait pas de soi !

Je pénètre alors dans un logis modeste certes, mais plein de charme. Il se compose d'une grande pièce avec un coin cuisine et un renfoncement formant alcôve pour le lit-divan. Au centre il y a une table de bistrot croulant sous les livres et les cahiers. Une lampe alimentée par un prolongateur de courant l'éclaire et c'est son abat-jour ocre qui met cette lumière jaune dans l'appartement.

Une boîte de Coca ouverte, une assiette contenant des miettes de pain.

— Vous étiez en train de travailler ?

— Oui.

— Alors je vous importune ?

— J'avais presque terminé.

Elle me désigne une seconde chaise (car il n'en existe que deux chez elle, plus deux tabourets de cuisine peints en blanc) :

— Asseyez-vous. Vous voulez un Coca, je n'ai que ça ?

— Non, merci, je n'ai pas soif.

Je prends place, le dos bien droit, les genoux joints comme une rosière chez M. le curé, les mains posées à plat dessus. Avec émotion, je capte l'ambiance de ce studio vieillot, qu'elle a ravaudé de son mieux. Papier en paille de riz brut (l'hérédité, probable) sur lequel elle a fixé des affiches de voyages, d'autres de concerts ou d'expositions de peinture. C'est l'antre d'une intello. Les livres s'empilent sur une commode. Il y en a à même le plancher. Seul luxe : une chaîne hi-fi à prix de promotion et des disques rangés sur un classeur de plastique.

— La musique ne vous dérange pas ?

— Mais non, puisque c'est la vôtre !

— La mienne ! Mozart ! fait-elle en riant.

— Celle que vous aimez, veux-je dire.

Eh bien voilà, mon Antoine ! ELLE est là, ou plutôt te voilà chez ELLE. Ta fringale se calme-t-elle ? Tu espères quoi à présent ? Lui sauter dessus et aller la prendre sur le plumard couvert d'un châle ? Non, n'est-ce pas ? T'avais besoin d'autre chose. D'autre chose de plus suave. C'est probablement son regard qu'il te fallait, tout connement. Ces yeux obliques, pareils à des pépins de fruit exotique, avec la brillance des pépins encore « en situation » dans le fruit.

Quand je lui réponds que je n'ai pas soif, je mens. Si, j'ai soif ! D'elle ! De sa présence. Pourquoi me tourmentait-elle en secret, Marie-Jeanne ? Le béguin ? Le coup de cœur ? Conneries ! Ça va chercher plus loin. J'ai vécu ça avec Marie-Marie ; seulement on se connaissait trop, la Musaraigne et moi ; on se trouvait en trop forte familiarité et ça détruisait le mystère. Sans mystère, l'amour n'est rien qu'une couverture chauffante.

C'est quoi, la vie, pour vous ? j'articule.

Elle décroche son sourire bienvenant, médite.

— Je ne sais pas trop : travailler pour essayer de me faire un jour une situation...

— Et après ?

— Après j'aborderai une vie moins frugale. Je pourrai m'acheter des vêtements convenables, faire quelques voyages, manger des nourritures qui n'auront pas toujours le goût du surgelé ou du papier cellophane.

— C'est le rêve, pour vous ?

Elle hausse les épaules.

— C'est ce qui empêche de penser qu'il n'y a pas de rêve possible ; ou plutôt qu'il n'y a que des rêves qui changent continuellement comme le motif d'un kaléidoscope.

— Le mariage ?

— Si je rencontre un homme qui m'inspire le désir de vivre avec lui, pourquoi pas ?

— J'ai l'impression que vous êtes une fille saine et pleine d'énergie.

— J'ai des désirs et des faiblesses, comme tout le monde.

— Vous avez un ami ?

— Non.

— Pourquoi ?

— Parce que je ne suis pas disponible.

— Comment pouvez-vous vivre sans amour ?

— Parce que je me fais une très haute idée de l'amour. Je ne veux pas gaspiller un aussi noble sentiment, monsieur le commissaire.

— Moi, ici, chez vous, à dix heures du soir, cela a une signification pour vous ?

— Un intérêt.

— Lequel ?

— Eh bien, vous êtes un homme d'expérience et séduisant.

— Merci.

Elle hausse les épaules ; mon « merci » est de trop. Il est banal, bébête, je n'aurais pas dû le sortir.

— Et alors ? insisté-je.

— Que vous vous intéressiez à moi me surprend ; je cherche à comprendre. Bien sûr, il y a la coucherie que tout homme recherche, mais je pressens que dans le cas présent, c'est une question secondaire pour vous. Alors, je me dis que, quelque part, il existe dans votre vie une zone de solitude que vous voudriez combler. Vous êtes venu chez moi, comme d'autres iraient dans un bar de nuit, feutré, où il y a un pianiste qui joue de la musique à oublier et où l'alcool est de bonne qualité.

— Demain vous allez vous lever à quelle heure ?

— Cinq heures.

— Et vous ferez le ménage chez les poulets ?

— Comme tous les matins.

— Ensuite vous reviendrez vous changer et vous irez à la fac ?

— C'est cela, oui. Pourquoi ?

— Ça te rapporte combien, tes prestations matinales ?

— Environ cinq mille francs par mois.

— Si je te les donnais et que tu dormes, le matin ?

— Sûrement pas.

— Tu comprends que j'aie envie de te proposer ça ?

— Oui, il me semble. Mais ça n'est pas possible. Je deviendrais dépendante, quels que soient la sincérité de votre offre et son désintéressement. Ce sont de beaux élans, dont je vous remercie ; en les acceptant, je vous décevrais. Pas dans l'immédiat, au contraire vous en seriez très heureux, mais au bout d'un certain temps vous finiriez par me détester.

— Pour qui me prends-tu ?

— Pour un homme. Et moi aussi, je finirais par vous détester. Cela dit, c'est quand même très formidable que l'idée d'un tel geste vous soit venue. Je ne sais pas si vous êtes réellement un type bien, en tout cas, vous avez envie de le devenir.

Je lui tends la main. Elle y dépose la sienne. Alors j'appuie mon front contre le dos de sa dextre, comme on place un verre glacé sur sa tempe pour la rafraîchir. Et le jeune Mozart continue de nous charmer. Je te disais que j'acquerrais d'autres souvenirs rue de la Glacière ; des chouettes, des musicaux.

Je finis par lui rendre sa main. Les femmes, tu leur prends tout : la main, les seins, la bouche, la chatte. Mais t'es forcé de le leur rendre car elles en ont besoin pour continuer. Et c'est là qu'est le dommage !

Voilà, la page de l'enchantement est tournée. Va falloir redevenir des existants à part entière. Des qui ont des besoins, des soucis, des maux.

Elle prend l'initiative de la conversation :

— Vous êtes sur une affaire intéressante en ce moment ?

— Très. Je cherche un couple de tueurs à gages. Pas banal, non ? Un couple ! Jamais vu ça ! Je connais déjà l'identité de la fille...

Marie-Jeanne murmure :

— Drôle d'occupation pour une femme. Sans doute agit-elle par amour pour un homme ?

— Pas sûr : je suppose qu'elle agit plutôt par cupidité ; peut-être aussi par goût du meurtre.

Et alors il me vient une idée.

Toute simple, c'est-à-dire une bonne idée.

— Toi qui es une fille intelligente, tu vas m'aider à gamberger.

Un temps, j'ouvre une parenthèse :

— Cela t'ennuie que je te tutoie ?

— Non, pourvu que vous n'exigiez pas la réciprocité : je serais incapable de vous dire tu.

— Même si un jour je devenais ton amant ?

Elle hausse les épaules.

— Je ne crois pas que vous deveniez jamais mon amant, monsieur le commissaire. Nous deux, c'est trop bien ainsi.

La déception me flétrit le tempérament. C'est comme un petit coup de chagrin étrange venu d'ailleurs. Et moi, tu sais mon esprit combatif ? Dès lors qu'elle me tient ce langage, je décide de la faire mentir.

— Vous disiez que je peux vous aider ? reprend Marie-Jeanne.

— Question de psychologie féminine. Suppose : tu es une tueuse agissant de concert avec un tueur, quelles précautions prends-tu pour assurer ta sécurité ?

Elle hoche la tête.

— Je ne suis pas une tueuse.

— Imagine.

— Il me semble que je changerais souvent d'identité et de domicile.

— C'est ce qui te vient en priorité à l'esprit ?

— Oui.

— Quoi d'autre ?

— J'en changerais après chacune des exécutions. Je changerais également mon *look :* ma couleur de cheveux et ma coiffure, mon style de vêtement. Bref, j'aurais le besoin de faire peau neuve. Après une opération pareille, on doit ressentir la nécessité de prendre un bain corporel, de nettoyer toutes les éclaboussures, comprenez-vous ?

— Peut-être que ce couple n'en est un que dans le travail, rêvassé-je.

Marie-Jeanne demande :

— La fille est jeune ?

— Elle n'a pas trente ans.

— Alors soyez certain qu'il s'agit d'un vrai couple !

— Et s'ils possédaient un repaire dans une campagne éloignée et discrète, comme on l'a vu faire à certains couples de terroristes ?

Elle étudie mon objection puis fait la moue.

— Je ne pense pas. La motivation des terroristes n'est pas la même. Ils ont une certaine idéologie à la base, ils cultivent un certain fanatisme. Des tueurs à gages, comme le nom l'indique, agissent pour gagner du fric, donc pour le dépenser. On ne dépense pas bien son argent dans des provinces lointaines, alors que Paris est là avec toutes ses tentations.

— Donc, tu les « sens » en ville ?

Elle rit.

— Vous savez, je ne suis pas médium. Je parle en me basant sur ce qui me paraît être une évidence. J'imagine que ces deux criminels font la fête et vivent dans un luxe que leurs origines ne leur avaient probablement pas apporté.

Son langage me paraît limpide comme de l'eau de roche. Tout devient clair et sans faille.

Dans un élan de reconnaissance, je me mets à lui narrer les étranges aventures de la journée. Je ne lui cèle rien, ce qui te prouve la confiance spontanée qu'elle m'inspire. Méthodiquement, je lui décris mes faits et gestes à partir du moment où je l'ai quittée ce matin : l'appartement de la rue Meissonnier, ce que j'y ai trouvé, la visite à la femme de ménage, les confidences du grand dadais, l'espèce d'empoisonnement dont a été victime mon zélé Béru, l'étrange climat qui règne au domicile de l'ambassadeur. Tu sais sa réaction ?

— Et pris par une enquête aussi passionnante vous avez trouvé le moyen de me rendre visite ! s'écrie-t-elle.

Oh ! la belle âme !

Si peu jalonnent notre route. Je savais bien qu'elle était digne d'intérêt, cette presque enfant !

Ne peux me retenir de saisir son doux visage à deux mains, comme au théâtre tu saisis la coupe ciselée contenant le philtre d'amour, mon vieux ! Elle n'a aucun mouvement de recul. Elle sait parfaitement qu'il s'agit là d'un élan du cœur. Je pose mes lèvres sur les siennes. Juste un chaste baiser, un peu appuyé mais qui, contrairement à l'Hexomédine, n'est pas pénétrant. Et puis je la lâche, rouvre mes yeux, un instant clos sous l'effet de l'intense émotion qui m'a saisi. Sa peau de pêche irradiée me chauffe le visage.

— Ma belle rencontre ! soupiré-je.

Elle garde son air d'enfant sage, à peine troublée par ce contact de ma bouche.

Un nouveau sourire.

— Votre métier est passionnant, dit-elle, j'espère que vous ne vous en lassez pas ?

— Pour moi, il est toujours neuf !

— Tant mieux. C'est stimulant pour l'intelligence d'avoir à débrouiller ce genre de mystère. Il faut interpréter chaque détail, faire des hypothèses, tirer des conclusions, suivre des pistes. Je crois que j'aimerais ça.

— Eh bien, entre dans la police, mon ange !

Je ne lui précise pas que j'ai déjà recruté un balayeur sénégalais qui fait merveille.

— Non, ça reste encore un métier d'homme. Une femme qui brandit un revolver fait rire tout le monde.

Elle se met à gamberger.

— Il est clair que quelque chose s'est produit, au dernier moment, entre l'ambassadeur et ses meurtriers.

Je relève la tête.

— Tu le penses ?

Marrant que, spontanément, elle rejoigne mon propre sentiment. Faut croire que je roulais dans la bonne direction.

— Bien sûr. Ce couple est venu tuer le diplomate. Seulement le tuer. Et puis il a été amené à lui faire avouer un secret.

— Comment auraient-ils appris que cet homme en détenait un ?

— Mais parce qu'il le leur a dit, bien sûr ! répond Marie-Jeanne étonnée par ma question. Quand il a compris qu'ils allaient l'assassiner, le pauvre homme a tenté de faire dévier le cours de son destin en négociant avec eux. Il leur aura proposé de leur révéler une chose qui doit représenter une grande valeur en échange de sa vie, ce qui est une réaction humaine. Mais le couple n'a pas marché à fond dans la proposition et ces deux misérables ont voulu s'approprier le beurre et l'argent du beurre ; alors ils se sont mis à le torturer jusqu'à ce qu'il parle ; après quoi, ils l'ont achevé ! C'est horrible !

Ecoute, c'est pas pile ce que je te disais, rue Meissonnier en considérant le marteau, le coupe-cors, le mégot de cigarette ? Tu sais qu'elle a du chou, ma jolie Asiate ?

— Côté gamberge, tu as tout ce qu'il te faut, admiré-je. Voilà qui est raisonné de première !

Elle ne s'attarde pas sur ce compliment :

— Je suis convaincue que c'est à cause de ce secret qu'on a décidé de faire mourir votre ambassadeur. Du coup, ceux qui ont payé pour que s'accomplisse cette exécution en sont pour leurs frais puisque le diplomate a confié ce qu'il savait à ses bourreaux !

— Peut-être n'a-t-il pas parlé ?

Elle me regarde d'un air incrédule.

— J'espère que vous ne le pensez pas ! S'il a eu la faiblesse de vouloir négocier, il n'a pu avoir la force de résister aux tortures !

— En conclusion, d'après toi, il y a en ce moment dans Paris un couple de meurtriers qui détient le secret ayant causé la mort de Tabîtâ Hungoû ?

— Sûr !

Elle porte à sa bouche sa boîte de Coca. Le breuvage doit être tiédasse.

Je la regarde boire en me disant que je suis là à empiéter sur son sommeil. Elle dispose de si peu d'heures de repos, la gentille !

— Et tu dis qu'ils ont déménagé aujourd'hui ?

— Si ce n'est aujourd'hui, ce sera demain. Et ils ne fréquentent pas des hôtels, j'en suis convaincue : beaucoup trop dangereux. Tout le monde est pratiquement fiché dans un hôtel. Ils doivent louer des studios meublés.

J'attrape sa menotte.

— Sais-tu ce que c'est que le parfilage, Marie-Jeanne ?

— Oui : c'est l'art de retirer les fils d'or ou d'argent d'une étoffe précieuse.

— Bravo pour ta culture ! Eh bien ! tu es une parfileuse surdouée, ma chérie !

Elle hausse les épaules.

— Tout ça est élémentaire, mon cher San-Antonio ! A mon tour, je peux vous poser une question ?

— Toutes celles qui te viennent à l'esprit !

— Ces tueurs ont été engagés par qui, selon vous ?

— Si tu me le disais, je te prendrais un abonnement de cent ans au *Petit Echo de la Mode !*

— Quand vous aurez retrouvé les tueurs, vous les arrêterez ?

— Tu voudrais que je les propose pour une prochaine promotion dans l'ordre de la Légion d'honneur ?

— Ils ne pourront pas vous apprendre l'identité de celui qui les a engagés pour trucider l'ambassadeur.

— Pourquoi ?

— Parce qu'ils l'ignorent !

— Qu'en sais-tu ?

— On m'a toujours dit que l'abc du métier (si j'ose dire) de tueur à gages c'est d'être coupé de son sponsor (toujours si j'ose dire !).

Voilà qu'à présent elle me déballe les principes de Paul Akourdidé ! Mais elle sent tout, cette gamine ! Je vais me mettre à complexer sérieusement, moi !

— Il y a bien un intermédiaire, puisqu'il y a marché !

— Bien sûr, mais cela doit rester très « occulte ». S'opérer d'une façon tellement subtile que l'anonymat des deux parties est préservé.

Comprenant qu'elle me donne un cours de criminologie, elle s'empresse de balbutier, confuse :

— Du moins, c'est ainsi que j'imagine les choses.

Et mézigue pâte, dindon dindonnant, de balancer avec une suffisance badine :

— Tu imagines juste, ma petite fille !

Pauvre con ! Je lui viens pas à la cheville, Marie-Jeanne !

Mais quand une idée la mène, cette greluse, pour la lui faire lâcher ! Morpionne, la bougresse !

— Alors, vous savez ce que vous ferez pour essayer d'avoir les « commentaires » des tueurs, le jour où vous arrêterez ceux-ci ?

Est-ce de la transmission de pensée ?

Toujours est-il que le déclic s'opère sous ma bigoudaine.

— Oui, dis-je, je sais : je ne les arrêterai pas !

Bon, elle est contente comme ça ? Oui, elle l'est, à preuve elle acquiesce avec un sourire ravi.

Je me lève et murmure :

— Pardon de vous avoir importunée, mademoiselle Montclair. Vous croyez que je pourrai revenir ?

— Oui, je crois, répond-elle.

Bon, je me retire avec la bite sous le bras !

GALANTINE DE VOLAILLE

Ils attendent les dernières infos à la téloche. Régalo se pinte une bibine, une jambe passée sur l'accoudoir du fauteuil. Blanche-Fleur croque des amandes enrobées de caramel, comme on en vend dans les fêtes foraines. Malgré le fric qu'ils affurent et les endroits huppés qu'ils habitent, ils sont demeurés très populo tous les deux !

Pourtant, Régalo a acquis une certaine culture. Il a beaucoup lu en taule. La prison est un bon moyen de se meubler l'esprit. Il a englouti tous les bouquins de la bibliothèque. L'art, surtout, l'a intéressé. Quand il était moujingue, il dessinait bien. Il aurait voulu « faire peintre ». Et puis tu vois, la vie, comme c'est traître : le voilà tueur à gages à c't'heure !

L'émission sur la reproduction du crabe à pince monseigneur s'achève enfin, et une frangine au sourire de commande annonce le dernier baveux télévisé. Edition de la nuit ! Les amants cessent qui de boire, qui de mastiquer. Le brave père Joseph, un type que toute la France aimerait avoir pour grand-père, montre sa bouille de surgé bienveillant dans la lucarne d'Y en a qu'une. *Il balance les titres pour débuter. Des chieries avec l'Iran, et puis, illico* after, *l'assassinat de l'ambassadeur du Toufoulkan. On voit la frime de sa pauvre Excellence, en grand habit de ceci-cela, passant des troupes évasives en revue en gardant son chapeau haut de forme contre son cœur, style américain.*

Après quoi, un flash sur sa tête torturée. Et puis voici le récit du meurtre.

Régalo et Blanche-Fleur écoutent, médusés. N'en croient pas leurs oreilles ! On leur raconte un tu suces de mensonges. Lorsque la fable est achevée, avec des précisions à la mords-moi le nœud, ils ferment le poste et se détronchent. Blanche-Fleur est un peu pâlotte.

— Ça veut dire quoi ? bredouille-t-elle.

Régalo renifle à deux ou trois reprises, bien que ses voies respiratoires, soient aussi dégagées que les artères de Tirana (Albanie).

— Mensonge diplomatique, assure-t-il, perspicace ; ça l'aurait fichu mal qu'un ambassadeur soit liquidé chez une actrice !

Elle acquiesce, quelque peu soulagée par l'explication de son jules ; mais pas entièrement rassurée pour autant. Elle se dit que, quand la police se met à mentir au public, c'est que ça cache quelque chose (lapalissade !).

Femme, elle a des pressentiments. Au fur et à mesure que la journée s'écoulait, un obscur traczir s'est emparé d'elle, lui gâchant la joie du pognon engrangé et de la fortune potentielle qu'ils détiennent.

Elle dit :

— Pour le secret, si tu veux m'en croire, il faut faire prompto. Et si on ramasse un max, on devrait se casser à l'étranger. Prendre une année sabbatique, comme ils disent, manière de se faire oublier.

— On ne peut oublier que les gens qu'on connaît, objecte Régalo, nous deux, tout le monde nous ignore !

— Pas tout le monde !

— C'est tout comme.

— Non, c'est pas tout comme, et même c'est ça qui fait toute la différence !

In petto, il convient qu'elle n'a pas tort d'avoir raison. Partir serait en effet une sage précaution.

— Où irions-nous, ma puce ?

La puce réfléchit.

— Ne tombons pas dans la facilité des pays de soleil où se précipitent tous les glandus qui ont les foies. Caracas, Rio et même l'Amérique du Sud tout entière c'est un piège à cons. Des coins truffés de mouchards professionnels qui dénoncent à tout va ! Tu sais, courir après le soleil, je trouve ça tarte, à force.

« Y a pas qu'à partir de trente degrés à l'ombre qu'on se sent bien. Par nature, je préfère le tempéré, et même le froid. Je nous vois en Finlande, dans un grand chalet de bois au bord d'un lac. On pêcherait, on se baladerait en forêt… »

Mais il renaude :

— Et on boufferait du renne et de l'élan en s'écrasant des moustiques sur la gueule ! Paraît que c'en est bourré, là-bas !

Ils continuent de discutailler. A la fin, ils se mettent d'accord pour Londres. C'est pas loin, le dépaysement est garanti et on y trouve autant de théâtres qu'il y a de bistrots à Paris ! Et puis ils apprendraient l'anglais, ce qui est indispensable dans la vie d'aujourd'hui.

— Je te préviens que demain je vais prendre des billets annonce-t-elle.

— Pour quand ?

— Pour après-demain !

— Tu te figures que je vais pouvoir traiter « l'affaire » en vingt-quatre heures, Blanche-Fleur ?

— Tu peux très bien la commencer ici et la conclure en Angleterre, non ?

Il en convient.

N

Ramadé Blanc porte une très jolie robe mauve, avec des fleurs de bégonia imprimées. Tu dirais une mare au crépuscule, garnie de nénuphars.

Je suis surpris de trouver le couple de Noirs au chevet de Bérurier lorsque je pénètre dans la chambre de ce dernier ; mais je me souviens que Ramadé, fille de sorcier, détient des recettes magiques pour guérir n'importe qui de n'importe quoi et qu'elle a déjà eu l'occasion d'exercer ses dons sur la personne même d'Alexandre-Benoît, dans l'un de mes polars à succès (merci) dont j'ai oublié le titre ; parce que moi, la littérature, je la licebroque. Elle coule à jet continu et tu ne vas pas mettre un titre à chaque pissat que tu émets ; ou en tout cas, te rappeler de chacun ! Le jour que ça ne me dégoulinera plus, je serai soit dans un lardeuss de sapin (j'ai des goûts simples), soit dans une petite charrette, donc inapte ou inepte à tout jamais. Détritus à balancer aux orties après usage. Kif les rasoirs Gillette. Sauf que moi, j'aurai rasé le monde de moins près !

La scène à laquelle j'assiste est très belle dans son anachronisme. Tu as, d'une part le patient, perfusé à bloc, raidard sur son pieu, avec une frime bleu drapeau ; de l'autre Ramadé, debout sur le lit, les bras rigoureusement en croix dans la posture du Corcovado de Rio, psalmodiant un truc étrange qui, phonétiquement, donne à peu près ceci :

Akou yéyé.
Akouyé rabattu.
Akou yéyé.
Akouyé rabattu.

Ad libitum, comme disait Pline le jeune.

Jérémie, très grave, comme s'il assistait à un office religieux célébré par un prince de l'Eglise, s'arrache à ses dévotions pour me saisir le bras.

— Viens, me chuchote-t-il, il ne faut pas troubler ma chère épouse, d'autant que le moment est proche où elle va pisser sur la figure de Bérurier.

On gagne le couloir.

Je m'efforce de garder mon sérieux, car je risque d'être en rupture de stock.

— Il serait dommage qu'un médecin ou une infirmière entrât, fais-je.

— D'autant qu'ils ne comprendraient pas. Elle lui fait l'incantation du Chariva Rî qui est très efficace.

Je le regarde.

— C'est étrange, murmuré-je, tu es pourtant le contraire d'un con, Jérémie.

— C'est ce qui nous différencie, coupe-t-il, toi tu en es le synonyme !

Et, avec âpreté, il commente :

— Pour toi, l'intelligence consiste avant tout à nier le surnaturel. Là est la bêtise, mon vieux. Car tu réputes comme étant surnaturelles des pratiques que tu ne comprends pas et dont tu ne veux même pas admettre l'efficacité ! Une fois déjà, elle te l'a guéri, ton sac à soupe, mais tu n'as été stupéfié que trente secondes. Tout de suite ton esprit cartésien de con de Blanc de merde a repris le dessus.

Il a raison. Je fais amant d'Honorable. Puis, pour bifurquer :

— Tu méprises et détestes le Gros, pourtant, sitôt qu'il est en danger tu lui apportes ta bergère pour qu'elle le soigne au cabalistique !

— Quand une personne est en danger, je ne lui demande, avant de la sauver, ni sa nationalité, ni son Q.I. En outre, je pense que ton pachyderme a eu connaissance d'une chose très sérieuse. N'a-t-il pas murmuré, du fond de son coma, que « ça allait chier » ?

— Si fait. Donc, tu veux le ranimer pour qu'il puisse parler ?

— Je veux le sauver, et ensuite qu'il parle ! T'es chié, mon vieux ! Vous êtes tous chiés, les Blancs, avec votre incrédulité et votre mauvais esprit ! Vous marchez à côté de la vie à force de vouloir la contrôler. Ça vous ferait vachement du bien, un siècle ou deux d'asservissement ! Si un jour les Noirs prennent le pouvoir sur cette planète à la con, tu verras ce travail !

— On grimpera après les pylônes, dis-je, et pour se téléphoner au lieu d'utiliser des télécartes, on tapera sur des lessiveuses !

Un grand cri, comme seules les meilleures forêts vierges en répercutent, retentit. Il provient de la chambre du Gros.

Nous y fonçons.

Ramadé est prostrée, en boule sur les jambes du Graduche ; elle est haletante. Le Mastar, lui, a le visage détrempé par les soins de Mme Blanc. Mais ses yeux sont ouverts. Il regarde autour de lui avec curiosité. Il paraît tout à fait bien. Dispos. De son avant-bras dans lequel est fichée la forte aiguille de la perfusion, il essuie ses yeux et sa bouche ruisselants.

— Putain, ça pue l'asperge ! déclare-t-il. Qu'est-ce on clape à midi ?

— Alors, l'esprit fort ? m'interroge Jérémie.

Convaincu ? Jusqu'à cet après-midi, hein, ensuite tu diras que ce gros con s'est tout bonnement réveillé !

Au lieu de répondre, je m'approche de Sa Majesté compissée.

— Ça boume, Gros ?

Il me regarde, paraît réfléchir, ce qui, chez lui, est toujours troublant. Rien de plus dérangeant qu'un chien qui te contemple avec l'air de penser.

— On se connaît, non ? me demande-t-il.

— Tu fais joujou ou tu es encore dans le coltar ? lui dis-je-t-il.

Mais il ne s'émeut pas.

— J'sais ! exulte Annibal : c'est vous le patron du bureau d'tabaque d'l'avenue Dumaine.

Alors je sollicite Ramadé :

— Chère madame Blanc, puisque vous faites des miracles, vous voulez bien rendre la mémoire à ce veau ?

Mais Ramadé hoche le chef :

— Ça, je ne peux, déplore-t-elle, parce que dans la tête c'est gouzi, comprendez-vous ? Pas dans la tête, c'est gouza. Alors, gouza, ça oui, je peux. Mais pas quand c'est gouzi !

Eclairé jusque dans les moindres recoins de mon anus, j'acquiesce. Puisque je ne puis compter sur elle, je risque une nouvelle tentative :

— Est-ce que Berthe a été prévenue de ton hospitalisation, Gros ?

Alexandre-Benoît fronce les sourcils.

— Qui c'est que vous dites ? Berthe ? Quelle Berthe ?

— Ton épouse !

Alors là, il se marre.

— Elle est raide comme bite, celle-là ! Mais j'sus pas marié, mon pauv' gars ! Pas si con ! J'vis av'c ma mère, à Saint-Cloud ; question gonzesse je me farcis toutes celles dont elles passent à ma portée.

Je crois rêver. Je regarde M. Blanc. Jérémie chuchote :

— On aura tout entendu !

Et moi de demander à Béru :

— Elle se prénomme comment, ta maman ?

— Félicie, dit-il. C'est la vioque la plus choucarde dont tu pourrais imaginer, l'aminche ! Un qu'oserait toucher à elle, j'l'éventrererais !

— Je peux savoir ton nom ? fais-je, pour un ultime test.

— Santonio, dit-il, dis-moi pas qu'tu m'reconnais pas, l'aminche. J'sus flic numbère ouane de France. Plus célèb' qu'moi, y a qu'd'Gaulle et p't'êt' Pasteur ; pointe à la ligneu.

Pas de doute possible : il fait un transfert d'identité, le Mammouth, et se prend pour moi.

M. Blanc place une question ambiguë :

— Alexandre-Benoît Bérurier, tu connais ?

Sa Majesté rugit :

— Non mais qu'est-ce y permet à c'niacouais d'mes fesses de m'tutoilier, bordel ! Y m'cherche z'ou quoi, l'Noircicot ! T'sais qu'j'vais l'signaler aux-équipes de nettoyement à Le Pen, moi ! Tu vas voir, Nonœil, comment t'est-ce il lui apprendra la politesse à c'sac d'suie. Laisse qu'y va prend' l'manche, l'Breton ! Putain, ces coups d'balai ! T'as vu sa gonzesse qui lui faisait du contrecarre, c'qui lui est arrivé ? Des ménages dans *Plaies et Bosses*, mon pote ! Recta ! Et j'dirais aussi rectal ! Y plaisante pas, le blondinet !

— J'peux m'en aller, maintenant ? sollicite dame Ramadé. Il faut que je prépare un méchoui, ta sœur, Cadillac V 12, vient manger avec son fiancé.

Magnanime, Jérémie autorise. Le pouvoir marital est intact chez les Blanc. D'ailleurs, nous vidons les lieux tous les trois, ne pouvant plus rien pour Sa Majesté délirante. Avant de sortir, je sonne l'infirmière afin de lui montrer « le miracle ». C'est précisément une petite Noire délurée, au sourire grand comme le dentier d'Elizabeth II. Elle n'est pas stupéfaite. Simplement, elle murmure en désignant les Blanc :

— Quelqu'un lui a fait les incantations du Chariva Rî, je parie !

***

On dépose Ramadé à son domicile, n'ensuite de quoi je demande à mon collaborateur ce qu'il en est de ses visites tardives de la veille. Il déballe son rapport en termes concis et même circoncis.

Des quatre personnes interrogées, il appert (de quenouilles) que Béru leur a posé à toutes les mêmes questions concernant feu Son Excellence : ses fréquentations, ses habitudes, ses ennemis envisageables. Unanimement, on lui a répondu que l'ambassadeur n'avait que des amis, que c'était le plus charmant des hommes et le plus dévoué des maris. Notre confrère est reparti seul de l'ambassade.

Donc, rien à signaler de notoire.

— Ton sentiment sur le personnel, Noirpiot ?

Comme il met un temps infini à répondre, j'en déduis que, distrait, il n'a pas perçu ma question et je la réitère. Alors, M. Blanc déclare :

— Ecoute, commissaire de merde : on ne va pas continuer comme ça jusqu'à la Saint-Trou-du-cul qui est ta fête à toi. La prochaine fois que tu m'appelles Noirpiot, je te plante là, ainsi que ta police faisandée ! Faut-il avoir perdu tout sens de la dignité humaine pour se permettre de telles pauvretés !

— Je ne voulais pas te vexer, m'excusé-je : dans ma bouche, c'est un terme affectueux.

— O.K., alors moi, je vais t'appeler Blanchâtre, ou Cadavérique, décide Jérémie.

— Mais tant que tu veux, Noirpiot ! Tant que tu veux !

Bon, de Théophile en anguille, on finit par en rigoler, comme après chaque crise qu'il pique lorsqu'on fait allusion à sa couleur. Et, en fin de compte, il répond à ma question. Le second secrétaire, un nommé Châlafour Partouh, est un garçon jeune, plutôt beau gosse et sympa. Rien à dire sur les deux dactylos qu'il a trouvées d'une banalité éperdue. L'une a du carat et vit dans un pavillon de meulière, à Sainte-Geneviève-des-Bois ; l'autre, plus jeune, divorcée, élève deux enfants en bas âge. Par contre, il est perplexe quant à la chargée des Affaires culturelles, une fille « belle à couper le souffle d'un goret lubrique de ton espèce, Blanchâtre ». L'œil insolent, « mais peut-être, parce que je suis un pauvre dégénéré d'esclave noir » à qui elle marquait son mépris ? vit dans une suite du *Royal Castro*, « trop luxueuse pour que la fille soit honnête », prétend le schwartzman. Elle l'a chambré, je suppose. Il est englué de ressentiments, Jérémie. Sans doute s'est-elle payé sa tronche.

— Je l'ai *faite* en dernier, déclare-t-il, il était minuit passé. Elle bambochait avec des gens que je n'ai pas vus et, pour me parler, m'a reçu dans sa chambre. J'entendais rire et plaisanter en anglais dans le salon voisin. Elle portait une robe de soie ouverte sur le côté plus haut que son cul que je pouvais voir comme je te vois. Lorsque j'ai parlé de Béru, elle a pouffé de rire. M'a dit que ce gros flic dégueulasse avait essayé de la peloter et qu'elle lui avait mis une baffe dans la gueule, ce qui, soit dit confidentiellement, n'était pas volé. Vexé, le Gros est parti en claquant la porte. Tu sais que si cet empaffé se met à sauter sur toutes les femmes qu'il approche au cours d'une enquête, il faudra le mettre à la retraite anticipée ou le gaver de bromure !

— Donc, résumé-je, opération blanche en ce qui

concerne le cas Bérurier ?

— Absolument.

— On piétine, mec. On piétine.

— Quels sont tes projets ?

— Passer à la Grande Taule voir si les services compétents ont du nouveau concernant la fille Smurgh.

On s'y rend, on s'informe. Mais c'est ballepeau. Le néant ; à croire que la môme s'est désintégrée après l'histoire du rentier pendu.

Le gars Jérémie fulmine.

— Routine, routine ! Ça ronronne, mon vieux ! Ah ! ils sont chiés, tes archers ! Des fonctionnaires ! Et qui ne fonctionnent pas !

— O.K., lui dis-je, aussi nous allons changer de tactique. Viens !

Près de mon bureau, à la Maison Perdreaux Futés, il en est un autre, encore plus sinistros, plus exigu, cradingue et malodorant, qui est celui que se partagent Béru et Pinaud.

Ça sent les pieds de fantassins à l'issue d'une marche forcée, le vin répandu, le clope froid, la guenille, le saucisson rance et les pets jamais ventilés.

J'en pousse doucement la lourde. Et ce que je cherche est là, tassé dans un fauteuil métallique, le bitos plongeant, les mains décharnées croisées sur une braguette flasque.

Pinuche !

On ne le dérange plus guère, le Débris. Les choses étant ce caleçon et la vie archisalope, on le laisse stagner dans ses vétustés. Il finit sa vaillante carrière en marmotte, pionçant dans ses hardes, son éternel mégot vissé dans sa bouche décolorée. De temps à autre, on se rappelle qu'il existe et qu'il aura été sans aucun doute l'un des cinq ou six meilleurs flics de la République. Alors on va le réveiller et on lui confie une mission dont il s'acquitte impeccablement. N'après quoi, il te raconte les toutes dernières maladies de sa vieille et se rendort, pelotonné dans son éternité.

Je m'avance à pas de loup. Saisis son chapeau par la coiffe et le lui replace droit sur la tête.

Il se réveille. Son sourire produit un léger bruit pareil à celui d'une enveloppe que tu décachettes sans la déchirer.

— Oh ! c'est toi, Antoine.

— Pardonne-moi de te réveiller en sursaut après seulement trois mois de sommeil, mon bon César, mais j'ai une mission délicate et urgentissime à te confier.

Le cher homme réitère son sourire béat d'homme se sachant promis tôt ou tard à la canonisation.

— Voici des photos anciennes, un portrait robot récent et l'identité d'une fille qui vit en compagnie d'un tueur à gages. Tu trouveras également sur cette fiche son pedigree ; du moins le peu qu'on en connaît. Je suis fondé à supposer que la femelle en question change fréquemment de domicile et qu'elle habite des studios meublés ; mais, je te le répète, il s'agit de pures suppositions. Si elles sont exactes, la donzelle viendrait d'emménager de nouveau. Connaissant ton flair surpuissant, je te charge de la retrouver. Mais, comme dirait le Vieux, rien ne presse, et si tu me la retrouves avant l'heure du déjeuner ça ira !

Il rit moite.

— Compte sur moi, j'ai besoin de me dépenser, je me rouillais.

Altruiste jusqu'entre les orteils des pieds, je risque la question qui lui procure toujours le plus de délectation.

— Comment se porte ton épouse ?

Et alors, tu sais quoi ? Tu veux que je te raconte ? Tiens-toi bien à la rambarde. Contre toute appréhension et, pour la première fois depuis qu'on se pratique, Baderne-Baderne me répond :

— Elle va très bien, je te remercie !

Le monde bascule, les gars ! Le monde bascule. Ou alors j'ai plus le pied marin ni la douceur angevine.

*
**

On ne peut pas être au fourré et au moulin !

La phrase me tracasse le grenier à conneries.

On marche à grandes enjambées dans les rues, M. Blanc et moi. Je te dirais bien qu'il me suit « comme mon ombre », mais on va encore dire que je fais du racisme primaire, à trois dollars le pot de boutade.

J'entre dans un troquet, vais m'accouder au bar. Le mastroquet, style vieux cocu chauve à varices et tricot de corps renouvelable en début d'année par taciturne reconduction, demande d'une voix préenregistrée et vachement sempiternelle :

— Et pour monsieur ce sera ?

— Un grand beaujolais villages ! réponds-je.

— Du vin rouge, le matin ? s'étonne M. Blanc. T'as pas peur de ta journée !

— Qu'est-ce t'as à la ram'ner, Niacouais de mes fesses ! l'envoyé-je rebondir.

Il me fixe, indécis, au bord de l'explosion, puis se calme.

— J'vais m'occuper de ta chargée culturelle du Toufoulkan, décidé-je. Celle qui fait d'l'épate au *Royal Castro*.

— Je ne crois pas que tu obtiennes davantage d'elle que je n'en ai obtenu, rétroque-t-il, pincé.

— Ça, c'est mon affaire, Blanche-Neige ! T'as pas la science infusée, et mes dons d'enquêteur sont majeurs et vaccinés alors qu'les tiens vagissent encore dans leur berceau !

Il paraît soucieux, Jérémie, avec son verre de limonade-citron entre les doigts. J'veux bien que la vie ne soit qu'une longue attente indécise débouchant sur la mort, mais y a pas lieu de s'en formaliser à ce point. A le voir, t'as l'impression qu'il a déposé une bombe dans l'immeuble d'en face et qu'il attend qu'elle crache son venin.

— Tu te sens bien ? murmure-t-il.

— Quelle idée grenue ! Si je m'sentais pas bien, j'me ferais sentir par quéqu'un d'aut', mon pote !

— Tu as l'air bizarre !

— Où qu't'as pris ça, mec ? J'me porte comme un hêtre, un saule ou un charme !

Et voilà que je pouffe d'un inextinguible rire.

— Une aut', gargotier de l'enfer ! lancé-je au bougnat.

Lui, qu'on l'appelle commak ou Ducon, il s'en formalise pas ; ce qui lui importe, c'est son tiroir-caisse qu'il couve de sa bonbonne d'hydropique.

— Je te jure que tu n'es plus pareil, ce matin, murmure M. Blanc. D'abord tu es tout congestionné, tu as même des valises sous les yeux. Et puis, je m'excuse de te le dire, mais t'as l'air con.

Alors là, je fais front. D'une poigne d'airain je cramponne le revers de son prince-de-galles.

— Tu sais à qui qu'tu causes, mec ? C'est pas un enviandé de nègre qui va m'insulter dans un lieu public, j'aim'rais qu'tu le suces ! Qu'tu soyes le chouchou et protégé personnel à Sana te confrère pas des droits spéciaux, l'ami ! C'est pas parce que l'homme descend d'toi qu'y faut qu'tu t'permisses des primautés, bordel ! Maint'nant casse-toi rapidos avant qu'je pique ma crise des grands jours !

Il lui vient des larmes plein ses gros yeux, le Mâchuré.

— Putain, ce qui arrive ! bredouille-t-il. Ça, alors, c'est chié ! J'en ai vu des cas chiés, mais aussi chiés que celui-là, jamais ! Putain ! Mais comment on va pouvoir arranger un coup pareil ?

— Je t'ai déjà dit de disparaître, Vendredi ! Va tailler des pipes à Robinson !

Je me marre de plus rechef ! A perdre haleine ! Que mes cerceaux s'en voilent ! Tu lookerais sa bouille, à Bamboula ! Un masque de caoutchouc, t'sais, comme dans les vitrines des magasins de farces et attrapes ! Avec les *big* lotos qui s'agitent kif les boules des sphères de la Loterie Nationalisable.

Comme il m'agace de trop, ce viandeux, je lui propulse mon beaujolais villages tout neuf dans la poire ! Ça lui dégouline sur le tarbouif qu'il a large comme la hotte d'une cheminée Louis XIII. Misteur Black, et sa limouille bleu ciel en a morflé méchamment, et puis ses revers de veston. N'a plus qu'à courir se changer, le Cannibale ! C'te fois, y n'rit plus. Ses grandes chailles à bouffer du missionnaire restent planquouzées derrière les deux gants d'boxe lui servant d'lèvres. L'v'là qui pleure à chaude lance à travers la vinasse.

— Viens, on va retourner à l'hosto, grand, balbutie-t-il, y a comme un problème !

— Si tu te tires pas immédiately, macaque, dans trente secondes tu seras à quat' pattes pour ramasser tes ratiches, n'en faire un collier à ta rombiasse ; allez, du vent, j't'ai qu'trop vu !

Il s'évacue enfin.

Le taulier me dit :

— Voilà comment il faut parler à ces gens ! Vous, au moins, vous ne vous laissez pas envahir !

*
**

Le concierge du *Royal Castro* me regarde sans lunettes ni aménité. J'ai l'impression qu'il m'aime pas ; peut-être à cause de l'énorme rot parfumé au beaujolpif à Dubœuf que je lui ai bazooké dans les trous de nez à l'instant.

— C'est de la part de qui ? s'inquiète-t-il.

— Officier d'police Alexandre-Benoît Bérurier, lâché-je, et à présent grouille-toi d'm'annoncer si tu voudrais pas qu'j'me mette à licebroquer cont' ta belle banque d'acajou.

— Non, mais dites donc !

— Allô ! j'écoute ? le crucifié-je, dardant sur sa personne pâlichonne un regard à guérir les dépressions nerveuses de tous les lions de l'Atlas.

Il ouvre la bouche, la referme, la rouvre, la referme encore et finit par débonder son bigophone.

— Miss Lamouha ? articule-t-il de sa voix de baryton échancré ; il y a là un indivi...

Mon regard devient vitrioleur.

— Un monsieur, rectifie l'esclave en uniforme, qui se prétend...

Nouveau jet de venin.

— Qui *est* policier et demande à vous voir ! termine le gus.

Ouf ! Ç'a été laborieux.

Mais c'est venu !

Je le récompense en virgulant un pet kif un coup de tromblon dans une cathédrale !

Un couple de vieux Angliches en sursaille, une pareille incongruité en un lieu aussi sélect. Je leur vote un sourire désarmant.

— *Very bioutifoul* pet, *no ?* lui fais-je (au couple), c'est ni à Vouestminster abeille, ni à Buquinguegam pelisse que vous en esgourderez de pareil, *ladies and gentelmant.*

Ulcéré, le con le plus cierge de l'hostellerie parisienne me jette que je peux monter au quatrième, chambre 422.

— Vingt-deux, v'là les flics ! rigolé-je (de bon matin, car il faut toujours rigoler tôt !).

Je me pointe devant la porte indiquée. La locateuse l'a déjà entrebâillée, si bien qu'elle s'ouvre lorsque j'y toctoque.

Miss Maité Lamouah est nue dans un peignoir de bain noir qui souligne sa bruneur (on dit bien blondeur, non ?).

Elle va et vient dans sa chambre, occupée qu'elle est à faire ses valoches : deux superbes Louis Vuitton posées ouvertes sur le lit.

Elle me coule un regard hautement indifférent, sans cesser d'affairer.

— Salut, beauté ! lui balancé-je, joyeusement.

Clouée par ma familiarité, elle m'accorde quatre secondes de regard réprobateur. Les pans du peignoir se sont écartés et je distingue une cuisse longue comme le Nil, avec une ombre frisée dans le haut ainsi qu'une amorce de loloches très fréquentables.

— Qu'est-ce qui vous prend ? elle bée.

Au lieu de partir en parlotes fumeuses, j'entre dans le gras :

— Vous décambutez, ma poule ? demandé-je-t-il en désignant les valoches.

Du coup, elle fout ses poings mignons sur ses hanches violoncelliques.

— Non, mais vous êtes vraiment policier ?

— De bas en haut, ma chérie !

— Montrez-moi votre carte !

Je la lui déballe. Elle regarde.

— C'est pas le nom que m'a annoncé le concierge, note la jolie môme.

— Parce que ce loufiat de mes fesses est con à manger du paf en salade, ma gosse !

Et moi, en reprenant ma brème, de sentir sa tiédeur, si proche, si tentante, j'avance la main entre les pans du peignoir pour contrôler cette merveille de tastu.

Là, c'est l'égosillage.

— Non, mais qu'est-ce qui prend à cette police française d'employer des nègres et des sadiques ! Sortez immédiatement, bougre de dégoûtant personnage !

— Tu veux que je sorte quoi, gamine ? Ça ?

Et d'un coup de zip, je lui déballe la mère Coquette, en pleine turgescion, pimpante, altière, brillante comme un casque de pompier au soleil.

Bel objet, calibre travailleur de force ! Tout ce qui convient aux dames pour les dimanches pluvieux à la campagne et les soirées sans électricité.

Elle renouche.

— Mais c'est du viol ! hurle-t-elle.

— Pas encore, poupée, mais ça pourrait en devenir !

Elle fonce dans le couloir en criant au secours. Un vieux valeton à gilet rayé, espingo à ne plus en pouvoir, flanqué d'une lingère obèse qui doit être sa femme vu les poils qu'elle a sous les bras, se pointent.

Voient !

Rameutent !

S'ensuit un zef terrific. Radinent tour à tour : le mec de la sécurité de l'hôtel, ancien para reconverti dans la literie de grand luxe, un sous-dirluche saboulé de noir, un balayeur d'étage arbi, un réparateur d'ascenseur, un pasteur mormon venu assister à un congrès, l'équipe de tir à l'arc du Zimbabwe en déplacement à Paris, un diplomate turc fort comme un Français, un abonné au gaz, et deux ou trois personnes sur lesquelles je ne possède pas de renseignements précis.

Je n'ai eu que le temps de me rebraguetter. La fille raconte mes voies de fait. Je nie. Produis ma carte. Ça crée l'indécision. N'à la fin, de criailleries et déconnades, le sous-directeur me prie de déguerpir.

Comprenant que je m'en tire à bon compte, j'obtempère. Comme ces gueux m'ont fait une conduite de Grenoble jusqu'à la porte tambour, me laisse fourrer dans un taxi auquel, piteusement, je balbutie mon adresse.

Putain, faudra que je me calme un peu, les mecs ! Je ne sais pas ce qui m'arrive, depuis quelque temps, mais je suis en rut constant. Une gonzesse comestible me passe à portée, faut que je l'entreprende ! C'est plus fort que moi. Quéqu'fois, ça débouche sur la toute belle partie de jambons ; mais à d'aut' ça cagate et j'me rends bien compte que t'à l'heure, par exemple, ça a failli mal tourner pour ma pomme. Si le Vioque apprend que j'attaque les sœurs bite en main, il va monter su' ses grands bourrins et c'est pas mon pote Sana qui pourra ouvrir le pébroque pou' m'mett' à l'abri.

Bon, le bahut me déballe en bas d'chez moi et je grimpe l'escadrin en rônant de première. Elle m'a drôlement astiqué les ardeurs, la fille brune. Si elle aurait pas bêché comm' une pimbêche, t'aurais vu l'coup d'rapière émérite qu'elle se payait, miss Lamouah !

C'est ben pour dire combien les gonzesses sont connes, par instants : ell' préfèrent passer à côté d'une bitée à grand spectac' just' pour préserver les conv'nances sociables ! Comme si un monstre coup de guiseau pouvait s' rattraper ! Comme s'il s'rait pas préférab' à toutes les chichiteries mondaines, bordel !

M'v'là à tome. Merde ! j'ai pas mes clés ! Celles dont j'ai dans ma fouille coïncident pas av'c la serrure. Y a eu gourerie quéqu'part. Alors, je sonne.

Un moment s'écroule, et puis ma Berthe vient déponner. L'est pile comm'j' la préfère : en p'tite culotte mauve à dentelle noire et garde-fou d'avalanche d' même métal.

M'apercevant, elle rit large comme une corbeille à pain.

— Par exemple ! elle gazouille, la bonne surprise !

Et moi, sans perd' de temps, d'lui montrer av'c les deux pognes conjuguées d'sus l'ampleur de mon émoi.

— La v'là la surprise, ma poule ! T'es seulâbre, j'espère ?

— Non, y a la mère Safran, la femme d'ménage ; mais j'me gêne pas d'elle !

Je lourde d'un coup d'talon et on fonce dans not' chamb' comme des Auleblaques qui montent à l'essai ! Justement, la mère Safran est en train de faire not' lit. Elle s'applique à tendre l'drap du d'sus.

Elle boite, la mère Safran, consécutivement à son opération de l'arthrose qu'a pas déroulé dans de bonnes conditions. C't'une p'tite dame pas belle, avec des ch'veux teints à la six-quatre-deux, couleur queue de vache ; un cul extrêmement large et une poitrine qui chute dans la poche ventrale d'son tablier. C'qui est l'plus moche, chez elle, c'est ses verrues qu'elle fait l'élevage, on dirait ! Plein sa bouille ingrate ! Façon tarte aux mirabelles ! Certaines ont des aigrettes de maharadjah.

Berthe lui crie :

— Laissez, laissez, mâme Safran, on a b'soin du lit immédiatement ; mais vous pouvez passer l'aspirateur pas perd' d'temps, ça nous dérange pas.

Ma gravosse, elle est superbe quand elle éprouve d'la passion ! La frénésie du fion, chez une personne comme elle, c'est féerique dans son genre ! On dirait qu'é fume comme une merde en hiver !

— Vite, vite, voyou ! m'implore-t-elle. Dépoile-toi pas, c'est pas la peine. Arrache-moi mon slip av'c les dents, beau bandit, que j'aye l'impression qu'tu me violes ! Moui ! Mouiii ! Comme ça ! Oh ! qu'y l'est terrib', ce monstre ! V'v' rendez compte d'un tendeur, mâme Safran ! Qui m'aurait dit qu'y s'pointerait à l'improvisation, sans crier garce ! J'étais là, à m'habilier, ma toilette faite, quand on sonne. J'vais ouvrir, croiliant au facteur, et qu'est-ce j'trouve-t-il su' l'paillasson ?

Môssieur, avec un pantalon comme l'capot d'une Ferrari ! Oh ! mais c'est qu'y laisse pas l'temps de me remett' de mes surprises, le goulu ! Faut dire qu'av'c un chibre aussi conséquent, t'as plus l'humeur à patienter ! Vous avez vu le panais de ce seigneur, mâme Safran ? Faites-moi pas croire qu'vot bonhomme se trimbale un goumi aussi féroce ! Dans les ch'mins de fer, y z'ont pas des zobs d'Cosaque ! Qu'est-ce y veut ? Qu'est-ce y cherche ? Le petit ? Ah ! non ! c'est pas qu'j'rechigne à prend' du rond à l'occasion, mais s'lement avec des messieurs raisonnab'ment montés ! Oh ! mais il insiste, le mignon dégueulasse ! Y déprave à mort, aujord'hui ! Qu'est-ce y a pris, tout soudain, de monter m'faire la cour, lui qui n'fait pas attention à moi d'ordinairement ? Vous pensez qu'ça vient du temps, mâme Safran ? L'baromèt' qu'est en'n'hausse et qu'excite ? Oh ! Oh ! la la ! Mais y va m'démolir l'frigounet, le gueux ! Ah ! charogne ! Tu la veux, ta gosse ! Vas-y, grande brute ! Y m'tuera, c'mec ! Et la mère Safran qui peut plus résister ! La v'là qui s'fait un doigt d'cour et s'joue un solo de banjo au lieu d'passer l'aspirateur ! Faudra pas m'marquer cette branlette su' vos heures, mâme Safran : j'serais pas d'accord !

« Oh ! la crapule ! C't'un marteau-pilon ! V's'avez déjà pris un' tringlée pareille, mâme Safran ? Dites, y a pas qu'l'désir : faut la force, et la souplesse ! C'est du dix nœuds seconde qu'il me pratique là ! On bat des records, sans s'rend' compte !

« J'ai déjà relui dans ma bon Dieu d'existence, mâme Safran, mais relui à c'point, jamais ! C'est d'la folie ! Y m'entraîne dans les évanouissages, l'gredin ! Oh ! là. Oh ! la la ! J'sentais bien qu'y l'avait du tempérament, ce monstre ! V'savez qu'y va me faire mourir ! V's'rez témouine, mâme Safran ! Mais qu'est-ce vous faites ! L'embout d'l'aspirateur, çui pour aller faire chier la poussière dans les coins ! Les sens vous emportent, mâme Safran ! J'eusse jamais soupçonné, une femme comme vous, boiteuse et mal fichue, presque vieille, dévergonder du trésor à c'point, c'est maladif ! Dites, sous vos airs prudes, j'parie qu'vous en épongez en douce, des bonshommes ! Ça y est ! La v'là qui s'met à bieurler comme une fouine prise z'au piège ! Ça va ameuter les voisins ! Y vont s'imaginer qu'on partouze ! Toujours prêts à dauber, ces saligauds ! Quand c'est qu'on est passé par leur bave, nos pédigrees ressemb' à des murs de chiottes ! Un peu d'tenue, mâme Safran, quoi, bordel ! V'là qu'é nous joue Intervilles à elle tout' seule, c'te morue ! Ah ! les eaux dormantes, j'm'en rappellerai ! Tu la cigles sossante francs d'l'heure et tout c'qu'elle fait c'est d'se carrer l'aspirateur dans la moniche en poussant des cris d'or frais ! Mais elle' m'gêne les transports à gosiller d'la sorte, c'te peau ! Une boiteuse, merde ! On dirait qu'é s'fait chibrer par Julot Iglésias. Mâme Safran, restez av'c nous, bougre d'charognerie ! Misère ! V'là qu'é fait dégoder ce fripon ! Au s'cours ! Il déjante ! Fermez votre putain d'clapet, la vieille, v'voiliez pas qu'môssieur déclare forfait ! Y s'met à mollusquer, le pauvre ! Ah ! non, alors ! J'veux qu'y va m'finir ! Rester en rideau, à c'moment d'la pièce, j'sus pas d'accord ! J'peux plus m'permett' ! J'ai franchi le point d'non-retour, moi ! Laisse-toi pas impressionner par cette vieille gamelle, mon chéri ! Oublille-la ! J'eusse dû l'envoyer éplucher des patates pour mon gratin dauphinois d'à midi ! On serait été plus tranquilles, les deux. J't'en conjure, dégode pas, Chouchou ! Pense à des choses friponnes ! Tu veux qu'je vais mett' un film porno su' la vidéo ? Ça t'remontera les ardeurs ! Ça y est ! Il est nase ! Complèt'-ment à plat ! Y m'quitte ! Y pend ! C'est râpé ! Archi-foutu ! Une tringlée pareille qui capote, misère du Ciel ! Mais qu'est-ce j'espie pour viv' une chose aussi terrib' ! Ça m'arrache les sens ! J'vais être bonne pour la camisole d'force ! J'agonise ! Passez-moi ce putain d'aspirateur, mâme Safran, avant qu'j'soye tout à fait morte ! »

***

Tu sais ce que c'est qu'un cauchemar ?

T'en as fait, comme tout le monde, bien sûr !

T'es là, en plein drame ésotérique, et soudain, une monstre basculade s'opère dans ton esprit, voire dans tout ton être. Tu es en sueur, haletant, affolé. Tu regardes autour de toi. Tu ne piges pas. Et puis ça se réinstalle dans ta tronche. Mais il subsiste une sorte de traumatisme bizarre.

Moi, je titube dans la salle de bains innommable des Bérurier. Me fourbis à grande eau, malgré l'écœurement que me cause une savonnette rosâtre, pleine de poils de différentes provenances. Ensuite je me passe la tête sous le robinet : l'autre, la vraie.

Je rajuste...

Le couloir qui pue le graillon en permanence. Des plaintes et des soupirs partent de la chambre. Je gagne le palier, dévale l'escalier en cognant les murs, genre Raskolnikoff après qu'il eut refroidi la logeuse. Le porche où des poubelles vides continuent de malodorer. Le jour, la rue ! Une grande ombre. Tu sais qui ? M. Blanc. Il se tient adossé au deuxième vantail.

Il me regarde surviendre de ses grands yeux pareils à des sulfures.

Nos regards se prennent. Je lis une rassurance progressive dans le sien. Un léger mais bon sourire éclaire sa bouille négrotte.

Sans un mot on se met à marcher jusqu'à sa 2 CV remisée à la diable un peu plus loin. Nous y prenons place.

— Comment se fait-il que tu sois ici, Jérémie ?

Il hoche la tête :

— Je savais que je t'y trouverais.

— Pourquoi ?

— Ça s'inscrivait dans la logique du phénomène.

— Quel phénomène ?

— Tu le sais bien.

Je vais pour dire, mais rien ne me sort ; du moins qui vaille la peine d'être énoncé. Je pense flou. Blessé quelque part dans mon subconscient.

Lui, prend l'initiative :

— Il y a eu permutation momentanée de personnalités, Antoine. Pendant quelques heures, tu es devenu Béru et Béru est devenu toi ; d'accord ?

J'acquiesce.

— Je me suis embourbé la Grosse ! révélé-je ; pas jusqu'au bout, mais l'essentiel a été perpétré. Je voudrais pouvoir me trancher la bite et la donner à bouffer à un goret.

Il soupire :

— Relaxe, Max ! C'est pas TOI qui as grimpé la Baleine, mais SON MARI !

— Pour elle, la nuance n'était pas perceptible.

— Peu importe ; elle est fondamentale en ce qui te concerne. Au moment de l'infâme coït, tu ne « t'appartenais » plus.

Il parle péremptoire, l'amigo. Je suis gagné par sa certitude, sachant bien « qu'il a raison ».

— Il n'en reste pas moins, poursuit le Noirpiot, que ton gros lard et toi avez vécu une expérience révolutionnaire.

— Tu crois ?

— Réfléchis : c'est inouï ce qui peut découler d'un tel pouvoir ! Reagan devenant Gorbatchev et Gorbatchev devenant Reagan ! Pas triste !

— Comment expliques-tu le phénomène ?

— Je n'explique rien, comment le pourrais-je ? Je

considère les faits et en tire conclusion. Hier, Bérurier, au cours de ses investigations, a rencontré quelqu'un qui l'a gravement médicamenté. Grâce aux soins de ma chère Ramadé, il s'en est remis, mais à l'issue de sa guérison, il se croyait San-Antonio, ce qui t'a époustouflé sur l'instant. Néanmoins, un peu plus tard, tu t'es cru Bérurier et comporté comme tel ! Phé-no-mé-nal ! Il faut aller parler de ça à Mathias, tu ne penses pas ? Un esprit scientifique comme le sien aura peut-être des solutions à nous proposer ?

Il actionne son démarreur.

POUR DAMES FRIVOLES

Ça, ça se passe le lendemain du lendemain.

Il fait un temps à mettre tout le monde dehors, y compris le nez de Cléopâtre.

Dans son bac en zinc de l'institut médico légal, Son Excellence commence à être un peu moins raide que la justice de Berne. D'ici quelques heures, on va lui faire toilette, la ravauder, la pomponner pour, ensuite, la transporter à l'ambassade où le corps diplodocus viendra lui rendre les honneurs.

***

Régalo (ex-Edmond l'Auverpiot), est à la fenêtre de son studio. Il fait, tu devineras jamais quoi ? Il arrose un pot de réséda acquis la veille. Poète. Tueur, mais des sensibilités d'adolescente. Il aime voir éclore les fleurs, se multiplier les pousses, s'élargir les feuilles. Le mystère de la germination l'émeut.

Un jour, si Dieu donne le feu vert, il aura une belle propriété avec un coin pour ses jardineries à lui. Il lit toujours avec intérêt les intéressantes chroniques de Daniel Gélin, ce Vilmorin de l'art dramatique.

Ayant accordé ses soins attentifs au réséda, il jette un regard dans la rue de la Muette. Il voit radiner Blanche-

Fleur (ex-Chochotte). Elle tient des sacs en papier dont les anses de cordonnet donnent à penser qu'ils sortent d'une bonne maison.

Il admire la démarche féline de sa compagne. Blanche-Fleur l'excite, simplement en se mouvant. On croirait toujours qu'elle fait l'amour ou s'y prépare.

Bon, elle traverse la chaussée sagement, dans le passage clouté, et s'engage dans leur immeuble. Régalo guette son pas. Compte les secondes, lui en accordant une par marche. Elle s'abstient de prendre l'ascenseur afin de ne pas négliger cet exercice supplémentaire bon pour sa chère ligne. Elle a la clé et ouvre. Régalo continue de regarder la rue.

Lorsqu'elle parvient derrière lui, à la croisée, posant ses deux mains sur les yeux du tueur, il se dégage assez brusquement, ce qui n'est pas dans ses habitudes. Au contraire, chaque attouchement de la jeune femme est prétexte à batifolages.

— Qu'est-ce qu'il y a ? demande Blanche-Fleur.

Régalo lui désigne une silhouette bizarre qui s'éloigne.

— Tu vois ce vieux type, là-bas ?

— Celui qui a un chapeau et un imper pourri ?

— J'ai eu l'impression qu'il te suivait.

Elle a un léger frémissement.

— Tu crois ?

— Il se tenait derrière toi, et quand tu as traversé la rue, il a failli en faire autant. Et puis il s'est ravisé et il est resté planté un instant au bord du trottoir, regardant l'immeuble. Il a vu que je l'observais, alors il est reparti.

Elle suit des yeux la silhouette presque cocasse.

— Qu'est-ce que tu crois ?

— Je ne sais pas. Ce type a l'air bien trop vieux pour être flic. Peut-être qu'il admirait ton cul, tout simplement. Quand tu marches, on a envie de dégainer sa bite !

— Il est écroulé, ce mec ! pouffe Blanche-Fleur.

— Plus ils sont vioques, plus ils sont lubriques, assure Régalo avec le mépris assuré de sa jeunesse.

Ça y est : le type a disparu.

Ils se mettent séance tenante à l'oublier.

— Tu as pris les billets pour Londres ? demande le tueur à gages.

— Oui, mais pas pour demain, à cause de la grève des aiguilleurs du ciel.

— Pour quand, alors ?

— Dans trois jours.

Il n'est pas contrariant, Régalo. Lui, ici ou ailleurs...

— J'irai voir l'exposition Magritte qui débute après-demain, décide-t-il, satisfait.

Elle le considère avec une admiration pensive :

— C'est marrant que tu sois passionné de peinture.

— Pourquoi ?

— On ne s'imagine pas un homme comme toi fréquentant des galeries ou des musées.

— Parce que les gens sont bourrés d'idées reçues. Sous prétexte que je gagne mon bœuf en tuant des gens, je devrais être un type inculte, dénué de tout sens artistique !

Il hausse les épaules et retourne à la croisée. Le vieux type, genre M. la Souris, s'est gommé du paysage bourgeois.

— T'as des projets pour aujourd'hui ? questionne Blanche-Fleur.

Il réfléchit un instant, supputant des possibilités.

— Je vais prendre contact avec l'ambassade U.S., décide Régalo.

Ça amuse sa compagne.

— Toi, depuis que tu as mis le pied dans la diplomatie, tu n'en sors plus !

Ils se marrent.

Ils ont raison car ça ne durera pas !

T

Après cette mésaventure surprenante qui m'a conduit au monstrueux coït évoqué avant et dont je ne demande pas pardon aux pudiques, aux mal torchés, aux chétifs de l'âme, aux rabougris de toutes sortes que tant j'emmerde éperdument, dénie, conchie, refuse, il m'en suit une sorte de grand épuisement m'obligeant à rentrer chez moi pour m'y reposer. Je prétexte un début de grippe pour m'man alarmée. Elle veut appeler le docteur Purgon, un nouveau toubib frais installé dans les grands immeubles (de haut standinge) qui nous cernent, mais je refuse.

Seulement besoin de me reposer. Avant toute chose, bien me laver ! Alors bain chaud, douche froide. Et puis dormir ! Alors cachet de Ténébral. C'est comme une répulsion intense de l'existence. Un besoin de mutation. Chrysalide-papillon ! La bestiole doit connaître ce que je ressens. Le plus cocon des deux n'est pas celui qu'on panse (comme disait une jolie infirmière que j'ai beaucoup baisée).

Je pionce pendant cinq heures, pas davantage. Mais avec une rare application.

N'après quoi je me lève en forme, un peu patochard du bulbe because le cacheton ; un bon caoua de ma Félicie me remettra la pensarde à l'heure

J'appelle le bureau.

Tombe sur Jérémie.

Il est jubileur tout plein, le Mâchuré ! Si Mathias n'a rien de nouveau à propos du phénomène dont nous fûmes victimes, Alexandre-Benoît et moi, par contre la vieille Pinoche a retrouvé la fille ! Quand je te le disais qu'il était irremplaçable dans certains domaines, mon vieux César branlant !

— Tu es capable de t'annoncer, demande M. Blanc, ou bien devons-nous prendre nous-mêmes des décisions ?

— Pauvre con ! lancé-je en raccrochant.

Prendre des décisions eux-mêmes, ces pafs volants ! Non, mais ils rêvent !

Je me saboule en énarque, dans les teintes sérieuses. Pas de négligeries surtout, comme ils y sont enclins tous les jeunastres d'à présent. Quand je les renouche, je crois rêver. C'est le blouson de faux cuir cradingue, le jean dégueu, plein de pisse par-devant, le tee-shirt Mickey avec des trous de cigarette et des taches abjectes, sans parler des baskets, naturellement, sales et informes, qu'onc clodo n'irait repêcher dans une poubelle !

Cet accoutrement leur est devenu un uniforme. Se croiraient déshonorés s'ils étaient vus en veston avec une vraie chemise et une cravate, des pompes de cuir, la gueule rasée !

Pour ça, le Vieux aura été un exemple pour ma pomme. Sans être, comme lui, tiré à quatorze épingles, j'ai toujours eu le souci de ma mise. L'homme bien loqué jouit d'un capital crédit (si je puis dire). Au départ, il est reçu et écouté.

Quarante minutes plus tard, me voici dans le palais des draupers, sûr de moi et dominateur.

Mon bureau est en état de siège, biscotte le père La Renifle majestueux, dans mon fauteuil pivotant, un mégot rallumé au bec, le bitos à l'horizontale. Vingt collègues sont là qui le harcèlent de questions. Et lui, le Desperados de la Rousse, il en jette comme un diamant entre les flotteurs de la mère Taylor. Son sourire est celui de ces statues de saints très recommandables qu'on trouve dans les églises d'Italie. Y a du céleste là-dedans, de l'infinie mansuétude, une prodigieuse acceptation de tout et du reste !

Comme c'est un subalterne très conscient de sa subalternité, il se lève à mon entrée pour me restituer mon siège. Mais moi, magnanime, je le lui consacre d'un geste si plein de noblesse qu'en le voyant, le bon roi saint Louis aurait déféqué dans son froc.

J'ai mon air des grandes occasions. Il produit un effet taureau (l'effet bœuf, c'est pas mon style) sur l'assistance. Les inspecteurs rassemblés vont se plaquer contre les murs, mués d'instinct en cariatides. Juste Jérémie demeure soi-même, les mains dans les vagues, fredonnant un air Banania de ses contrées bambou.

Je promène sur l'assistance un regard circulaire, décrivant sur mes talons un 360 degrés dont je ne te dis que ça. C'est une étrange faculté de l'homme que de chercher à se guérir de ses souillures par une démonstration de son autorité. Je cède pourtant à cette fâcheuse et conne réaction, si pauvre vraiment, pas besoin de purification, oui, comprenne qui peut ! Sentant confusément qu'en mettant le pied sur la scène de la bêtise universelle, je renonce délibérément à mon statut d'homme intelligent afin de faire amende honorable. Je m'abaisse pour me réprouver moi-même. Con volontaire, je peux mieux endosser la flétrissure de ce sombre coït avec la mère Bérurier. C'est un cilice chargé de mortifier ce qu'il y a de noble en moi.

Alors, va, Sana. Joue les grands chefs minables, soucieux de leur autorité, juchés sur la pyramide fragile de leurs prérogatives. Fais le con, mon con ! Et peut-être, par grande grâce divine, deviendras-tu con à ton tour, enfin incorporé ; délivré des inutiles branchies qui te permettaient, Gribouille gribouilleur, de te croire poisson parmi les gorets.

Amen !

Il s'est fait un grand silence, ignifugé et parfaitement étanche.

Je dépose alors dix-huit centimètres carrés de ma fesse gauche sur l'angle du bureau et dis simplement, m'adressant à Pinocchio :

— Alors ?

Il tète voluptueusement son mégot en papier maïs, d'un jaune de devant de vieux slip. Une certaine combustion s'opère, grésillante. Le vieux expulse une légère bouffée qui le fait larmoyer de son mauvais œil (l'autre n'est que « pas très bon »).

— Je l'ai retrouvée en cinq heures quarante minutes, déclare-t-il.

Sa voix s'en étrangle d'émotion. Comme il est fier de cet exploit, le devin divin ! Et à juste titre, comme disent les courtiers en Bourse. Chéri, va !

— Comment t'y es-tu pris, noble vieillard dont le nom sera inscrit au fronton de tous les édicules publics, afin de rappeler aux prostatiques de France qui tu fus ?

— Je dois reconnaître que la chance m'a beaucoup aidé, déclare loyalement le rat d'égout fumeur. Un vieux dicton assure que, dans notre métier...

Mais je l'interromps gentiment :

— César, mon biquet joli, tu rassembles tous tes vieux dictons, tu les roules serré et tu te les bourres dans le rectum après avoir enduit celui-ci de vaseline. Maintenant, aux faits, l'ancêtre !

Il retire sa relique de clope, prend l'assistance à témoin et jubile en me désignant :

— Il ne changera jamais ! C'est le garçon le plus facétieux que j'aie connu dans la police. A mes débuts, le brigadier Brizardin n'était pas mal non plus ; il se montrait particulièrement doué pour les jeux de mots et les contrepèteries. C'est lui qui, je crois bien, a inventé celui avec « Madame Vigée-Lebrun », qui se traduit par : « Madame, j'ai le vit brun » (rire pinulcien, aigrelet comme le tintement d'une sonnette fêlée).

— Procède avec tes souvenirs comme je t'ai conseillé de faire avec tes vieux dictons, Pinaud, coupé-je, le temps presse.

Il devient grave. Quelques neurones nazes venant de péter dans son disjoncteur, il murmure, penaud :

— De quoi parlions-nous ?

— De la tueuse que tu as su retrouver en cinq heures et quarante minutes.

— Oh ! oui. Je m'étais tenu le raisonnement suivant : si cette fille change fréquemment de studio meublé, elle doit être en cheville avec une agence de location, au lieu de chaque fois se présenter chez d'autres et devoir y établir un nouveau dossier. Alors, mes amis, j'ai pris le Bottin. Il existe plusieurs pages d'agences locatives, vous vous en doutez. Sans me décourager, j'ai commencé par la première. Et j'ai entrepris de téléphoner aux directeurs de chacune d'elles. A tous, j'ai sorti le même baratin : « Ici la Préfecture de police. Nous recherchons une jeune femme d'une trentaine d'années qui loue fréquemment des studios meublés. Cette fille vient à nouveau d'en louer un. » Etc. Je notais les agences qui prétendaient avoir ce genre de cliente. Quand je les ai eu toutes appelées, je disposais d'une liste d'une vingtaine de noms et je me suis mis alors à leur rendre visite. A la seconde où je suis allé, j'ai mis le doigt dessus. Les gens qui y travaillent ont parfaitement reconnu la fille Smurgh sur les photographies que je leur soumettais.

Il me tend un faf.

— Voici l'adresse de l'agence en question, Tonio. Au

verso tu trouveras celle du studio qu'habite la fille depuis hier, à la Muette. Elle se fait appeler Hildegarde Staube, se prétend allemande, née à Cologne, et a déclaré comme profession : secrétaire à la Frankfurt Bank, agence de Paris, je ne te réponds pas de l'orthographe car j'ignore l'allemand.

Le vieux constate qu'au cours de ses explications, son clope s'est éteint. Il souffle sur son extrémité pour tenter de le ranimer, mais autant souffler sur sa bitounette pour la faire bander ! Alors, il soupire et sort d'une de ses poches sans fond un vieux briquet que son papa lui a ramené de la guerre de 14 : un truc de cuivre sans couleur, avec une mèche, et qui tire un feu d'artifice lorsque tu en actionnes la molette avant de proposer une flamme de lampe à souder.

L'opération rallumage est si périlleuse que tout le monde retient son souffle. La Pine approche la torche de son visage que cet afflux de lumière sublimise.

Il a beau avancer ses lèvres un max, ça se met à puer les poils du nez carbonisés et le bord de chapeau de feutre roussi. Ayant triomphé dans son entreprise, il rabat le couvercle du briquet, mais la flamme continue de s'échapper, refusant de mourir. Pour éteindre son chalumeau, il est contraint de l'envelopper de son mouchoir. Dernière odeur de brûlé, tout rentre dans l'ordre.

— Je voudrais ajouter encore ceci, déclare Pinaud. Etant allé repérer l'adresse de la fille Smurgh, je l'ai vue qui sortait de l'immeuble. Par un réflexe professionnel que tous, ici présents, comprendrez aisément, je l'ai suivie. Elle s'est rendue pour commencer dans une agence de voyages à la Muette, puis elle a acheté des denrées alimentaires dans un magasin de luxe. Lorsqu'elle est revenue à son domicile, un homme jeune se tenait à la fenêtre. Je parierais qu'il s'agissait de son compagnon, à la manière dont il la suivait du regard.

J'ai l'impression qu'il m'a repéré. Sentiment très fugace. J'ai poursuivi ma route mine de rien, mais il est préférable que je ne me montre plus dans le secteur.

Un élan de gratitude me fait lui tendre la main. Il y dépose une demi-livre de viande froide avec os que je presse comme si c'était appétissant.

— Bravo, César !

Et, me tournant vers les cradingues mal fagotés qui nous cernent :

— Que cet homme vous soit un exemple, messieurs ! Il est l'âme de notre ingrat métier !

Pinaud pleure.

Je lui concède une minute d'émotion. N'après quoi je fais front aux troupes rassemblées. Un dur combat se livre en moi. Partagé entre ce que m'a dit Marie-Jeanne, la chère surdouée de bonne rencontre et la bonne vieille tactique policière, j'hésite. Si je fais cerner l'immeuble et saute le couple, comme la logique le commande, je risque de ne pouvoir remonter à la source. Si je laisse les deux meurtriers en liberté surveillée, ils peuvent, à la faveur d'une couillerie imprévisible, se tirer et me laisser marron.

Ah ! combien il est difficile de décider.

Et ma perplexité ne doit pas s'éterniser, car elle dessert mon prestige. Les subalternes ne croient plus aux chefs indécis. Ils ont besoin d'avoir à leur tête des hommes qui tranchent infailliblement.

Un temps mort, ça oui, ça fait même bien dans le paysage, ça montre que le *king* coordonne ses idées. Mais pas bivouaquer dans le flou, bordel ! Ça, *never !* Au grand *never !*

J'interpelle muettement mon petit lutin à gages.

« Qu'est-ce qu'on décide, Futé ? »

Il me chuchote une propose que moi, franchement, je trouve bath comme un bouquet de violettes.

Un flot brûlant embrase alors mes veines.

— Mes amis, dis-je, je vous mijote une opération comme vous n'en avez encore jamais vu !

En piste !

***

— Tu ne crois pas qu'il est un peu tard pour un emménagement ? murmure Jérémie, assis contre moi à l'intérieur du camion.

— Les jours sont longs, objecté-je, et puis notre bidule comporte des plaques néerlandaises. Lorsqu'on vient de loin, on arrive quand on peut !

— La concierge n'est pas prévenue, elle va faire du suif ?

— Monestier va s'occuper d'elle ; c'est un homme très persuasif. D'après les renseignements que j'ai pu obtenir, son mari travaille chez Renault à Flins ; il est justement de l'équipe du soir, en ce moment.

Mathias, qui se tient blotti entre un piano droit et une bergère Louis Trucmuche, assis sur sa marmotte d'ouvrier du Tour de France, murmure :

— Tout ira très vite.

Le lourd camion de déménagement « Transports Internationaux Hiëronymus VAN AEKEN, BOSCH, Pays-Bas » roule pesamment dans le calme seizième. Par un œilleton, je vois défiler un Paname que je connais bien et qui glisse en cette fin de journée dans une langueur bourgeoise. Dans la vaste cabine avant se tiennent quatre inspecteurs vêtus de combinaisons bleues. Aucun ne jacte. Ils sont tendus par l'imminence de l'action. Tu dirais les membres d'un commando chargé de faire sauter le palais de Buckingham.

Je les ai soigneusement choisis. Chacun sait ce qu'il a à faire et s'y prépare. Leur gravité me plaît. A l'exception de Monestier qui a dépassé la quarantaine (il faut un flic qui fasse sérieux pour « s'occuper » de la pipelette, je les ai pris jeunots et costauds : bédame, des déménageurs ! Blonds, aussi : rebédame, des Bataves !

Voilà, on vire dans la rue de la Muette. Le gros zinzin ralentit. Il se range devant l'immeuble des tueurs. Prépusse, un novice, saute du lourd bahut, une chiée de feuillets multicolores à la main, et se met à « vérifier » le numéro de l'immeuble. Tout ça bien ouvertement. Si nos « clients » sont aux aguets, il faut les mettre en confiance, pas qu'ils redoutent un instant un coup tordu, ou que, s'ils le craignent, ils soient vite rassurés par notre comportement.

Prépusse adresse un large acquiescement à ses acolytes. Le chauffeur met le clignotant de panne. Monestier descend à son tour et engouffre l'immeuble pour aller charmer la cerbère. Les deux autres passent à l'arrière du camion dont ils déverrouillent les portes arrière. Le jour poudré d'or, car il décline déjà, nous fait ciller. On devenait hiboux, nous trois autres, au fond de cette putain de caisse. Nous demeurons à notre poste. Prépusse est entré dans la crèche à son tour et, selon un plan convenu, grimpe à l'étage au-dessus du studio. Il sonne à la porte de M. Vergustin, ancien officier des douanes en retraite, que nous avons contacté téléphoniquement et qui est d'accord pour assister la police. Le jeune inspecteur parle allemand. Il dit, en un français choucrouteux comme quoi c'est le déménagement de Hollande qui est là. Qu'ils ont eu du retard à cause de ces chieries de douanes (gueule de ce bon M. Vergustin !). Mais bon, est-ce qu'il est d'accord pour que l'emménagement ait lieu tout de suite, comme ça ils gêneront moins la circulation. Tout cela est aboyé à la teuton. Le retraité répond que « Mais bien sûr, après une journée d'attente dans un appartement vide, c'est la moindre des choses ». Et ça boume !

Moi, je biche comme une puce en apercevant dans l'immense réflecteur extérieur du camion, convenablement orienté, le couple à la fenêtre. « Merde, me dis-je familièrement, on les tient ! Ça n'aura pas été long ». Après ce bout d'enquête décousue, où ça tiraillait à hue et à dia ! Je suis content de moi ! Des autres aussi. De Pinuche surtout, et puis d'Akourdidé qui aura allumé la lanterne. Et de la mignonne Eurasienne si futée qui, elle aussi, m'aura aidé à y voir clair. Content du fils de la femme de ménage portugaise, brave petit baisouilleur précoce.

Le couple ne demeure pas longtemps à la fenêtre : la fille ne tarde pas à s'en retirer. Le type reste encore un moment. Il ne semble pas inquiet. Faut dire qu'il y a déjà tout un bordel sur le trottoir. Une grande glace à trumeau, une armoire hollandaise, des fauteuils de cuir, une machine à laver, des sommiers enveloppés de toile de jute. On fourmille. Les inspecteurs entreprennent de grimper les meubles chez le pauvre père Vergustin, soixante-dix-sept ans, mais tout son chou. Veuf. Une fille religieuse. Des semis dans des petits bacs. Il fait pousser des mousses bizarres, c'est sa marotte, l'ancêtre, comme si lui-même n'était pas suffisamment moisi comme ça ! Mais non : des mômes, tous, patriarches ou pas. Le hobby ! Lui, c'est les lichens du Grand Nord, là que les cormorans ne vont même plus déféquer. Que juste tu peux y trouver, en fait de vie animale, des infusoires rampants, et encore !

L'emménagement commence. La tactique est simple : créer un barrage de meubles au-dessus de studio, et un autre au-dessous, de façon à ce que toute retraite soit coupée aux tueurs.

Prépusse vient prendre un petit bonheur-du-jour dans le camion.

— Opération A terminée, dit-il, à vous de jouer !

Je mate le grand rétro : *nobody* à la fenêtre des lascars : donc ils ne peuvent nous voir. Nous sautons du bahut.

Le porche. Regard dans la loge. Monestier fait du gringue à la concierge : une petite boulotte pas désagréable à boulotter le jour où ta maîtresse de banlieue a raté le dur pour venir te faire étinceler.

Note que lui ça ne va pas loin. Le côté : « Vous savez que vous n'êtes pas mal du tout dans votre genre ? » Voire encore : « Je donnerais bien mon treizième mois de salaire pour être à la place de votre mari ! » Galantine de volaille, quoi ! De garçons de bains comme on disait jadis, au temps où l'on s'en allait laver, le samedi dans des établissements conçus pour. Savonnette et serviette en sus, comme à l'hôtel *Mon Bijou.*

Sous le porche, on s'attrape un canapé d'au moins trois mètres cinquante de long, M. Blanc, Mathias, Prépusse et ma pomme. Et on n'est pas trop de quatre pour escalader ce catafalque dans les étages. Arrivé sur le palier des brigands, le jeune Prépusse me désigne leur porte. Alors, bon, ayant bien combiné notre truc, on s'arrange de manière à bloquer le canapé. Il heurte leur lourde. On sacre, on lance des « *Mein Got, mein Got* » à la noix, vu que seul Mathias qui est polygone jacte le néerlandais. L'effet ne tarde pas à porter ses fruits. L'huis finit par s'écarter légèrement, juste ce que permet la chaîne de sécurité. On défrime un coin de visage femelle. Une voix lance, mauvaise :

— Mais qu'est-ce qui se passe, bon Dieu !

Mathias explique en hollandais que ce putain de canapé ne parvient pas à passer par l'escadrin. La fille nous répond en allemand, car elle est alsaco d'origine et le langage choucroute, ses vieux ont dû le lui apprendre par osmose. Prépusse lui relaie dans la langue de Schiller les explicances bataves du Rouquin. Tout ça fait vrai à ne plus en pouvoir. Mathias balance quelque chose à Prépusse. Prépusse répond que « *ja ja* » et traduit à la gonzesse :

— Si c'était possible qu'elle ouvre sa porte afin qu'on

puisse engager juste l'angle du canapé chez elle manière à pouvoir prendre le virage.

Là-dessus, le mec de la gonzesse ramène sa fraise :

— Qu'est-ce qu'ils veulent, ces branques ?

— Qu'on ouvre pour qu'ils arrivent à virer avec leur monument !

Le type ricane :

— Tu parles de déménageurs de mes deux ! Ils n'ont qu'à le placer à la verticale, ce canapé !

Et puis il n'en casse pas plus vu que Mathias vient d'usiner prompto en vaporisant, presque à bout portant, l'un de ses chers gaz dont il a le secret et qui nous furent si tellement utiles à Harlem dans mon booksif précédent.

Tu verrais si c'est fait de main de maître ! Juste un éclair. Sa main brandie tenant une cartouche métallique « Pchiiiiiiittt, cher ange ». Poum ! Les deux ont quelques halètements à la désespérée. Puis s'écroulent. D'un coup d'épaule je fais sauter la chaîne. Pas diff, il suffit pour ça de ramener la lourde à soi et d'y aller franco.

Mathias se place un petit masque sur le nez et pénètre le premier dans le studio dont il va ouvrir les deux fenêtres en grand, ainsi que le fenestron de la salle de bains, manière d'établir un courant d'air purgeur.

Il revient peu après.

— Attendez quelques minutes avant d'entrer, conseille-t-il.

Je donne des ordres à mon équipe :

— Remportez le matériel, les mecs, mission réussie cinq sur cinq. On arrosera l'exploit demain.

Dociles, ils opèrent en sens inverse. Jérémie, le Rouquemoute et Bibi, prenons possession des lieux. On commence à préparer le réveil des tueurs en leur passant les menottes (c'est bien à leur tour d'y avoir droit !). Ensuite nous les traînons dans le studio même, un coin coquet où il doit faire bon tirer une frangine opérationnelle.

— Sur la lancée, mes chéris, entravez-leur également les pinceaux ! recommandé-je.

J'entreprends une perquise très technique de l'appartement.

J'y déniche deux pétards gros comme ma cuisse, deux paires de menottes, un tas d'osier que je renonce à compter et une trousse de monte-en-l'air sophistiquée.

Ces formalités accomplies, je désigne le couple à Mathias.

— Ils en ont pour longtemps avant de se réveiller ?

— Cela dépend de leur organisme. La fille dormira sûrement plus longtemps que l'homme. Disons une bonne heure.

Je m'approche de l'appareil téléphonique pour tuber au Vieux. Il exulte.

— Bravo, mon cher petit. Et sans effusion de sang !

Un temps, il baisse la voix :

— Justement, à propos de sang...

Je pressens du cacateux en préparation.

Comme il tarde à répondre, je risque un :

— Je vous écoute, monsieur le directeur ?

Ça doit pas être joyce ce qu'il a à me dire. Déplaisant à outrance, même, je le devine à ses raclements de gorge embarrassés.

— Cette affaire touche au milieu diplomatique, San-Antonio. Vous êtes seul ?

— Moi, non, mais mon tympan, oui, vous pouvez parler.

Il se ramone le conduit à grumelances.

— Je viens de tenir un conseil de guerre avec les plus hautes instances... Tout à fait les plus hautes instances, San-Antonio. Il en résulte que, de l'avis unanime, il ne doit pas y avoir de... heu... procès des assassins ; pas de... heu... d'instruction non plus, comprenez-vous ?

Je chique les étourneaux :

— Alors, il faut les remettre en liberté après leur avoir fait promettre de ne plus recommencer, monsieur le directeur ?

Il s'emberluche, le Vioque ! Son ton devient âpre.

— Vous ne me comprenez pas, San-Antonio. Il convient de... d'interroger ces gens au maximum. Vous comprenez ce que je veux dire ? Au maximum. Et ensuite de les faire disparaître sans tapage. Les accidents de voiture ne sont pas faits pour les chiens.

— En somme, ricané-je, il faut que je trouve des tueurs à gages pour supprimer ces tueurs à gages ?

Le Vieux éclate d'un rire qui sonne aussi faux que de la monnaie de plomb !

— Ce que c'est farce ! Quel esprit vous avez, mon petit. Eh bien !... heu... vous venez en effet de résumer les vœux de notre gouvernement.

— Vœux informulés, bien entendu ? insisté-je.

— Naturellement. Tout à fait informulés !

— Puis-je vous poser une question, patron ?

— Toutes celles que vous voudrez, mon enfant, mon bambin, mon mignon.

— Pour qui me prenez-vous ? laissé-je tomber, juste avant le combiné sur sa fourche.

Alexander Branlbitt, premier attaché (d'en faire autant) à l'ambassade U.S. de Paris, appuya sur son parlophone à moustache centrifugée.

— Faites entrer Ben Wilby ! jeta-t-il brièvement.

C'était un grand quinquagénaire couperosé, d'un blond presque roux, aux yeux délavés, avec plein de rides au front comme un qui est aux chiches et vachement constipé.

Un drapeau américain, inouïsement décoratif dans son porte-parapluies, parachevait l'ameublement fonctionnel de la pièce.

Celui qui entra ressemblait à un représentant en repas en sachets (t'en vides un dans un demi-litre d'eau chaude et t'obtiens un savoureux canard à l'orange, ou un couscous avec tous ses ingrédients). Il avait un côté à la fois râpé et fouille-merde qui déconcertait. Son complet léger avait l'air d'avoir passé seize nuits dans le transsibérien et sa chemise à col ouvert d'avoir fait l'aller-retour.

Il portait un chapeau de feutre comme en avaient les « Incorruptibles » dans la série des Eliott Ness. Il ne pensa à l'ôter que lorsqu'il fut assis dans le burlingue, face à son terlocuteur.

— Une urgence, Dick ? demanda-t-il.

Si les rats parlaient, il aurait eu une voix de rat. Ça

couinait au lieu de nasiller. Il fixait l'attaché d'un air détaché, mais son regard était si ardent qu'il incommodait malgré tout son vis-à-vis.

Au bout d'un peu, il n'avait plus l'air d'un représentant en fausse bouffe, mais d'un truand ou d'un flic new-yorkais négligé.

— Un truc bizarre, Ben.

En homme dont le temps est précieux, Alexander Branlbitt entra dans le vif du sujet :

— Hier j'ai reçu la visite d'un homme, un Français, qui me proposait de me vendre un secret.

— Dans votre job, ça ne doit pas être rare, objecta le visiteur.

— Plus que vous ne le pensez. Les gens d'envergure vont frapper aux bonnes portes, pas à celles des ambassades.

— Ce qui signifierait que votre loustic n'est pas un champion ?

— Drôle de gars. On a vite froid dans le dos quand on cherche à le regarder au fond des yeux. Ce garçon tuerait sûrement père et mère pour une boîte de bière quand il a soif ! Il prétendait détenir un secret faramineux qui, selon lui, vaut un paquet de papiers grand comme ça. Le dollar n'est plus ce qu'il était, mais il continue d'exciter les appétits...

— Un folingue, non ? émit Ben Wilby.

— Non. Parce que je vais vous dire, vieux : après en avoir référé en haut lieu, il appert que nos sphères occultes avaient eu vent de l'existence d'un tel secret et qu'il les intéresse au-delà de tout ce que vous pouvez imaginer. Nos chères « têtes pensantes » ont même jugé miraculeuse l'intervention de ce type. Elles se sont mises à phosphorer comme des allumettes et me chargent d'aller plus loin dans les pourparlers avec le gars. Il se peut que ce soit un fumiste, mais il se peut aussi que non. L'Histoire a prouvé que, bien souvent, des petits bons-

hommes à la manque étaient détenteurs de choses susceptibles de modifier le sort du monde et que certains gouvernements furent mal inspirés de ne pas les prendre au sérieux. Et puis, imagine-t-on un bougre assez culotté pour vouloir vendre du vent dans une ambassade comme la nôtre? D'autant que mon visiteur avait l'air malin comme cent singes.

— Bon, alors tout baigne, remarqua Ben; qu'est-ce que je viens faire dans votre conte de fées, Dick?

— Attendez. Tout ne baigne pas, justement. J'avais pris rendez-vous avec l'homme pour neuf heures du soir dans un bar des Champs-Elysées afin d'aller plus avant dans les tractations; or, il n'est pas venu. La chose est d'autant plus surprenante que c'est lui qui a insisté sur l'urgence du marché. Lui qui a voulu cette rencontre. Je l'ai attendu jusqu'à dix heures et demie du soir : en vain. J'espérais avoir de ses nouvelles à l'ambassade, ce matin, mais rien.

— Donc, si je devine bien, vous comptez sur moi pour retrouver l'olibrius?

— Affirmatif! répondit Alexander Branlbitt qui raffolait du langage boy-scout.

— Je démarre sur quoi?

— Trois éléments dont l'un est sans aucun doute bidon : je veux parler de son nom. Il a dit s'appeler Régalo; mais ça pue son pseudonyme. Néanmoins rien n'est à négliger. Second élément : le bar où il m'avait fixé rendez-vous : Le Mazagran, *on peut imaginer qu'il le fréquente plus ou moins, non?*

— Pas sûr, répondit prudemment Ben Wilby. Et le troisième élément?

Un sourire radieux de vainqueur olympique baissant la tête sur la plus haute marche du podium pour recevoir sa médaille éclaira la couperose du diplomate.

— Sa photo! répondit-il en ouvrant un tiroir. Vous ne le saviez peut-être pas, mais dans chaque bureau de

l'ambassade un astucieux dispositif permet de filmer et d'enregistrer nos visiteurs.

Il tendit un portrait de format 13 × 18 à son vis-à-vis. Wilby se mit à le scruter intensément.

— Vous avez raison, murmura-t-il, cet homme est une vermine de la pire espèce.

— Peu m'importe, s'il est en mesure de nous vendre ce qu'il m'a proposé.

— Il est hors de question que je sache de quoi il retourne ? demanda négligemment Wilby.

Alexander réfléchit.

— Après tout, non, et ça pourra peut-être vous aider dans vos recherches. Il s'agit d'un truc capable d'opérer des transferts de personnalités.

L'autre fronça les sourcils.

— Qu'entendez-vous par là, Dick ? Du diable si je pige quelque chose à votre gadget.

— Je comprends votre stupeur, Ben. Il paraît qu'il s'agit de... disons d'une chose qui fait permuter le « moi profond » de deux individus. Ainsi, si nous servions de cobayes, il serait possible que vous héritiez de mon comportement et moi du vôtre !

— C'est dingue, non ?

— Complètement. Mais vous voyez de là les implications quand on peut manœuvrer le... la chose ?

Ils restèrent un instant songeurs. Et puis Wilby s'arracha de son siège et s'empressa de recoiffer son bitos de film B.

— J'aimerais pouvoir visionner et écouter l'enregistrement de cette étrange visite, déclara-t-il.

— O.K. : adressez-vous à Pamela Curtis, elle va vous arranger ça.

Ils se séparèrent.

O

La nuit a été crémeuse. Avec des malodorances, des bruits de corps, des longueries à n'en plus finir.

Le couple n'a pas très bien réalisé la situasse. Ce qu'ils pigent pas, les deux, c'est pourquoi, après les avoir découverts et neutralisés, on les enchriste pas.

Ça les inquiète vachement, M. et Mme les flingueurs à gages.

D'autant qu'on leur cause pas. Aucune question, pas une broque. Ils sont abandonnés sur le tapis du studio, enchaînés.

Au bout d'une plombe, la fille a voulu la ramener :

— Mais enfin, bon Dieu, qui êtes-vous et que voulez-vous ?

— Ta gueule ! j'ai fait, calmos ; l'air lointain comme un qui cherche et qui est sur le point de trouver.

Comme elle piaillait, j'ai ordonné à Jérémie de la bâillonner. Il sait bien faire, se servant d'un collant de la môme trouvé dans un tiroir de la commode. Il la force à ouvrir la bouche en lui pinçant le nez et il place le collant préalablement torsadé dans sa gueule jolie ; un tour derrière la tête, qu'ensuite il serre fort sur le devant. Impec ! On organiserait les Internationaux du bâillon, il décrocherait la coupe, M. Blanc !

Avant de s'en aller, mes « déménageurs » m'ont

apporté une grande cantine de fer bourrée de nourriture et de boissons. Selon l'expression : on peut tenir un siège !

Mathias a pris des photos du gonzier avant qu'il ne se réveille ainsi que ses empreintes de gitane, comme dit le Gros, et s'en est allé vaquer. Une plombe plus tard, l'identité du tueur tombait et il me la téléphonait : « Jean-Jacques Aubergenville, né à Clermont-Ferrand. Tout le papier : ses débuts. Au départ fils de commerçant, études plutôt brillantes, mais de sales instincts. Il a à moitié défoncé le crâne d'un condisciple au cours d'une bagarre et il a été placé en maison de correction. A compter de ça, c'est le tournant de son match. Au sortir de la maison de correction, il va à Lyon, s'acoquine avec des malfrats, participe à un braquage de banque et se fait poirer. Quatre piges de gnouf ! Faut croire qu'en taule il se forge une philosophie nouvelle car, une fois sa peine purgée, il disparaît dans la nature et ne fait plus parler de lui. Il a pigé que le mitan n'était pas fait pour sa pomme. C'est un individualiste. Il devient tueur à gages.

J'écoute le papier que m'en fait Mathias, tout en regardant l'homme couché à mes pieds. Lui aussi me défrime. Putain, ce qu'il a l'air mauvais, ce mec ! Sa cruauté naturelle est atténuée par l'incompréhension qui le taraude. Il se pose des questions et n'ose nous les transmettre. Trop fier. Il s'en veut de s'être fait gauler comme un con. Son orgueil en a pris un vieux coup ! Comme il est intelligent, il a de l'instinct. Il a compris que ça pue mauvais pour eux deux. Mon plan est sans faille. Sitôt que tout ce circus sera achevé, je retournerai chez Marie-Jeanne. Elle me hante, cette petite fleur jaune !

Jérémie s'ouvre une boîte de coke et la gloute.

— T'as pas soif ? me demande-t-il.

— Non, mais tu devrais nous préparer un bouffement, fils.

Il explore nos victuailles.

— Pâté, poulet froid, fromage ?

— Banco.

— Et naturellement, tu prendras du vin ?

— Naturellement ! Du rouge.

— Y a que du rouge puisque c'est toi qui as fait la liste et que tu n'aimes pas le blanc ! rechigne le schwartz mec.

— Toi tu ne prends pas de vin du tout, n'est-ce pas ? laissé-je tomber.

— Je m'en voudrais !

— Alors qu'est-ce que ça peut bien te foutre qu'il n'y ait pas de blanc ?

Bon, on se rend compte de l'oiseuseté de notre converse. On est là, on monte un grand coup biscornu et on se chicane comme deux écoliers qui se tirent une bourre rapport à la couleur de leurs sucettes !

Pendant la clape, on branche la télé pour le baveux de vingt plombes. Je veux savoir s'ils passent mon communiqué. Oui ! Ils l'étalent même en seconde position, tout de suite après les chiries iraniennes. « Du nouveau dans l'assassinat de l'ambassadeur du Toufoulkan : la police a l'intime conviction que M. Tabîtâ Hungoû a été tué parce qu'il détenait un secret d'une importance capitale. Elle a la presque certitude que ce secret lui a été arraché sous l'effet de la torture par son meurtrier et que celui-ci aurait déjà pris des contacts afin d'en négocier la vente... »

Je lorgne le couple pendant ce blabla qu'il écoute comme je te vois, vu que le poste usine plein tube catholique (comme dit Béru). Instinctif, le regard qu'ils s'échangent. La môme Smurgh a illico tourné sa frime bâillonnée vers son jules. On lit un certain effarement sur ce qui lui reste de visage. Aubergenville, quant à lui, a les traits tirés tout soudain.

Nous deux, M. Blanc, on continue de mastéguer le poulet. Il préfère les ailes, ce qui tombe bien vu que j'ai une dilection pour les cuisses (là comme ailleurs, on ne se refait pas).

Que nous demeurions imperturbables, ça crée une ambiance terrible pour le couple infernal.

Quand on a clapé la moitié du calandos surchoix, « fait à cœur », comme disent les fromagers, je me recule un peu, satisfait de ce bien-manger.

— Et bien sûr, c'est le nègre qui doit desservir ? demande M. Blanc, aigre.

— Non, dis-je, le pauvre nègre va se mettre dans le fauteuil et regarder Columbo à la télé pendant que le grand salaud de blanc fera le boy.

Voilà que je joue les petites femmes d'intérieur : portant nos assiettes, nos verres et couverts sur l'évier où je pratique une vaisselle sommaire. Il y a bien une machine à laver dans la kitchenette, mais ça vaut pas le coup de la brancher pour si peu et, d'ailleurs, je ne sais pas m'en servir.

— J'ai besoin d'aller aux toilettes ! fait tout à coup Aubergenville.

Nous ne lui répondons pas.

Il monte le ton :

— Vous entendez, les deux ? Faut que je chie !

Je reviens dans le studio, les mains roses et humides du Mir suractivé dont j'ai probablement forcé la dose.

— Défèque ! lui dis-je. Qui est-ce qui t'en empêche : t'as un trou du cul que je sache ?

C'est ça, et pas autre chose, qui met un comble à sa stupeur !

Je vais m'asseoir dans le canapé, non loin de Jérémie.

L'autre se met à gronder :

— Vous n'allez pas me laisser flouzer dans mon froc !

Je soupire :

— Jérémie, muselle-le aussi, j'ai pas envie qu'il nous casse les oreilles avec ses problèmes intestinaux !

M. Blanc obéit, grâce à une seconde paire de collants. La fille en a toute une flopée.

On visionne la télé jusqu'aux toutes dernières nouvelles où ça répète ce qui fut dit au baveux de vingt plombes. Après quoi, on se dispose pour la noye.

Vérification des liens et des bâillons. Je note que la fille s'est fait pipi dessous, comme on dit puis chez moi. Là est pour nous la mise en condition. Des êtres auxquels on n'accorde ni le manger ni le chier sont vite à fond de déprime. Je ne ressens ni compassion ni regret pour le couple. Il me suffit d'évoquer le cadavre supplicié de sa malheureuse Excellence pour chasser de mon cœur toute pitié. Ces deux êtres sont des bourreaux sadiques, dénués de tout sens commun. Bien que n'étant pas un forcené de la loi du talion (Béru dit : du tabellion), je trouve juste qu'ils en bavent à leur tour. Toutefois, quand je songe que le Vieux m'ordonne de les « neutraliser » complètement, de sa voix tranquille, pas ému le moindre, exactement comme s'il m'annonçait qu'il n'aime pas les anchois dans la salade niçoise, je suffoque de l'âme ! Que vais-je bien pouvoir fiche de ces deux horribles, une fois ma mission conduite à bien ? Mystère. Faudra que le père Achille trouve d'autres équarrisseurs !

M. Blanc dort le premier. On a décidé d'une demi-noye chacun. Il va en écraser de minuit à quatre, moi ensuite de quatre à huit, si toutefois le jour ne me tire pas des toiles plus tôt.

Je mets les loupiotes en veilleuse, que juste une petite lampette juponnée suffit à éclairer la pièce. Veste tombée, godasses ôtées, bien carré dans le fauteuil, j'entreprends un rêve éveillé tout ce qu'il y a de choucard, au cours duquel je pars en voyage dans un pays de soleil avec la petite Marie-Jeanne. Je lui achète des robes légères comme des pétales de rose trémière, et on fait l'amour dans une chambre climatisée dont les fenêtres donnent sur une mer bleue.

Quand tu as une frangine dans le crâne, c'est plus pire que si tu l'as dans la peau. Tu te passes des chiées de bouts de film au ralenti. Chacun diffère peu de l'autre. Mais il y a progression. Une fois elle est sur le plumard, en « Y » tout ce qu'il y a de grec, et toi agenouillé dans la fourche délectable. D'autre fois, tu t'es allongé parallèlement à elle, tu lui soulèves la jambe droite et lui glisses délicatement Pollux dans la frigounette. Ou bien encore... Mais merde, je vais pas te réinventer le Kama Sutra ! L'amour, c'est une perpétuelle invention, sinon y a rien de plus affligeant. Et les heures passent...

....

....

L'homme dormait dans un lit large d'au moins trois mètres, garni de draps brodés somptueux. La sonnerie quasi mélodieuse de son téléphone l'éveilla. Cela devait carillonner depuis longtemps car il venait de faire un rêve à épisodes, ayant pour cadre une cathédrale où se déroulait un mariage de princes, voire peut-être un couronnement royal ? Tout n'était que chants et musique, avec une ampleur solennelle.

Il soupira et bougea ses lèvres avant que d'ouvrir les yeux. D'un geste infaillible, il saisit le commutateur volant, à la tête du lit. Une « poire » à l'ancienne en acajou cerclé d'ivoire.

La lumière rose de sa lampe de chevet acheva de lui rendre sa lucidité. Sans hâte il décrocha le téléphone posé près de la lampe.

Il reconnut tout de suite la voix. Voix d'homme, dure et froide.

— Je vous réveille ? questionna-t-elle directement, sans que son interlocuteur se soit nommé.

— Ça ne fait rien, répondit-il.

— Avez-vous regardé les informations télévisées hier soir ?

— Non, fit l'homme. Quelle heure est-il ?

— Près de deux heures.

A l'autre bout du fil, l'interlocuteur nocturne reprit :

— Je crains que nous n'ayons des problèmes avec le type qui s'est chargé de l'opération que vous savez.

Du coup, le ci-devant dormeur fut pleinement éveillé et d'une lucidité acérée.

— Quel genre de problème ?

— Il aurait fait parler son client avant de le traiter. Ça ne me surprend pas : quand j'ai su que le bonhomme avait été terriblement chahuté, j'ai eu un pressentiment. La chose n'entrait pas dans le cadre de ce qu'on lui demandait. Elle était gratuite. Or, je ne crois pas beaucoup aux actes gratuits. Surtout de cette nature.

— Mais il ne pouvait pas prévoir que…

— Je suppose que l'autre a eu la frousse et lui a proposé un marché ; mais votre copain ne pouvait en conclure un, alors il a employé la manière forte.

— Ce type n'est pas mon copain ! se rebiffa l'homme. Votre valet de chambre est-il votre ami ?

Il n'eut pas de réponse. Il sentait gronder la colère de son correspondant et la redoutait.

— Vous êtes certain de ce que vous avancez ? demanda-t-il.

— Ce sont les hypothèses de la police.

— Une hypothèse, comme son nom l'indique, peut-être très éloignée de la réalité.

— Ce serait souhaitable, néanmoins nous devons prendre d'urgence les précautions qui s'imposent.

— C'est-à-dire ?

— Empêcher le type en question de parler. Vous savez où le joindre ?

L'interpellé eut une bouffée de chaleur.

— Pas pour le moment. C'est un fin renard qui a pour règle de changer de domicile après chaque affaire traitée.

— Comment faites-vous en ce cas pour le contacter ?

— Au bout d'un certain temps, il m'indique son nouveau point de chute.

— Si bien que vous voilà coupé de lui ?

— Pendant une certaine période, oui, convint le bonhomme du lit.

— Période laissée à son bon plaisir ! grinça l'autre. Vous savez, Morlon, c'est une chose qu'il faut régler sans tarder. Vous devez bien avoir d'autres... techniciens comme lui dans vos cartons, je suppose ?

— Comme lui, peut-être pas, car c'est un vrai professionnel.

— En ce cas trouvez un amateur capable d'éclaircir la situation, ou chargez-vous-en vous-même. Il paraît que vous êtes l'homme le plus compétent de France en certaines matières ?

Il y eut un nouveau silence chargé de méditations moroses. L'homme qui téléphonait reprit :

— Bon, comme dans la vieille histoire, c'est maintenant moi qui vais dormir et vous qui allez gamberger, Morlon ! Salut !

Il raccrocha.

Morlon en fit autant. Il se leva pour aller gober quelques cachets dans la salle de bains. Le miroir du lavabo lui renvoya une gueule pas bandante qu'il se força néanmoins de contempler. Il avait encore pris du poids, perdu des cheveux et ses poches sous les yeux avaient gonflé. Il faudrait qu'il retourne faire teindre ses longs favoris sous peu car ils se remettaient à grisonner au bout de huit jours à peine.

. . . .

. . . .

A quatre plombes, comme je n'ai toujours pas sommeil et que mon rêve continue d'être chouette, je décide de laisser dormir Jérémie, lequel, par contre, usine à pleins naseaux.

Avec des éteignoirs de cierge de ce calibre, ronfler est un devoir. Son pif, M. Blanc, me rappelle une gigantesque hotte de cheminée en tôle noircie dans un hôtel de Courchevel (je sais plus lequel, mais tu peux pas te tromper : il est près d'une piste).

De sales odeurs s'échappent du couple. Cette fois, le temps ayant passé, ils y sont allés de leur voyage, ces deux fumelards. Et moi, je biche, parce que le pauvre père Hungoû, lui aussi il avait bédolé plein son pyje, le pauvret, tant tellement ils lui ont fait peur, et mal et tout, ces misérables.

Un jour pâlot se met bientôt à rôdailler derrière les persiennes. Il y a un bruit de grains agités dans un tamis (je vous ai à l'œil, mon petit tamis !) et il me faut un bout pour comprendre que c'est la pluie qui fait ça. *Today,* le mahomed nous dit merde et se réserve pour les grands jets qui flottent au-dessus des cumulus, nimbus, petrus, amen ! C'est la lance d'été sur Paname. J'aime assez. Paris sous la pluie, c'est une poésie de Verlaine, moi je trouve.

Mes songeries éparses cessent d'appartenir au rêve pour devenir sensations délicates. Est-ce l'odeur pestilentielle du couple ? Mais je commence à me sentir pas net, moi aussi. Un corps est vachement endommagé par une nuit de veille, crois-moi. Quelle fragile boutiquerie ! On se croit, et puis tu vois, en quelques heures on malodore, on devient déliquescent dans ses hardes.

J'ignore s'ils ont dormi un peu, les amants terribles, ne m'étant point trop inquiété d'eux. Je calcule le comment me débarrasser d'eux, une fois obtenu ce que j'espère. Les raisons d'Etat, y a rien de plus terrifiant. Ça amène les hommes à prendre les pires décisions. Qu'après, rendus à la vie courante, les seigneurs gouvernants, comment s'arrangent-ils avec leur conscience ?

M'objecte pas qu'ils en sont privés : tout le monde en trimbale une. J'ai idée que, pour certains, elles doivent remonter à la surface, les « saloperies d'Etat ». Tarabuster quelque chose en eux. Les empêcher de mourir sainement. Que moi, déjà, je vois l'à quel point elles me tracassent, mes saloperies de bipède pas trop pensant. « Les erreurs de jeunesse » que causent les vieilles gens : larcins, mensonges, filles engrossées, arnaques, insultes, toute la lyre ! Tout le paquet de linge sale que t'arrives jamais à laver en entier, ni convenablement. Persil, Omo, Ajax, mon cul ! C'est la sale petite tache de sang indélébile sur la clé de la penderie à Barbe Bleue ! Fourbi, le passé, mon pleutre ! Rachète-toi une innocence ! Sois bon apôtre, chrétien surchoix, il restera toujours ta glace pour t'obliger à baisser les yeux !

Cinq heures, puis six...

La rue s'éveille, comme chantait le bon Dutronc.

Le quartier prend sa vitesse de croisière.

A sept heures, je réveille le *all black*. Il fait un bruit d'avion dont on actionne les aérofreins et deux boules blanches, grosses comme des balises de plage, affleurent sa face sombre.

Il visionne le plaftard, se dresse sur un coude.

— C'est mon tour ? il murmure avec la voix d'Armstrong chantant *Hello Dolly* sur la fin de ses jours.

— Je l'ai assumé, ton tour, blondinet !

Il s'aperçoit que le jour est là avec plein de pluie pour le rendre moins gai. Regard professionnel au couple.

— Ces messieurs-dames se sont tenus peinards ?

— Je vois pas comment ils auraient pu faire les foutraques !

Jérémie pompe dix mètres cube d'air avec son aérateur géant.

— Dis, mon vieux, ça pue, ici !

— Parce que nos clients se sont abandonnés.

— Ça va être gai !

— T'auras qu'à te foutre un oreiller dans chaque narine, ça tombe bien : il y en a deux !

Il bâille, profite de ce qu'il a la gueule béante pour me lâcher, en fin de parcours :

— T'es chié, mon vieux ! Le café est prêt ?

— Là, il me semble que tu en veux trop ; t'aimerais peut-être que j'aille acheter des croissants ?

— Non, le matin je prends des figues arrosées d'huile d'olive. L'huile d'olive, c'est le secret de la santé !

Il se rend aux chiches, puis, du temps qu'il se trouve dans la salle de bains, s'offre une douche. Lui, c'est carrément « Nuit de Prince », qu'il joue chez l'ami Aubergenville ! J'irais bien préparer le caoua pendant que le négro s'ablutionne, mais je me méfie des deux voyous.

Alors je reste dans mon fauteuil, les reins endoloris, le regard cuisant de veille (1).

La môme Elodie, je constate nettement qu'elle parvient au bout de son rouleau. Voilà un moment qu'elle trémousse, pousse des petites plaintes, me balance des regards éperdus. Faut pas longtemps, dans le fond, pour amener les méchants à merci.

Peu à peu, ses plaintes se muent en un cri continu. Son regard chavire dans une semi-folie. Elle va y aller d'une crise de nerfs, Poupette !

M. Blanc se pointe, nu dans une serviette de bain bleu ciel couleur épinard.

— C'est la gonzesse qui fait ce foin ?

— Elle a ses nerfs ! dis-je paisiblement. Pas la peine de te relinger tout de suite, Tarzan, on peut

(1) Je pense pas que l'expression soit du bon français, mais alors là, si tu savais ce que j'en ai à cirer, t'enlèverais ton dentier pour rire plus large !

SANA

préparer du café à poil, je le sais : j'ai essayé un matin, chez une dame dont la bonne avait congé.

Vu que je lui ai accordé une pleine noye de dorme, il passe dans la kitchenette sans rechigner.

La fille Smurgh poursuit son concerto. Son julot la défrime avec inquiétude, tâchant à l'exhorter du regard, mais elle, fume ! Elle craque, un point c'est tout.

Je m'approche d'Aubergenville.

— Si ton brancard continue de la ramener, on va lui bricoler une piquouze, annoncé-je.

J'ajoute :

— Une vraie, comme celle qu'on administre aux clébards insoignables, tu vois où je veux en venir ?

Il acquiesce.

— Je t'enlève ta muselière, calme-la. Inutile de gueuler, tu serais mort avant la fin de ton cri.

Je retire le collant qui lui sert de mors. Il l'a haché de ses ratiches voraces et c'est tout gluant de bave.

— Ecoutez, lance-t-il, un chouïe pathétique, si vous voulez quelque chose, dites-le ! Vous attendez quoi ?

— C'est mon problème !

— Vous travaillez pour qui ? Vous n'êtes pas de la police, c'est pas dans les méthodes de la Rousse, vos procédés !

Il est mûr, Dunœud. Comme un avocat sous sa cuirasse noirâtre, bourré d'une chair qui ressemble à de la merde de bébé et qui en aurait le goût sans la vinaigrette dont on l'accompagne.

Moi, visage de bois, mutisme. La grande tactique. Le silence, je t'y dirai jamais suffisamment, fiston : y a que ça ! On te cherche des noises, on t'injurie, on veut te faisander, réagis, mais en silence. Les gens te font chier pour que tu leur dises des choses, la plupart du temps. En leur opposant le mépris du mutisme, comment tu les baises, mon pote ! Oh ! la la !

Il poursuit, l'apôtre :

— Vous travaillez pour les Américains, hein ?

Tiens, voilà qui commence à devenir intéressant.

— Ils m'ont filé quand je suis sorti de l'ambassade et ils veulent me piquer le secret sans lâcher un dollar, ces salauds !

« Bon, je vais vous le refiler, ce secret de merde. Seulement, ensuite, faudra nous foutre la paix ! On ne vous a rien fait, la gosse et moi ! Simplement on vous propose un marché. Bon, vous décidez de nous niquer, O.K., on met les pouces n'étant pas de force ! »

Un temps, je regarde ailleurs. L'air perdu dans mes songes de la nuit. Tu sais que je dois être bougrement impressionnant commako. J'aurais jamais cru avoir l'air terrible. Il a foncé bille en tronche dans une brèche qu'il a cru apercevoir, Aubergenville. Probable que d'être ainsi mis sur la touche par une équipe efficace comprenant un Noir, ça l'a branché sur le côté ricain, l'horreur. Hier, il a voulu négocier la découverte et s'est rendu chez les Yankees. Ça lui saute aux yeux qu'ils veuillent le baiser en canard, ces malins !

Maintenant, il supplie :

— Bon, je vous le donne, le secret. Tout ce que je sais. Qu'est-ce que je peux faire de mieux ?

Je me tourne vers King-Kong, immobile, qui écoute de toutes ses oreilles grandes comme ses narines.

— Il y a un bloc sur la table à jeux, note ce que va dire ce type !

Jérémie lâche sa serviette et obéit. Sa chopine est moins sombre que le reste de son corps et se balance comme une trompe d'éléphant en promenade.

Il s'assoit devant la table de marqueterie où s'étale un jeu de brèmes qui devait servir de passe-temps à nos gredins.

— Voilà, je suis branché, annonce-t-il.

Aubergenville se met à parler en reniflant. Il a l'air

d'un petit malfrat de grande banlieue surpeuplée, soudain.

. . . .

. . . .

Une voiture s'arrête rue de la Muette, devant l'immeuble habité par Régalo et Blanche-Fleur : une Renault 11 noire, passablement flétrie des ailes et des pare-chocs qui ont trop pare-choqué.

Un petit mec coiffé d'un bitos style Incorruptible, désinvolte, la laisse en double file. Il se nomme Ben Wilby (ça tu l'as déjà pressenti) et il se sent plutôt jubilateur vu la célérité avec laquelle il a su trouver la trace du cave de l'ambassade. Une enquête au bar Le Mazagran, *sur les Champs-Elysées. La photo du mec, sortie de sa poche, a porté ses fruits. Rien de plus marle que Ben Wilby. Personne comme lui pour tirer les vers des nez ! Sans en avoir l'air. Une gentillesse exquise, je dis. Pour un peu, quand tu ne sais rien, t'inventerais pour lui faire plaisir. Au bar, un loufiat l'a branché sur un consommateur qui devait connaître le gazier de la photo. A vrai dire, il le connaissait pas personnellement, mais il connaissait le cousin du beau-frère de la bicyclette à Jules. Toutes les bonnes opérations policières ou parapolicières en passent par ce genre d'individus, suivent ces mêmes ricochets. Géant comme* foot ! *Du délectable. L'homme qui avait vu l'homme qui avait vu l'homme qui avait vu l'os, l'a parachuté sur un énième. Bref, dans la soirée, il a abouti au précédent studio du couple, rue Magellan. Manque de bol, l'oiseau s'était tiré la veille.*

Mais Ben Wilby, tu ne peux pas t'imaginer combien il est pugnace. Il a les crocs rentrés, comprends-tu ? Il voudrait lâcher sa proie, une fois qu'il y a planté les chailles dedans, il pourrait plus !

Tout de suite, devant l'immeuble de la rue Magellan, il a repéré cette vieille dame paralysée, embusquée devant sa fenêtre, au rez-de-chaussée d'en face. Mme *Bromwski, pour ne rien te cacher. Veuve depuis des éternités; soignée par sa fille qui travaille au ministère des Projets.*

Le matin, avant d'aller au turf, cette dernière installe sa chère moman dans l'embrasure de la croisée. Deux fois par jour, la concierge de l'immeuble qui a la clé s'apporte pour lui faire faire ses menus besoins, Mme Bromwski, et lui donner à boire.

Ben Wilby, directo il a filé chez la vieille paralytique. La fille était rentrée et confectionnait des aubergines frites (arrosées d'une épaisse sauce tomate fortement aillée, je te vous dis que ça!) Avec ses manières délicieuses, le rat d'Amérique les a conquises, ces dames. Au bout de dix minutes, il savait le taxi venu les chercher. Un grand, biscotte le fourbi qu'ils trimbalaient, les gredins. Une Renault Espace, d'après la description.

Pour Wilby, ensuite ç'a été du gâteau! Deux heures plus tard, il avait retrouvé le chauffeur et savait qu'il avait posé le couple rue de la Muette. Juste il hésitait sur le numéro. Ce qu'il se rappelait bien, par contre, c'est qu'il y avait un écusson de pierre au-dessus du porche, car il s'agissait d'un bel immeuble début de siècle.

Alors il est là, à côté de sa tire mal garée, son drôle de bitos bien d'aplomb sur sa tronche de rongeur, à considérer le lieu où se trouve le marchand de secrets.

Il entre dans la maison. La loge de la concierge se tient à droite. Deux marches de marbre, s'il vous plaît, et une porte vitrée que tu en ferais tes beaux dimanches à la campagne pour ta résidence secondaire!

Ben Wilby toque à la vitre du bas. Il aperçoit la gardienne de l'immeuble (concierge, c'est dans les endroits modestes) en train de petit déjeuner. Elle se néglige pas : chocolat crémeux, toasts beurrés et surconfiturés! Les calories, bonjour! Pas étonnant qu'elle rondouille, la chérie!

Ça la fait rudement chier, cette importunance en pleine savouration! Les gens, suffit que tu soives gardienne d'immeuble, se croivent tout permis ! Elle ronchonne « Entrez » ! Et le mec entre sans seulement ôter son chapeau. Il s'avance vers la table, doucereux. Elle a beau lui lancer des « Qu'est-ce que c'est ? » pour tenter de freiner sa progression, le tenir à distance de ses tartines, il continue d'approcher, le rustre. Il a un sourire d'ecclésiastique luthérien, plein d'altruisme échevelé.

Il se pointe avec des tinées d'excuses, comme quoi sa confusion, que s'il s'agissait pas d'une chose importante, croiliez bien, chère jolie madame... Il a un accent. Anglais ? Elle cherche, la gardienne.

Elle regarde, médusée, le talbin de cinquante raides qui vient tenir compagnie au beurrier sur la nappe. Dis, il espère quoi, ce mec ? La baiser, pour ce prix-là ? Se faire tailler un petit calumet matinal ? Y a des foutraques partout, je vous jure !

Mais non, il expose bien gentiment son problo, le généreux donne à tort. Voilà ! Il exhibe la photo du nouveau locataire du studio. Qu'en voilà un, décidément, c'est pas un cadeau ! Déjà la police hier soir, avec un inspecteur galantin qui l'a chambrée pendant une plombe, Mme *Vitruve (je lui donne ce blaze pour faire plaisir à des potes à moi qui me comprendront), au point qu'un moment donné, il lui a risqué une main tombée sur les miches, textuel ! Elle a vu l'instant qu'il allait la fourrer toute crue dans la chambre d'à côté. En tout cas, il lui a filé le ranque pour samedi* afternoon, *au Quartier latin. Qu'elle se demande si elle ira. Le samedi n'est pas commode car son mari ne travaille pas et sa petite fille ne va pas en classe. Enfin, elle s'arrangera peut-être de les envoyer voir* Cendrillon *au ciné, le père et l'enfant, car il paraît salingue, le perdreau, et un bon coup de bite, quand tu vas sur la quarantaine, faut pas le laisser perdre.*

Elle mate le portrait du « nouveau ». Bien chapitrée par Monestier et redoutant la police, elle secoue la tête.

— Connais pas, jamais vu !

« Mon zob ! » pense Ben Wilby en américain. C'est pas à un macaque de son espèce qu'on apprend à faire des grimaces. Les gens qui mentent, il les détecte à l'odeur. Ça se voit plus gros que son putain d'immeuble qu'elle le berlure, cette morue. Donc, « le marchand de secrets » habite bien ici. Il n'insiste pas.

— Alors, je me suis trompé, pardonnez-moi, dit-il.

Elle en est confusément chagrinée, Mme Vitruve. Le bifton jaune-verdâtre sur la table lui flanque des remords. Elle voudrait en donner au type pour son blé. Au moins jacter un peu avec lui que ça fasse moins triste.

Honnête, elle lui lance quand il est déjà à la porte :

— Vous oubliez ça.

Ça, c'est le bifton. Il a un geste désinvolte et s'en va.

. . . .

. . . .

Quand il a tout écrit, Jérémie me tend le bloc pour me donner à vérifier que c'est conforme aux déclarations d'Aubergenville. Je relis le document olographe, arrache les deux feuillets, les plie soigneusement et les insère dans mon portefeuille.

Et d'un ! Voilà qui est capital. Nous n'avons pas perdu notre temps. En somme, je pourrais considérer ma mission comme étant terminée : n'ai-je pas retrouvé et neutralisé les assassins de Son Excellence Tabîtâ Hungoû ? N'ai-je pas récupéré ce qui a motivé les tortures infligées à ce pauvre homme ? Tout autre que le chevronné Sana rentrerait dans ses foyers pour y boire le champagne de la victoire.

Mais lui non. Sa devise au commissaire : toujours plus ! Il ne suffit pas d'avoir l'essentiel, faut-il encore conquérir le superflu. Et c'est quoi, le superflu, Bazu ? Je vais te le dire, Casimir. Le superflu, ici, c'est l'essentiel. C'est-à-dire les « véritables assassins » : ceux qui ont commandité le meurtre, engagé le tueur et sa femelle. Aubergenville a été l'exécuteur. Moi, je veux le maître d'œuvre. C'est pas tellement le maçon qui m'intéresse que l'architecte.

— Rebâillonne ce fumier ! enjoins-je à M. Blanc.

L'autre est affolé.

— Mais qu'est-ce que vous voulez de plus ?

— Celui ou ceux qui t'ont payé pour liquider l'ambassadeur, dis-je. Tu es en mesure de nous en révéler le nom ?

Penaud, il secoue négativement la tête.

— Alors on va attendre, soupiré-je.

— Mais attendre quoi ! hurle le sanguinaire.

Il n'en dit pas davantage car Jérémie le muselle d'importance.

A peine a-t-il achevé que la sonnerie du bigophone retentit.

Je décroche et grommelle un « J'écoute » évasif.

C'est la concierge. Nous sommes convenus avec elle qu'elle nous appellerait s'il se produisait quelque chose, n'importe quoi. Jubilatrice, elle me raconte qu'un petit type coiffé d'un drôle de chapeau, avec un accent qu'elle croit anglais, est venu demander après Aubergenville. Il ignorait son blaze mais il avait sa photo. Elle a prétendu ne pas le connaître et il est reparti sans insister.

Je lui réponds qu'elle a bien fait et raccroche. Je prends M. Blanc à l'écart afin de le mettre au courant. Il ricane :

— T'es chié comme commissaire, toi, mon vieux ! Ça, pour être chié, tu es chié !

— Explique !

— Tu ne pouvais pas faire planquer un inspecteur chez la pipelette ? Il aurait filé l'homme dont elle parle !

Dix sur dix pour le négro. Il a du chou, l'artiste ! Y en a un paxif sous sa toison d'or !

Mais c'est pas le tout : faut que je me sauve la face.

— C'est ça, Ducon ! Et les mecs qui recherchent ce vaurien allaient retapisser notre gars d'emblée et piger qu'on leur tend un piège !

— Tu crois qu'ils l'ont pas déjà compris ?

— A quoi ?

— Au fait que la concierge ait menti. De deux choses l'une, flic au rabais : ou bien ils l'ont crue et ils vont chercher ailleurs, ou bien ils ne l'ont pas crue et ils savent qu'elle ment sur commande.

— Cette commande a pu être passée par le locataire lui-même, non ? N'oublie pas qu'il se planque, ce mec. Qu'il arrose la concierge pour qu'elle prétende ne pas le connaître, la chose va de soi !

Mais il n'est pas convaincu.

Pas plus que ma pomme.

C'est dur, tu sais, d'assumer des opérations de ce calibre. Il reste des trous, comme dans le gruyère. Les trous du gruyère, ça va : tu les bouffes avec le reste ; et même c'est ce qu'il y a de meilleur. J'ai connu un gonzier plein aux as qui ne mangeait que ça et jetait le reste. Faut être pervers. Pas avoir peur du lendemain avec les révolutions en marche, non ?

On est là, chacun dans sa bouderie. Heureusement que j'ai mon instinct pour moi. Ma conscience et mon instinct auront été les deux mamelles de ma carrière.

J'ai confiance. Je sens que des trucs sont en marche ; cette concierge vient de m'en donner la confirmation. S'agira de ne pas louper le coche, le moment venu.

Et ça turlute de nouveau.

Je lève l'ancre.

— J'écoute ?

C'est le Vieux. En toute majesté. Radieux, briqué, lotionné, sucé à mort. Dis, il est matinal, le Souverain Poncif.

— Alors, mon petit, où en êtes-vous ?

— Des frémissements indiqueraient que nous pouvons escompter du nouveau pour bientôt, réponds-je.

— Parfait, parfait. Dites-moi, Antoine, pour ce qui est de la formalité finale qui paraît tellement vous déplaire...

— Elle est carrément au-dessus de mes compétences, tranché-je.

— Soit, soit ! Vous êtes une nature sensible dans le fond. Mais la question est réglée, j'ai là quelqu'un qui se chargera de la... chose.

— Grand bien lui fasse !

— Je vous le passe afin que vous accordiez vos violons.

Hé dis, qu'est-ce qu'il croit, Pépère ? Que je vais remettre mes deux assassins à son bourreau, pieds et mains liés ? Les conduire en charrette jusqu'à l'échafaud ?

Mais avant que j'aie le temps de protester, son combiné a changé de main. La voix claironnante du Gros me trompette d'Aïda à bout portant le tympan.

Le saisissement me fait bégayer.

— Béru ! Toi ! Tu es guéri ?

— Cinq sur cinq, répond-il. J'ai resté dans un état comme ma queue (pour comateux, sans doute ?) dont au cours duquel je rêvais qu'j'étais toi, mon bougre ! J'menais l'enquête, j'rentrais chez ta mère qui m'f'sait des bons frichtis ; j'baisais ta bonniche espagote, tout c'qu' tu fais dans la vie courerante, quoi ! Les frangines m'sautaient sur l'braque. J'écrivais des conneries ; brèfle, j'm'nais ta vie.

— Et ça t'a passé ?

— Hier, en fin d'journée. J'm'ai senti comme avant, nickel, juste un peu fatigué. Les toubibs voulaient m'garder à l'hosto, nez en moins, et y a fallu qu'j'mette cacao un balaize infirmier qui s'prenait pour un costaud avant qu'j' le rencontrasse. Puis, j'sus rentré *at home.*

Ma Berthe était dans ses mélancolies, c'qui y arrive rar'ment. A m'a dit qu'é s'sentait en manque de tendresse, ce dont j'lu ai compensé. N'ensute on est été au restaurant, chez Finfin, dans l'treizième. L'*king* du boudin et d'l'andouillette, si tu t'souviendras ?

« T'sais : y l'a une petite servante un peu d'meurée, Marthe ! Qu'j'lu file en loucedé un doigt dans la chatte pendant qu'elle sert. On a r'gagné nos pénardes, remis l'couvert et roupillé jusque z'à six heures. M'v'là chez m'sieur l'dirluche, fraise et dix pots. Y m'apprend qu't'as mis la main su' les mecs qu'ont charcuté et flingué l'ambassadeur. Bravo ! S'l'ment, où j' pige plus, c'est qu'tu r'chignes à liquider ces deux salopards ! Tonio, alors que m'sieur le directeur l'demande. T'es en plein ménopause ou quoi-ce ? Des tueurs tortureurs, m'sieur vient chipoter ! Laisse qu'j'arrive, l'artiss. Moi la loi du talon, j'sus pour. J'ai même un projet pour faire disparaître ces vermines corset bien. Micouille, mon pote à moi, fait du compressement d'vieilles chignoles à la casse. Une Cadillac de quinze mètres, ça d'vient un d'sus d'ch'minée quand é sort d'ses presses ! Lorsque ces gens-là aura passé par l'usine de mon copain, on les offrirera à la veuve de Tabîtâ Hungoû pour s'en faire des pendentifs. »

Il la boucle enfin, à court de salive, de mots et d'oxygène.

— Tu as une idée de ce qui t'es arrivé, Gros ? questionné-je.

— Tu veux dire, rapport à c't'état comme ma queue ?

— Tu n'es pas tombé sur la tête ? Tu n'as pas pris du L.S.D. ? Aucun sorcier hindou ne t'a envoûté ?

Un court silence.

— Rien, mec, je m'ai aperçu d'zob ! J'ai fait mon p'tit bigntz et j'ai rentré au burlingue. Et puis, en t'voiliant j'ai plongé dans les vapes, c'est tout ce dont je peux dire.

— Tu as bu quelque chose, subi des manœuvres d'une gonzesse ?

— Que tchi ! C't'un mystère.

— Bon, alors écoute. j'vais te confier une de ces missions dont tu raffoles : venir planquer chez une concierge. N'est-ce pas là ton sport favori ?

— Question turbin, c't'une bonne remise en conditionnement, convient-il. Elle a d'la viande à quoi s'accrocher, ta péronnelle ?

. . . .

. . . .

Le dénommé Morlon avait une particularité : il raffolait de son lit et se levait très tard. Il dormit d'autant plus longtemps, ce matin-là, qu'il avait été réveillé au milieu de la nuit par une mauvaise nouvelle assortie de menaces informulées mais obsédantes. Il avait eu du mal, ensuite, une fois ses « dispositions » prises, à retrouver le sommeil.

Avant de décrocher, il regarda l'heure. Sa pendulette électronique à chiffres rouges indiquait midi zéro huit. Il souleva le combiné.

— Gamiani, annonça le correspondant.

Du coup, le gros homme se remonta dans le lit jusqu'à s'asseoir sur son oreiller.

— Alors ?

— Ça y est, j'ai cadré votre bonhomme et sa souris.

Morlon poussa un immense sourire et lâcha un vent de soulagement. Son immense couche le rassurait. C'était une sorte de vaste et délicate embarcation qui lui permettait de traverser la vie confortablement. Il pensait souvent à elle dans la journée, comme on songe à une récompense méritée, vigilante, qui toujours saura vous guérir de vos efforts. Il s'activait en rêvant à l'abandon du soir dans ce lit de trois mètres, plus large que long (ce qui était un comble !). Indifférent aux choses du sexe, pour lui le lit constituait cependant son unique volupté.

— Vous êtes le privé le plus astucieux de France, félicita Morlon. Je ne vous demande pas comment vous vous y êtes pris pour agir si rapidement.

— Il vaut mieux pas en effet, je tiens à garder secrètes mes méthodes. Vos oiseaux nichent rue de la Muette, au 319.

— Attendez, je prends de quoi écrire.

Morlon se leva en geignant. Il était grotesque dans son immense pyjaveste dont les pans lui arrivaient aux genoux. Il s'approcha d'un secrétaire et nota le renseignement. Après quoi, il revint à son correspondant.

— Quand puis-je passer présenter ma facture ? demanda froidement ce dernier. Vous pensez bien que j'ai dû mettre sur pied un dispositif tout à fait exceptionnel pour obtenir le résultat en quelques heures. J'avais six types sur le coup, monsieur Morlon, et au tarif de nuit !

— Venez quand vous voudrez, mon domestique vous remettra l'enveloppe. J'y ajouterai même une surprime pour la rapidité.

— Merci. Ah ! il faut que je vous signale quelque chose : vous n'êtes pas seul à rechercher ce couple.

— Je sais : la police s'intéresse beaucoup à eux.

— Je ne vous parle pas de la police, Morlon, dont je n'ai pas vu trace ; mais d'un type bizarre qui m'avait l'air de travailler à titre privé. Un petit homme avec un chapeau de feutre démodé et un léger accent américain.

Morlon eut froid aux miches !

Un accent américain ! Est-ce que ce salaud d'Aubergenville aurait effectivement arraché son secret à l'ambassadeur et tenté de le vendre aux Américains ? En ce cas, il fallait agir vite ! Très vite !

Sa propre peau était en jeu !

. . . .

. . . .

Comme il fut convenu, sitôt arrivé chez « notre » gardienne d'immeuble, Béru me téléphone.

— Aïe âme on the tas, mec! me dit-il en anglais.
— Bouge pas, j'arrive.

J'ôte ma cravate, dépose mon veston sur un dossier de siège et dégauchis un sac à provisions dans la kitchenette. Ainsi, fais-je vraiment locataire tard éveillé qui va à ses emplettes. Le côté prof célibataire dont c'est le jour de congé ou artiste pédé qui ne travaille qu'au cours de la nuit supplémentaire des années bissextiles.

Quand je déboule chez Mme Vitruve, le Gros est en train de s'y installer. La dame se met à renauder ferme, comme quoi elle commence à en avoir sa claque des flics! Envahie à tout bout de champ, merci bien! Surtout par un gros goret dont le premier soin est d'ôter ses godasses et qui fouette des pinceaux comme puent : une cimenterie, une tannerie et une porcherie réunies dans le même secteur.

Il ne se vexe pas, l'Hénorme. Sourit finement, sûr de sa victoire finale. Il le sait que, une fois sa grosse queue d'âne déballée, la cerbère cerbèrera moins fort. Elle poussera des cris d'effroi au départ, puis se mettra à réfléchir, à combiner des vaselinages, à se lancer des défis. Un chibre d'une telle ampleur, elle voudra vérifier si elle est cap' de l'héberger, juste pour voir. Pas par vice, oh! la la! que non! Par simple curiosité, je te dis. C'est toujours la même amphigouri, Béru. Il les obtient grâce à leurs délirades intimes, ces dames. Au fil des minutes, elles oublient ses pinceaux cradoches, ses ongles en grand deuil, toutes ses malodorances redoutables qui font tourner le *milk* dans les crémeries!

Son Popaul, c't'une valeur sûre, Alexandre-Benoît. Un placement garanti, un bateau brise-glace pour les expéditions polaires.

Pour l'heure, avant le grand métinge zobard de Sa Majesté Terriblissime, je calme les vitupérations de la gardienne en lui affirmant qu'elle va avoir droit à un dédommagement en espèces pour sa coopération.

L'Etat français, il est pas chien. T'as vu le *Rainbow Warrior* comment qu'on l'a remboursé catch ! Et la pension à la veuve du photographe explosé ? On déconne, mais on casque, la France ! Et même on casque souvent sans avoir déconné, parce que c'est notre nature pigeonne ! Une sébile brandie, hop on traverse la rue pour aller donner !

Du coup, à la perspective d'enfouiller de la fraîche, elle met la sourdine, Mme Vitruve ; juste à minauder que, pour son époux, c'est délicat de la voir passer ses journées en compagnie d'un homme. Cet homme est flic, souate, mais il n'en reste pas moins homme, non ?

Cet hypocrite de Mastar chique les bonzes-apôtres. Un policier, mon bout de chou, c'est comme quasiment un curé qui s'rait prêtre, rassure-t-il. Pas qu'il a fait vœu de chasse tétée, mais il sait se retiendre les désirs. Un gourdin gros commak, et il bronche pas ! Y l'cale l'long de sa jambe, quitte à s'l'attacher après, pour pas qu'y bronche.

Alors, les émois de la dame calmés, on s'isole dans la chambre à la Vitruve pour une discussion technique. Il aime bien l'endroit, d'emblée, le Mammouth. Le trouve intime et propice, biscotte le lit large et bas.

— Gros, fais-je, rassemble ce qui peut subsister de souvenirs dans ta grosse tronche pleine de paille d'emballage et raconte-moi tes faits et gestes à partir de l'instant où nous nous sommes quittés, rue Meissonnier, jusqu'à celui où tu as fait cette entrée remarquée dans mon bureau de la Tour Pointue.

Conscient de la gravité des choses, il s'assied sur le plumard où, bientôt, j'en prends le pari, se perpétreront des adultères tumultueux. Se prend la trogne dans ses mains en conques et repasse le film au ralenti.

— J'ai frété un bahut pour l'ambassade du Toufoulkan...

Il évoque, lentement, précisant chaque geste. Sa

visite à l'appartement. Il est reçu par la femme de l'ambassadeur. Elle paraît pas bien. La nouvelle la terrasse. Une dame de compagnie se pointe. Il aide à la reporter à sa chambre. Le premier secrétaire, prévenu d'urgence, intervient... Il pose des questions. On lui répond. Tout le monde paraît atterré par la nouvelle de cet assassinat et n'en saisit point les mobiles. Un homme comme Son Excellence ! Ceci, cela... Un presque saint ! Un juste ! Voilà ce qui ressortait : un juste.

Et en bas, dans les burlingues, ils lui ont tous resservi le mot.

Il va l'amble, le gros bourrin, jusqu'au bout.

Négatif ! L'enquête routinière, sans histoire. Le train-train (de voyageurs) omnibus.

— Nulle part tu as bu ou mangé quelque chose ? insisté-je.

— Non ! Je...

Il se tait.

— Ah ! si !

Pas qu'une biroute d'éléphant, le Dodu : la mémoire est de même calibre.

— Pour être franch'ment franc et tout t'dire, mec, quand t'est-ce j'ai aidé à reconduire l'ambassadeuse dans sa chambre, j'ai croqué une friandise qu'elle avait toute une boîte su' sa table de notche. T'sais, ces saloperies orientales : des racouloums ? Y en a des roses, des verts, des jaunes, c'est gétalineux av'c du sucre en poud' et ça a l'goût d'feuilles d'rose ; mais j'préfère celles que mistresse Chatemouille m'faisait dans le fion quand t'est-ce j'lu rendais visite à son clandé d'not' chef-lieu. Qu'ent'nous soye dit : la feuille de rose s'perd, mec, j'ai l'regret d'constater. Les frivoles d'aujord'hui n'ont plus l'même cœur à l'ouvrage. Un'langue dans l'oigne, elles renâclent, j'm'demande pourquoi. Pourtant c'tait sympa, non ? Et ça n'f'sait d'mal à personne. A moins qu'tu soyes chatouilleux, t'éprouvais même une certaine régalade. Oh ! ça restait des z'hordeuves, videmment, mais l'amour, c't'un tout.

— Donc t'as bouffé un loukoum ?

— C'est pas un crime ?

— Quelqu'un t'a vu opérer ?

— Non, c'était l'affolance générale. J'v'nais d'leur apprendre une sacrée sale nouvelle.

Je donne mes instructions au Gros et je le quitte, songeur. J'arrive pas à piger comment il se fait que j'aie eu à souffrir, moi, du transfert de personnalité.

Mme Vitruve confectionne des spaghetti à la bolognaise.

— Votre époux rentre déjeuner ? lui demandé-je.

— Non, ma fille. Elle dévore à son âge.

M'est avis qu'elle peut rajouter un paquet de Panzani dans l'eau chaude car je sais un ogre qui va s'amener sur la platée avec ses ratiches de sept lieues ! Elle ne s'en doute pas, la mère, mais elle va avoir une surprise !

Par mesure de sécurité, j'ai pris la clé du studio avant de descendre. Prudence, prudence !

A peine viens-je d'ouvrir que j'éprouve une drôle d'impression.

POUR DAMES FRIVOLES

N

C'était un quartier de Paris où draguait une faune pitoyable composée principalement de jeunes chômeurs gagnés par le « clochardisme ». A bout d'assistance, ils abordaient cette espèce d'antichambre de la déchéance qu'est la vie des sans-logis. Car ces futures épaves connaissaient la vraie misère, celle qui consiste à se chercher chaque soir un abri pour passer la nuit : bouche de métro, porche de maison délabrée, terrain vague, pont. Ils se risquaient à faire la manche, maladroitement, avec des regards fuyants, des phrases qui dérapaient.

Depuis longtemps, Morlon avait repéré l'endroit et décidé qu'il s'agissait là d'un vivier possible où, le cas échéant, l'on pouvait recruter une main-d'œuvre accessoire.

Il arrêta sa voiture à l'orée de la zone merdique après l'avoir parcourue dans tous les sens. En homme de flair, il avait repéré sa proie : un type de moins de trente ans, aux traits soufflés par un début d'alcoolisme mais dont l'habillement indiquait qu'il n'avait pas complètement abdiqué et qu'il luttait encore pour conserver quelque aspect « civilisé ».

Il marcha d'un pas de flâneur dans sa direction. Lorsqu'il parvint à la hauteur de l'individu en question, celui-ci murmura, très bas :

— Vous ne pourriez pas m'aider ? Je suis à la rue !

Morlon songea que la société se donnait bonne conscience prématurément et que, tant que des hommes débiteraient ce genre de supplique à d'autres, tout resterait à faire !

Pour l'instant, cette carence l'arrangeait. Il avait espéré être interpellé par l'homme en perdition, comme un collégien qui espère être racolé par la tapineuse qui le fait fantasmer.

Il s'arrêta, considéra le pauvre bougre avec intérêt. Il n'était pas rasé de plusieurs jours, avait les cheveux longs dans le cou, d'un châtain tirant sur le roux. Des taches de son criblaient son visage autour des yeux un peu troubles. Il portait un jean raide et délavé, un pull de laine grossier dans les tons bruns, et un blouson de toile qui avait été blanc à l'origine mais était devenu d'un gris éléphant désespérant. La pluie fine qui tombait sans discontinuer assombrissait le tout. Le type puait la crasse mouillée. Il restait du désespoir dans son regard battu, mais bientôt il disparaîtrait pour laisser place à la hideuse acceptation.

— Qu'est-ce qui ne va pas ? demanda Morlon d'un ton compatissant.

L'autre tenait son histoire toute prête. Il l'avait déjà beaucoup récitée et en avait préparé un résumé efficace. La province, il « monte » à Paris avec sa jeune femme. Le chômage. Elle le quitte.

Morlon écoutait en hochant la tête.

Quand son interlocuteur, encouragé par l'intérêt qu'il lui accordait eut terminé, il lui posa la main sur l'épaule.

— Je vais essayer de faire quelque chose pour vous. Pour commencer, prenez mon imperméable, vous êtes trempé.

Le chômeur parut incrédule.

— Mais, il est tout neuf, m'sieur ?

— S'il était usagé, je ne vous le proposerais pas,

riposta Morlon.

Il se défit du vêtement de pluie et insista pour que l'autre l'enfile.

— Je suis plus gros que vous, mais comme vous êtes plus grand que moi, c'est parfait, déclara Morlon.

Il recula d'un pas pour juger de l'effet. L'habit fait bien le moine car, dans cette opulente gabardine, le traîneur de pavés paraissait tout à coup presque « confortable ».

— Et maintenant, voulez-vous gagner cinq cents francs ? questionna Morlon.

Il n'attendit pas la réponse.

— Il s'agit simplement d'aller porter une lettre à quelqu'un et de la lui remettre en main propre. Ce quelqu'un la lit, vous donne la réponse et vous venez me la donner car je vous attendrai dans ma voiture au coin de la rue où il habite.

Emerveillé par cette brusque largesse du destin, l'homme suivit Morlon jusqu'à son auto et y prit place. Morlon saisit une enveloppe dans la boîte à gants et la tendit au para-clodo.

Sur l'enveloppe, un nom était écrit à la machine : « Aubergenville ».

Morlon démarra.

— C'est à la Muette, expliqua-t-il. Mon comportement peut vous paraître surprenant, sachez que si j'ai besoin d'un messager pour remettre cette lettre, c'est parce que j'ai des problèmes graves avec le destinataire et que je ne tiens pas à le rencontrer de but en blanc. Or, le temps presse...

Mais l'autre s'en foutait. Peu lui importait les problèmes du gros homme chauve. Il ne pensait qu'aux cinq cents francs promis et à ce somptueux imperméable dont il pourrait tirer autant chez un fripier. Il échafaudait d'humbles projets, réalisables grâce à ce pactole inattendu.

. . . .

. . . .

La drôle d'impression qui me pète au pif, sitôt la lourde ouverte, c'est une modification dans l'ordonnance du studio.

Ça me fulgure dans la rétine. Je me dis, le temps d'une étincelle : « Aubergenville n'est plus à la même place et Jérémie a disparu. »

Mais c'est tout ce que j'ai le temps de penser car la porte m'échappe de la main, durement claquée par quelqu'un qui se tenait derrière. Je morfle un coup phénoménal sur l'oreille droite. Une myriade d'étoiles de toute beauté constellationnent mon esprit. Mes cannes se dérobent et je tombe à genoux pour une prière non préméditée, mais la foi, tu sais comme elle te vous biche à l'improviste, parfois ?

Un nouveau parpaing ! Dans la mâchoire cette fois. Mon regard chavire, mais mon entendement tient bon. Je prends appui sur les pattes de devant. Un troisième gnon, de magnitude mille, m'arrive dans les côtelettes. Plus moyen de respirer. Pourtant, stoïque, mon entendement reste fidèle au poste.

A travers mes maux et mes angoisses, je pige que ça n'est plus Aubergenville qui est allongé au côté de la donzelle, mais M. Blanc. Que le tueur est libre de ses mouvements. Qu'il tient un pétard par le canon et que c'est avec sa crosse qu'il m'a turbulé la calebasse.

Ce sont de ces menus coups de théâtre, fréquents dans les livres d'action bien charpentés, aussi je gage (comme dit ma bonne) que tu n'en es pas surpris outre mesure.

Si nous autres, auteurs de polars de merde, nous nous cantonnions dans les considérations philosophiques, les appels en faveur de la ligue contre le Sida, ou la description de déjeuners sur l'herbe, on se retrouverait vite à pomper des nœuds dans des pissotières de grande banlieue.

Donc, me rendant à l'évidence et aux nécessités de ma charge, je me mets à trouver que la carburation est mauvaise pour moi. Qu'en est-il de Jérémie ? L'autre l'a-t-il refroidi ? Non, puisqu'un râle gargouilleur s'échappe de mon malheureux compagnon.

Clic clac !

Tu sais quoi ? Aubergenville vient de me passer les menottes que lui avait mises M. Blanc. Je constate parallèlement que c'est « mon » revolver qu'il tient. Et alors, cher ami, malgré cette estime méritée que je me porte, voilà que je m'administre mille et un coups de pompes dans le cul. Comme un sot, un sombre con, un triste cancrelat, un crétin à part entière, j'ai laissé mon veston avec mon arme sur un dossier de siège, non loin du bandit. Un commissaire, moi ? Fume ! Un héros de légende, Sana ? Pouffez, les mecs ! Pouffez bien fort ! Le roi des glandus, oui ! L'empereur des demeurés ! Une imprudence pareille, un homme comme moi ! T'as pas un sabre de samouraï que je me fasse hara-kiri ? Je suis l'émule de Mishima. Que dis-je ! Sa tête d'émule !

Ainsi, donc, la situation est inversée. Et nous voici entre les griffes d'un tueur sans foi ni loi et sans guinaire que je te dis que ça ! Putain, t'aurais vu de tes yeux vu la pauvre Excellence suspendue au-dessus de la baignoire, chez miss Surcouff, tu saurais quel danger nous courons, que dis-je : nous cavalons !

Aubergenville ne marque pas de joie triomphante. Il reste précis, tendu. D'un geste preste il glisse sa pogne dans la fouille de mon grimpant pour y prendre la clé des menottes entravant sa souris. Ensuite il va la délivrer. Usant des collants qui les muselaient tous les deux, il me ligote les chevilles.

— Va faire ta toilette, Blanche-Fleur ! fait-il à la môme, j'irai après !

C'est vrai qu'ils sont pleins de merde, ces braves !

La gosse est tellement engourdie qu'elle met un temps

infini à remuer. Enfin, elle parvient à s'asseoir sur le tapis.

— T'es un vrai crac, Régalo ! dit-elle à son mec.

Mais lui, le compliment ne lui fait pas d'effet.

— Grouille-toi ! lance-t-il, on n'est pas encore sortis de l'albergo !

Elle geint pis qu'une vieille barcasse à l'amarre pour se remettre droite. Boitille en direction de la salle de bains. Avant de sortir, elle lance à son pote :

— Tout à l'heure, on va se régaler avec ces deux viandeurs, tu me promets ?

Il ne répond rien. C'est une épée, ce gusman, dans son genre. J'imagine ce qui a pu se passer. Sa gonzesse a dû mobiliser l'attention de Jérémie avec des simagrées de grand style. Tandis que mon brave bougne se penchait sur elle, l'autre est parvenu à faire tomber mon veston de la chaise et à s'emparer de mon feu. Le reste c'est du gâteau. Un tueur de ce tonneau, quand il te braque avec un flingue aussi mastar, tu ne peux que lui obéir. Il a eu aisément raison de M. Blanc. Lui a piqué la clé des menottes qui l'entravaient. Ensuite, bon, tu m'as compris ? Si en plus faut te faire un schéma, dis-le : je me lancerai directo dans la bande dessinée !

Aubergenville reste debout devant moi. A croiser son regard, je pige très totalement que si une intervention extérieure ne se produit pas dare-dare, on va la sentir passer.

Il me parle :

— J'ai vu les fafs de ton pote, alors vous êtes des vrais poulets ?

— Affirmatif, chef !

— Quelles manigances avez-vous combinées contre nous, flic ? En général, quand un drauper retrouve des assassins, il les interpelle, comme vous dites dans votre jargon. En ce moment, on devrait être chez un juge d'instruction, avec un bavard à côté de nous !

J'explique, volontiers :

— En général, oui, mais y a des cas d'exception. Quand on refroidit un diplomate, faut tenir compte de certaines imbrications, tu comprends ?

— Vous attendiez quoi, mes deux gonfles ?

Je saute par la brèche.

— Qu'en haut lieu on ait statué sur votre sort. Nos singes sont pas chauds pour qu'on vous arrête. Ils redoutent des vagues dans certains milieux. Peut-être qu'on va vous foutre simplement dans un avion pour l'Amérique du Sud. On attend.

Il étudie ma version. Y croit-il ? Je ne distingue rien de ses sentiments.

— Ce ne serait pas à cause de ce putain de secret de merde ? il demande. La France veut se le goinfrer et écraser l'affaire, non ?

— Possible, admets-je.

Aubergenville pose son pied sur mon visage et appuie de tout son poids. Je sens craquer l'arête de mon blair. Des larmes brouillent ma vue, du sang me dégouline des nasales.

— Tu me prends pour un cavillon, flic ?

— Pourquoi ? parviens-je à articuler.

— Je vais te dire à quoi rime ton micmac de merde, roussin. Maintenant que je t'ai refilé le secret, on t'encombre. Ton rêve serait que je me fasse repasser d'une manière ou d'une autre. Comme vous ne pouvez pas me buter sans risquer des retombées un jour ou l'autre, t'espères que les gars qui m'ont commandé le traitement de Tabîtâ Hungoû feront le nécessaire pour me clouer le bec. C'est pour ça que tu attends. Tu te dis qu'à la suite des déclarations de la téloche, ça remue chez mes clients.

Pas con, le tueur à gages. Il a tout pigé, le malin.

— Tu vas chercher de ces trucs ! maugrée-je.

Il me flanque un coup de saton dans la bouche.

— Pas toi, peut-être ?

Là-dessus, la môme revient, sa douche prise. Elle n'est vêtue que d'une grande serviette de bain. Elle s'est aspergée d'eau de toilette et maintenant, elle sent le printemps.

— A toi ! dit-elle. C'est dingue ce que tu fouettes ! Je m'en rends davantage compte à présent que je suis *clean*.

Aubergenville lui remet mon feu.

— Tu me surveilles ce perdreau de merde, Blanche-Fleur. S'il bronche, ou bien son pote, n'hésite pas à les zinguer. Tu devrais mettre la télé en grand pour, éventuellement, couvrir le bruit.

— Te fais pas de souci, ricane la greluse ; mais ça serait dommage de les nettoyer d'un coup. La nuit que je viens de passer, j'aimerais qu'ils me la remboursent.

Aubergenville passe dans la salle de bains. La môme enclenche la télé. C'est une émission débile de jeux à la con où tout le monde il peut gagner gros. Les colles sont pour dégénérés ou handicapés mentaux. Citez-nous une capitale de la France, en cinq lettres, qui commence par « P » et finit pas « s ».

Ouf ! M. Blanc vient de se dresser sur un coude et regarde avec ébahissement. Il a une moitié de frime en compote, le pauvre biquet. S'il aurait su, il serait resté balayeur d'élite, dans le quartier Saint-Sulpice où il faisait régner l'hygiène municipale avant qu'on se rencontre les deux.

J'ai déjà vu des boxeurs noirs dans cet état, après des matches « d'une folle intensité » comme on dit dans l'*Equipe*...

Pour le vigorer, je lui balance un clin d'œil rassurant. Qui ne repose pas sur l'optimisme pourtant.

On entend couler dru la flotte dans la salle de bains. Aubergenville, ragaillardi, se prend même à siffler.

Je considère la fille, laquelle vient de s'asseoir à

califourchon sur une chaise. Elle a laissé quimper la serviette et tu la distingues en toute intimité. Son centre d'accueil est vachement affriolant, d'un rose délicat, fendu impec et entouré d'une charmante pelouse blonde. Moi, n'importe la situation ni la propriétaire d'un tel objet, ce genre de vision me fascine. J'aperçois ça dans une vitrine, aussi sec je rentre demander le prix.

— Tu te rinces l'œil, mon salaud ? elle chuchote.

— Tu fermes les yeux, toi, quand t'as l'occasion d'admirer un coucher de soleil sur les îles Galapagos ?

Elle sourit.

— T'es bandant pour un flic.

— Et toi vachement mouillante pour une meurtrière.

Elle devient grave et désachevale de sa chaise pour s'agenouiller près de moi.

— Me dis pas que tu triques ! fait-elle.

— Pourquoi te le dirais-je, ça se voit, non ?

Elle avance sa menotte salingue vers le siège de mes émois, comme l'écrit Mme Yourcenar dans son dernier article pour « Femmes d'avant-hier », le magazine du troisième âge.

— Dis donc, c'est pas du toc ! fait-elle, flattée. T'as la santé, mon pote : à quelques minutes de te faire aligner tu bandes comme un Turc !

— Les Turcs se mettent à chialer quand ils me voient en action, ma poule !

Elle m'enjambe tout en restant à genoux, si t'es capable d'imaginer. Voilà que son frifri est à vingt centimètres de moi et me regarde droit dans les yeux.

— Ça te plaît, bijou ?

— Une féerie, ma grande. La régalade, avec toi, c'est sûrement mieux qu'une croisière aux Caraïbes.

D'une lente glissade, elle amène sa coupe des voluptés à mes lèvres. Une sacrée sadique, cette sœur.

Elle se délecte à la pensée qu'elle m'excite avant de me buter.

Moi, pas bégueule, je me dis que *carpe diem*, ce qui va de soi, voire même de soie. Alors je soulève légèrement ma nuque pour établir des relations plus normalisées.

Ça ne lui déplaît pas. A preuve, elle s'installe plus commodément, ce qui m'évite un probable torticolis.

Je perçois la voix altérée de M. Blanc qui renaude :

— Alors là, j'aurai tout vu avec ce mec ! Pour être chié, il est chié ! Faut vraiment avoir perdu toute dignité !

— Ta gueule ou je te plombe ! lui lance Elodie Smurgh. Il va me faire déjanter, cet enculé de négro !

Elle se met à trémousser contre ma frite en soupirant :

— Fais-moi bien ! Fais-moi vite, flic !

Car elle redoute un retour trop rapide de son mecton, lequel n'apprécierait pas trop la figure imposée.

C'est alors qu'il se passe ce pourquoi je prie farouchement le ciel depuis naguère : un coup de sonnette retentit. La gonzesse, c'est comme une décharge électraque. Elle me déchaglatte la menteuse, si vite que j'en reste éberlué à continuer ma tyrolienne dans le vide.

— Une visite ! lui confirmé-je.

La télé déconnant à plein bord et sa douche le fouettant impétueusement, Aubergenville n'a pas entendu. La miss s'approche de la porte à pas de louve pour mater par le judas optique. Ensuite elle trotte à la salle de bains et donne des coups dans la lourde.

Le bruit de la douche cesse, la voix du tueur à gages demande :

— Qu'est-ce qu'il y a ?

— On a sonné ! révèle la gonzesse.

Un léger temps, Aubergenville surgit, à loilpé, lui

aussi. Il sourcille en apercevant sa gerce en tenue d'Eve, ce qui indique bien qu'il doit être jalmince.

— Tu déballes ton cul aux perdreaux ? il demande avant toute chose.

— Ma serviette est tombée, plaide la fille en allant la ramasser.

Le julot, c'est pas un surdoué, question zézette. De l'article de bazar comme t'en trouves dans n'importe quelle braguette de quartier. Je note au passage. Ça fait pas avancer la question, mais ça apporte une fugace satisfaction à l'homme avec qui le Seigneur n'a pas lésiné.

Je décompose le mouvement, mais tout se passe serré, tu penses ! Dans une pincée de secondes.

Le tueur murmure en désignant la lourde :

— T'as regardé qui c'est ?

— Un gars plutôt jeune, un peu cloche, genre paumé. Il tient une enveloppe à la main.

— Ça doit être pour les perdreaux. Tu vas ouvrir en laissant la chaîne de sûreté, moi je resterai derjo avec le feu.

Ils s'organisent vitement cependant que deux autres coups de sonnette annoncent que le visiteur s'impatiente.

La gosse à la chatte délectable tourne le verrou. Dix centimètres d'écartement s'opèrent. Elle demande :

— Qu'est-ce que c'est ?

— Une lettre pour M. Aubergenville, fait une voix de mélécasse.

— De la part ?

— J'en sais rien. Paraît qu'y a une réponse.

— Donnez ! fait Blanche-Fleur.

Elle happe le rectangle de papier kraft, se retourne et le présente à son hareng. Comme il a pas de poche où fourrer son feu et qu'il est pas partant pour se le carrer dans l'oigne, Aubergenville dépose mon arme sur le plancher.

— Je pressens un galoup, dit-il à sa souris.

— Ouvre, tu verras bien !

Il se décide. Il décachette, mais il voit rien.

Il a glissé l'ongle de son petit doigt au coin du rabat gommé closant l'enveloppe pour le décoller un peu. Lorsque l'ouverture l'a permis, il a enfoncé son index par la fente afin de décacheter en grand. Et c'est à cet instant que la fin du monde nous arrive dans l'immeuble !

Bien que ce soit indescriptible, je vais te la narrer pourtant, grâce à ce don du récit qui m'a valu le premier prix de gymnastique à la communale.

Tu vois, Eloi, il m'est arrivé fréquemment d'être concerné par une explosion. Si tu me lis aussi attentivement que tu le prétends, tu dois te rappeler, et même te souvenir, que, des grenades dans la gueule, des pains de plastic sous les miches, des bagnoles piégées, des maisons qui explosent, c'est monnaie courante chez l'invincible que je suis.

Mais alors là, le badaboum de la rue de la Muette, espère, il restera dans les annales, voire dans les anus !

Tout notre étage est concerné à quatre-vingt-dix pour cent. Que c'est à se demander comment les étages supérieurs peuvent encore rester supérieurs. Mais comment tiennent-ils encore, dis, Hector ? Y a plus que des montants de béton, l'escalier et la charpente de l'ascenseur !

Et nous : Jérémie, ma pomme, comment s'y prend-on-nous, pour vivre encore ? Parce qu'on était couchés sur le plancher, tu crois ? Oui, hein ? Y a pas d'autres explicances.

En somme, Aubergenville, en prenant la situasse en pogne, il nous a sauvé la mise. Sans lui, on serait restés à la verticale, donc on ne serait plus ! Pas plus qu'ils ne sont, lui et sa morue. Sectionnés de partout, hachés menu. Ah ! il a plus de souci à se faire, le Vieux. Comment qu'ils sont rayés de la carte, les deux amoureux ! Tu croirais qu'on les a passés à la moulinette géante, M. et Mme Tu Flingues !

Mais ils restent relativement présentables comparés au gonzier qui portait la charge d'explosif dans son imper ! Je vois nettement ce qu'il en subsiste par l'immense brèche donnant sur le palier ; car il n'y a plus de porte, juste un paquet de bois pour allumer le feu dans la cheminée ! Ce mec, je le connaîtrai jamais car il ne reste de lui qu'un tas fumant, de la chair broyée et calcinée, des lambeaux d'imperméable vert et de viande inidentifiable. Un kamikaze ? Je pense plus volontiers qu'il s'agissait d'un locdu auquel « les gens ayant commandé la mort de l'Excellence » ont fait mettre des fringues farcies d'un puissant explosif. La lettre contenait le détonateur. En la décachetant, on commandait l'explosion !

— Tu vis toujours ? murmure M. Blanc.

— Plus que jamais, réponds-je. Mais tout le monde ne peut pas en dire autant !

Il ricane :

— Donc, ce que tu prévoyais s'est produit ; mais pas de la manière que tu escomptais !

— J'admets, négro, j'admets. Je pensais pas qu'ils allaient dépêcher à Aubergenville un messager piégé.

— Maintenant t'es au point zéro, non ?

— Presque. Sauf que nous avons le secret et que, par la force des circonstances, les tueurs à gages ont été neutralisés comme le souhaitait notre dirlo bien aimé.

On s'en dit pas plus car y a un sacré zef dans l'immeuble ainsi que dans tout le quartier. On entend hurler, galoper, interpeller, prier, glapir !

Des gens se pointent, d'autres fuient, c'est selon les

tempéraments. T'as des couards, des curieux, des téméraires, des torves.

Reusement, celui que j'espérais radine : Béru. Il pense aux aminches, lui. Je le vois se dresser, tel le chevalier Ajax (sauf qu'il lave moins blanc) parmi l'épaisse poussière issue de l'explosion. Les décombres, il n'y prend pas garde. Il se pointe, affolé.

M'apercevant vivant, il a une exclamation embaumante :

— T'es vivant, Tonio ! Dieu soit loué !

Beau, non ? Une vraie réplique de théâtre !

Le Mastar promène son regard de vrai faucon sur le sinistre ; il découvre les cadavres en charpie, M. Blanc assis en tailleur.

Il note :

— Tiens, le Bougne en a rescapé aussi !

— Navré de te décevoir, sac à merde ! lui lance Jérémie.

Eux deux, ils perdent pas de temps pour l'empoignade. Faudra bien qu'un jour ils en décousent à poings nus. Peut-être qu'après s'être mis une rossée de gladiateurs ils deviendront copains ? Y a des natures comme ça, qui se cherchent jusqu'à ce qu'elles se trouvent.

Béru me demande :

— Qu'est-ce y s'est-il passé ?

— Y avait de l'électricité statique dans la pièce et un messager a sonné un peu fort, fais-je, ça t'ennuierait de nous ôter ces poucettes, Gros ?

— Les clés sont où sont-elles ? questionne le natif de Saint-Locdu-le-Vieux.

— Aucune idée dans toutes ces ruines.

— Attends, j'ai mon opinel. Depuis l'temps que j'en vends, j'sais comment t'est-ce on ouv' des menottes sans clé.

Fectivement, en moins de temps qu'il n'en faut à un

Touareg perdu dans le Sahara pour déguster une glace à la vanille, le Copieux m'a délivré.

— Occupe-toi de M. Blanc, dis-je, moi je vais acheter de l'aspirine.

Et je trace, emporté par un de ces vieux instincts sans lesquels le métier de flic ne serait que ce qu'il est.

. . . .

. . . .

Ben Wilby était revenu dans la rue de la Muette au volant d'une vieille fourgonnette Renault, cabossée à souhait et portant sur ses flancs le nom d'une entreprise d'électricité.

Ce véhicule, bricolé selon ses indications, lui servait à planquer. Il était intérieurement pourvu d'une installation sophistiquée que son apparence ne pouvait laisser deviner. D'abord, il lui était possible de passer de la cabine du conducteur à l'intérieur sans avoir à en descendre, par un jeu de glissière de son dossier servant de trappe verticale. Il profitait de ce qu'il n'y avait personne à l'horizon pour s'accroupir derrière le volant et changer de compartiment.

L'intérieur était pourvu, sur trois faces, de créneaux optiques, invisibles du dehors, permettant une vue panoramique dix fois grossie, à l'arrière et sur les côtés.

Différents engins à l'utilité peu évidente garnissaient la fourgonnette. Tous étaient dus à l'esprit inventif de Ben Wilby. Cet homme « de bonne volonté » de l'ambassade américaine, espèce de petite C.I.A. à lui tout seul, avait appris à agir seul et efficacement. Pour cela il devait disposer d'un matériel des plus performants.

Assis sur un siège pivotant rivé au plancher de son véhicule, il demeurait des heures sans presque bouger, scrutant les abords de l'immeuble incriminé avec une acuité d'oiseau de proie. C'était l'homme de toutes les patiences. Prévoyant, il avait même aménagé dans l'étroit volume mobile un chiotte de caravaning pour ne pas être tributaire des exigences de la nature. Il disposait également d'une pharmacie comprenant une quantité de produits nouveaux, susceptibles de conjurer la faim et le sommeil lorsqu'il le fallait.

Cela faisait deux heures qu'il guettait à son poste, écoutant de la grande musique que l'insonorisation perfectionnée de la fourgonnette réservait à ses seuls tympans lorsqu'il vit arriver une voiture qui stoppa à deux cents mètres de l'immeuble. Il s'agissait d'une BMW blanche munie de la radio et du téléphone. Deux hommes se tenaient à son bord. Jusque-là, la chose n'avait rien d'anormal, mais Ben Wilby tiqua lorsqu'il vit descendre l'un des occupants. L'apparence de cet homme lui parut anachronique. Il avait tout du clodo et portait néanmoins une superbe gabardine verte, made in England *qui devait être neuve. L'homme s'avança en regardant les numéros des immeubles. Parvenu à la hauteur de celui qui surveillait Ben, il marqua un léger temps et s'y engouffra. Wilby décida de se mettre en état « d'alerte ». Il sentait les choses. L'homme qui venait d'entrer tenait à bout de main une enveloppe de papier kraft et c'était exactement le genre de messager que pouvait attendre un tueur à gages terré dans un studio. Ben reporta son attention sur l'occupant de la BMW resté à son volant. Le grossissement lui permettait de distinguer nettement son visage malgré l'éloignement. Il s'agissait d'un individu d'une cinquantaine d'années, gras et chauve, affublé de lunettes à grosse monture d'écaille. Son visage ne « dit rien » à l'Américain. Il le situa, nonobstant, dans la catégorie des « douteux ».*

Quelques minutes s'écoulèrent et une formidable déflagration retentit. De toute part des vitres se mirent à pleuvoir. Une fenêtre arrachée pendait par un gond à la façade de l'immeuble et une fumée noire accompagnée de poussière ardente sortit par l'ouverture. Wilby avait à peine tressailli. On pouvait tirer un coup de feu à vingt centimètres de son oreille sans le faire sursauter car il était sur un constant qui-vive qui le préparait à toutes les commotions.

Vivement, il regarda en direction de la BMW, certain de ce qui allait suivre. Effectivement, la voiture blanche déboîtait déjà pour partir. Wilby quitta alors son siège pour s'approcher d'une espèce de tube en acier noir monté sur un pied de métal. Le tube comportait un viseur et une détente, comme une arme de poing. Wilby visa le capot de la BMW et pressa la détente.

Aussitôt, la voiture stoppa alors qu'elle était déjà engagée dans la rue, bloquant celle-ci. Apparemment elle ne souffrait d'aucun impact ; seul Ben Wilby savait que son petit canon magnétique venait de faire fondre les vis platinées du delco.

Furieux, le gros conducteur s'acharnait sur sa clé de contact, mais la voiture restait silencieuse.

La rue commençait à grouiller, du fait de l'explosion. Des gens survenaient d'un peu partout et toutes les fenêtres des appartements occupés à cette heure de la journée se peuplaient de faces inquiètes.

Ben Wilby fit coulisser le dossier du siège et se coula à son volant. Dans le tohu-bohu ambiant, il quitta la fourgonnette sans attirer l'attention.

La foule se rassemblait devant l'immeuble. Alertés par cent coups de fil simultanés, les perdreaux rabattaient dans le secteur et commençaient par le commencement, c'est-à-dire par houspiller les badauds.

Ben remonta la populace à contre-courant jusqu'à la voiture blanche autour de laquelle s'affairait le gros homme. Morlon était un champion du crime, mais au niveau de l'organisation. Les tracasseries de la vie courante le prenaient toujours au dépourvu.

Ben s'approcha de lui.

— En panne ?

— Ma voiture s'est arrêtée pile au moment où je déboîtais.

— L'allumage, diagnostiqua Wilby. Seulement vous allez devoir dégager la rue : il s'est produit une explosion de gaz un peu plus haut et les pompiers ne vont pas tarder. Mettez-vous au volant, je vais vous pousser.

Morlon remercia. Il suait sang et eau, ce secours providentiel le comblait. Il songea que cette chierie d'existence est heureusement jalonnée de connards doués pour le bénévolat et toujours disposés à jouer les gentils scouts.

— Braquez tout ! cria Wilby.

Il s'arc-bouta et parvint à faire reculer la voiture. Un agent qui survenait en rescousse lui prêta main-forte et la BMW retrouva son stationnement initial.

— Merci ! dit avec élan le gros conducteur.

— Pas de quoi, répondit Ben.

Il fit mine de vouloir donner une ultime impulsion à l'auto en panne en la poussant par un montant de la portière, côté conducteur. Au cours de sa manœuvre, sa main dérapa et s'abattit sur le cou de Morlon.

— Excusez ! fit-il en la retirant.

Morlon voulut crier car il venait d'éprouver une piqûre brève et cuisante comme celle d'une guêpe. Mais, en un éclair, il sentit ses forces s'anéantir et eut du mal à suivre la trajectoire de sa pensée.

Ben Wilby ouvrit sa portière et le prit par le bras.

Morlon songea très confusément, au prix d'un effort considérable, que tout cela n'était pas clair, qu'il devait résister. Mais il était aussi flasque de corps que d'esprit. D'un pas cotonneux, il se mit à suivre son « bon Samaritain ».

— Ma voiture est à quelques mètres, je vais vous reconduire, promit ce dernier.

Il guida en le soutenant discrètement, le gros homme jusqu'à la fourgonnette et l'installa côté passager.

La foule grossissait. Il était temps de filer car, d'ici peu, la circulation allait être totalement bloquée rue de la Muette.

Juste comme il allait se mettre au volant, une voix cria :

— *Hé ! Wilby ! Une seconde,* please !

. . . .

. . . .

Je dévale l'escalier, malgré qu'il en manque un bon morcif à notre étage. Saut de cabri (au lait).

Le porche. La concierge médusée, sa culotte aux chevilles (Béru, merci !) est sous le porche, comme une infante mineure violée par des hordes venues d'Asie (également Mineure).

Déjà y a du poulet en uniforme qui s'annonce, que je bouscule. « Hep, pas si vite, où courez-vous est-ce en testiculant de la sorte ? » (un sous-brigadier).

Je lui lance : « Commissaire San-Antonio, fais pas chier, esclave républicain. »

Et je débonde dans la strasse, si paisible habituellement.

Galvanisé à mort, ton Antoine chéri ! Sûr certain que cet élan n'est pas une berlue ; qu'il puise sa source au mont Gerbier-de-Jonc, tout comme la belle et noble Loire (1).

C'est plein de quidams et de quimonsieurs qui se la radinent peureusement, comme mouches à merde myopes sur une affiche de Le Pen. Je stoppe un brin d'instant pour sonder les alentours. Et je vois surviendre deux gus dont l'un me paraît soutiendre l'autre qui serait défaillant des cannes. Mon cerveau, c'est un vrai répertoire. Je dois, avant d'aller plus loin, te préciser que nous tenons parfois des séminaires, nous autres, les

(1) Jamais perdre une occase d'instruire la jeunesse.

SAN-A.

grands flics à chevrons. On se bouclarès dans une auberge charmante des environs de Pantruche. Et là, à l'abri des indiscrets de la ville, nous échangeons des renseignements, nous nous passons des films techniques, nous nous montrons des photos.

Moi, le mec qui aide l'autre à arquer et qui paraît l'entraîner d'autor, je suis certain d'avoir eu son portrait en face de moi, projeté en diapo sur un écran pliable. Face et profil. En plan général. Pris dans la rue, tout bien. Et c'est même un gazier de la D.S.T. venu nous faire une conférence, qui commentait sa frimousse. Il disait : « Cet individu se nomme Ben Wilby, sujet américain. Il est attaché à l'ambassade des U.S.A. à Paris pour y faire des besognes marginales. Sans doute appartient-il à la C.I.A. Son rôle reste obscur, mais, d'après nos renseignements, il serait très efficace. Il est une sorte de Père Joseph qui prend en charge les questions délicates : surveillance, protection, filatures, enquêtes sur des citoyens que les Ricains tiennent à l'œil. Il est bon que vous vous le colliez dans le collimateur afin que vous sachiez à qui vous avez affaire, le cas échéant, si votre route croisait la sienne. »

Ensuite, il nous avait montré d'autres farceurs, le zig de la D.S.T. : des Ruskoffs, des Bulgares, des Cubains, toute une faune bizarre, à la vie cloporteuse. De ces gens issus de la nuit, faits pour y retourner un jour sans tambour ni trompette après avoir manigancé des choses troubles dans des milieux cloaqueux.

Or, donc, pour messire Bibi, le petit photomaton intérieur fonctionne. Je vois ce gars chafouin, avec son bitos pour productions en noir et blanc, illico mon fichier le tire des limbes et je me dis : « Ben Wilby. » Et comme je pense à toute vibure, je pige que les Yankees l'ont mis sur la piste Aubergenville. Il devait faire le pet devant l'immeuble. Il a découvert des louchetés et le voilà qui s'embarque un zigus. Pas si vite, *my friend.*

Par-dessus la foule en coagulation, je mugis, pis que les féroces soldats dont cause notre immortelle *Marseillaise.*

— Hé ! Wilby ! Une seconde, *please !*

I

Il a perçu mon appel et s'est arrêté. Son compagnon dodeline, comme s'il était premier prix de boisson...

Je les rejoins, radieux.

— Heureux de vous connaître, monsieur Wilby. Je suis le commissaire San-Antonio.

Il renfrogne à vue de nez, cézigo. Pas joyce de se voir interpeller en plein turf.

— D'où me connaissez-vous ? demande-t-il.

— De réputation, fais-je avec un clin d'œil. Je sais bien que les Français sont des pommes, mais ils se tiennent néanmoins informés de l'activité des gens circulant sur leur hexagonal territoire.

C'est cocasse, ce brusque désarroi emparant un homme comme lui, prêt à tout et au pire, dont la conscience doit ressembler à un pot de chambre plein de merde pas belle.

— Que me voulez-vous ?

— A vous rien ; simplement je vous suggère que nous nous occupions de ce gentleman tous les deux ; on le partage en camarades. Correct, non ? Mais grouillons-nous de filer car la rue sera barrée dès qu'arrivera le corps d'élite de nos pompiers parisiens...

Il sait faire front, Ben.

Sans piper il s'installe à son volant tandis que j'aide le

gros type à grimper et que je prends place à mon tour dans la cabine du véhicule.

Avec peine, il se dégage. Des draupers qui déboulent d'un car grillagé nous barrent la route.

— Stop !

Je brandis ma brème par la portière.

— Permettez, je leur dis : y a urgence !

Ils saluent et nous ouvrent la voie pour faciliter notre décarrade.

— Vous voyez que je sais me rendre utile, monsieur Wilby ? Vous ne pouviez pas trouvez un camarade plus précieux que moi pour faire joujou.

***

C'est dur de trouver un coin paisible à la campagne quand tu es en plein Paris.

Voyant que l'Amerlock pilote fissa en direction de l'autoroute de l'ouest, je lui demande :

— Vous avez un endroit discret où conduire ce brave monsieur ?

— J'entendais le questionner dans ma voiture, à l'arrière. Mais pour cela, il me faudrait un coin de bois discret.

— Vous comptiez le laisser dans le bois, après cet interrogatoire ?

— Peut-être.

— A la verticale ou à l'horizontale ?

— Pour qui me prenez-vous ?

— Je demande à tout hasard : après tout je ne vous connais pas bien. J'ajoute que vous devez oublier ma qualité d'officier de police. Dans le cas présent, j'agis de manière occulte ; un peu comme vous. J'appartiens à un département assez spécial de la Rousse, mon vieux. Je me permets de gambader en marge quand on le juge utile en haut lieu, vous pigez ?

Il acquiesce, prudent. On dirait un petit racketteur de Chicago. Le genre de porte-coton de caïd qui passe ramasser la comptée dans les bars ou les blanchisseries « sous protection ».

Il questionne :

— Que s'est-il produit dans l'immeuble ?

— Ce gros lard blême a envoyé au type que vous surveilliez un mec piégé chargé d'un pli. Quand votre client a décacheté la lettre, tout a sauté et ce qui reste de plus gros du messager tiendrait dans votre beau chapeau. J'ignore ce dont il s'est servi comme explosif, mais c'était du concentré.

— Et le gars est mort aussi ?

— De même que sa poule. Si je m'en suis tiré, c'est parce que je gisais sur le plancher.

— Vous l'aviez fait parler ? s'enquiert Wilby, préoccupé.

— Pas mèche : un coriace, mens-je. C'est bien pourquoi on le tenait à dispose, chez lui. Une fois arrêté, il plongeait dans les rouages judiciaires et adieu Berthe !

— Vous croyez que ce gros dégueulasse est au courant ?

— Ce que je crois, c'est qu'il travaille pour les gens qui détiennent le secret. Il doit être le grand organisateur des coups foireux. Par lui nous devrions remonter jusqu'à eux !

— Et ensuite ? demande le Ricain.

Il aime bien voir dans quoi il met les pieds, Céziguemuche, il sait que nos trottoirs parisiens sont jonchés de crottes de clébards.

— Vous aimez connaître l'avenir, l'ami ! ricané-je. Après ? Je vais vous dire, après. Vous usez de vos petites recettes de grand-mère pour faire jacter le gros. Vu l'état dans lequel vous l'avez déjà mis, je suppose que ça ne sera pas difficile. Une fois qu'il s'est allongé, on part à l'attaque. Je dispose de troupes d'élite pour lancer l'assaut et vous ne pouvez pas en dire autant vu que vous travaillez en solitaire. Si les faquins ayant programmé la mort de l'ambassadeur parlent, eh bien, nous serons deux à connaître ce putain de secret ! Ce ne sera pas dramatique, mister Wilby. Après tout, jusqu'à preuve du contraire, la France et l'Amérique sont alliées, non ? Et puis dites-vous que les secrets les plus secrets finissent toujours par être connus de tout le monde un jour.

Il sort une cigarette froissée de sa poche, la glisse entre ses lèvres minces, mais oublie de l'allumer.

*
**

Alors voilà : on dégage de l'autostrada par la seconde bretelle. On tire sur la gauche ensuite. Je connais un aimable boqueteau où, voici quelques années, j'allais calcer des petites vendeuses leur jour de congé. J'espère que le bois n'a pas été goinfré par les promoteurs, ces salauds voraces qui te saccagent la planète pour confectionner de la résidence secondaire !

Y a un chemin cavalier qui y mène vu que c'est plein de manèges-à-moi-c'est-toi dans la région, où les gonzesses du seizième vont se martyriser les ovaires avec une bombe sur la tronche. Dieu soit loué : le boqueteau subsiste.

Et, biscotte la vase qui en jette à pleins seaux, *nobody* ne vient s'éclater dans le secteur, et puis d'ailleurs c'est pas l'heure, tu vois ! Ils pinent jamais le midi, j'ai remarqué. Quéquefois le morninge, au réveil, tentés par la bandaison matinale ; énormément l'aprème ; à poltron fait minette aussi ; mais midi, c'est un autre sacrement qui les tourmente : celui de la sainte bouffe !

Le gars Wilby enquille un sentier orniéreux qui déjà s'emboue. Nous voici sous les frondaisons dégoulinantes. Un brin de clairière pour les pique-niques d'été. Avec troncs d'arbres moisissants, bien moussus.

Un écureuil s'envole à tire-d'aile en nous voyant débouler. Comment ? Qu'est-ce que tu dis, Henri ? Ça n'a pas d'ailes, un écureuil ? Alors disons qu'il s'envole à tire-pattes, et me fais plus tarter, t'es mesquin.

Tout le monde descend. Le gros reste dans la semoule. Pas exactement : on voit qu'il est conscient, qu'il gamberge et, probablement, qu'il se rend compte de sa fâcheuse posture, seulement il n'y peut rien, sa volonté est enfoncée dans un tonneau de miel. Il a le caberluche en apesanteur.

Wilby ouvre les portes arrière de sa fourgonnette et nous y grimpons. J'émets un sifflement appréciateur en découvrant ses aménagements intérieurs. Les Ricains, c'est comme les Teutons, ce qu'ils ont toujours pour eux, c'est le matériel haut de gamme, perfectionné en plein. On sent, au premier regard sur cette espèce de labo mobile que rien n'est superflu et qu'avec tous ces éléments rassemblés, il doit prendre parfois des pieds géants, le rat musqué.

Il installe le gros dans un fauteuil pivotant. L'y fixe par les poignets et les chevilles. Pendant qu'il pratique, j'extirpe le porte-cartes du bonhomme pour faire plus amplement sa connaissance. Ses fafs d'identité m'apprennent qu'il se nomme Jean-François Morlon, négociant, 618, rue de la Pompe ; qu'il est né à Oran, Algérie, dix-neuf siècles et quelque chose après Jésus-Christ.

Je montre les papzingues à Wilby.

— Vous saviez à qui vous aviez affaire, Ben ?

— Non, avoue-t-il après un rapide regard à la carte.

Et maintenant, il ouvre une armoire à pharmacie dans laquelle des produits sont bien rangés et étiquetés. Il s'empare d'une seringue stérile, déjà emplie d'un liquide incolore.

— Avec ça, annonce Wilby, il nous racontera toute sa vie depuis sa première branlette.

Et lui, vachement dégagé des préoccupations prophylactiques, d'enfoncer l'aiguille dans le fion de M. Morlon à travers son bénouze et son slip.

*
**

Pour causer, il cause, le « négociant en meurtres ». Il est *absolutely* magique, le produit de Mister Ben !

Pas seulement qu'il jacte, le gros, le plus joyeux c'est qu'il parle sans même qu'on l'interroge. Un besoin éperdu de communiquer, tu vois ? Il te balance tout, depuis l'arrivée du *Mayflower* sur le continent américain. T'as juste à orienter son délire. Tu lui pilotes la bavasse comme on tient la barre d'un canot tomobile. « Et ça, m'sieur Morlon ? » « Oh ! oui, ça, c'est comme ça... Nani nanère. » Pour l'enregistreur (car mon nouvel allié est équipé en conséquence) c'est pas de la tartine ! Il surchauffe, le pauvre biquet, comme le fignedé de la concierge honorée par Bérurier.

Au bout d'une demi-heure, nous sommes presque épuisés par tant de faconde, Wilby, moi et le magnéto.

Mais nous savons tout !

O

Mon ami, le peintre Arman, il te prend un violon normalement constitué et te le découpe en tranches minces comme des tagliatelles ; ensuite il colle les tranches sur une toile en laissant un espacement entre chaque morceau et ça te donne une œuvre d'art vraiment sublime, comme quoi un violon, c'est beau une fois pour toutes : entier ou débité en lamelles. Evidemment, le père Menuhin fait la gueule devant ce qu'il considère comme un sacrilège, et les mânes de Stradivarius exécutent des sauts périlleux dans leur tombe. Mais comment affirmer qui, de Menuhin ou d'Arman fait le meilleur emploi de l'instrument ? C'est affaire d'appréciation. De sensibilité.

C'est pourtant à Arman que je pense, ce soir-là en pénétrant aux *Nuits Moscovites,* un cabaret des Champs-Elysées pour touristes en goguette.

Ben Wilby m'accompagne. Parce que, dans cette taule, pour ce qui est du violon t'es servi !

Il a changé quelque peu d'accoutrement, le Ricain. Passé un costar de soie sauvage bleu, une limace blanche, mais comme cravate, un nœud pap' à pois, tu mords le style ? Et, bien *of course,* il a conservé son cher bitos. Je ne sais pas ce qu'ils ont, certains, exemple Béru, Pinuche, Ben Wilby à tellement tenir à leur couvre-chef, pis que le roi d'Espagne à sa couronne (qu'il ne met jamais pour jouer au tennis ou faire du yachtinge, j'ai remarqué). On jurerait que, pour ces hommes-là, le chapeau constitue un attribut essentiel à leurs fonctions.

Or, donc, Ben et moi, déboulons aux *Nuits Moscovites,* tout enfanfreluché : velours bleu, dorures, lourds rideaux, toiles de maîtres (ou plutôt de contremaîtres) représentant les fastes de la vieille Russie tsariste dans des cadres moulurés et dorés à la feuille d'automne. Y a des portraits de Catherine la Grande en train de caresser la braguette de son grand chambellan, le comte Harbourg (vieille noblesse allemande, tu parles : Chleue d'origine comme elle était) ; de Pierre le Grand se faisant tailler une pipe par Catherine, son épouse ; de Staline, revêtu du manteau de vermine qu'il portait le jour de son sacre et tenant un spectre à la main. Bref, tout ça est opulent, du moins de l'opulence telle que la conçoivent un marchand de pétrole texan ou un directeur d'usine de Düsseldorf.

Ben laisse à regret son couvre-chef au vestiaire, vu que la préposée le lui arrache de haute lutte.

Un maître d'hôtel se pointe, saboulé pingouin de cérémonie, nous drive à une table élevée, car la salle est disposée en gradins et comprend trois niveaux. C'est messire Bibi qui a demandé, talbin dans le creux de la main à l'appui, d'occuper une position chère à Napoléon Pommier : la position dominante.

Le général loufiat empalme mon Pascal comme une autruche gobe un bouton de culotte. Et bon, nous sommes sous une espèce de dais, avec un seau à champagne emperlé de buée devant nous et des gonzesses qui déjà trémoussent du prose pour nous aviver l'intérêt.

La journée a été bien remplie. Une fois que le sieur Morlon a eu accouché des trois tomes de ses mémoires voyouses, on l'a reconduit à son auto rue de la Muette.

Après une dernière piquouze, on l'y a abandonné. Wilby est formel : le croquant ne se souviendra plus de rien. Il va reprendre ses esprits à son volant et retrouver sa mémoire à l'instant où il a été en panne. Ses produits, Ben, c'est le top niveau de la chimie ricaine. De plus en plus on invente des drogues qui changent l'homme en marionnette, si tu as remarqué ?

Ensuite, j'ai mobilisé M. Blanc (retrouvé au bureau), Béru, Pinuche, pour préparer le raid de ce soir. De son côté, Wilby s'est livré à certaines manœuvres. Mon intime conviction est qu'il va essayer de me biter à l'arrivée. Il fait copain-copain (copain-clopant) pour mieux me beurrer le fion et me l'introduire ; et moi je biche car, ce qu'il espère trouver, je le détiens déjà, comprends-tu ? On ne bosse pas pour le même objectif : lui cherche l'invention, moi des coupables. Cela dit, on sympathise.

Un serveur fringué comme dans *Sissi Impératrice* nous débouche la quille de roteuse.

Et ma pomme, depuis mon point culminant, je mate la salle. Ça fait lulure que j'ai renouché ce que je suis venu guigner : un petit groupe de personnes à la table principale devant la scène où l'orchestre tsigane, dont les interprètes sont de Pithiviers et de la Tour-du-Pin met toute la vaseline possible dans *Le Temps du Muguet.* Ce groupe de quatre personnes a pour pôle d'attraction un couple. Lui, un bel homme encore jeune, blond grisonnant, ce qui est toujours très prisé (même quand il est reprisé), très élégamment vêtu à la dernière mode, manches de son veston blanc retroussées et roulées avec celles de la chemise noire qui est dessous, si tu peux imaginer ? Oui, tu peux ? Merci, ça m'arrange. T'as des enfoirés qu'on doit tout leur mâcher, bien décrire à la Zola qu'y a rien de plus chiant ! Je te jure, faire romancier n'est pas une sinécure mais plutôt une cure de ciné ! Il y faut la vocation, quoi !

Maintenant, je te passe à la femme du couple : superbe ! De la bête de race. Loquée admirable : Capot Cabane ou Cecil Saint-Laurent, je peux pas te préciser ; mais que ça ne t'empêche pas de dormir !

Tout le monde la regarde. On lui sourit. On la fête. Y a même la gonzesse du bestiaire qui lui a sollicité un orthographe !

— C'est elle ? questionne Ben qui a suivi mon regard.

— Voui.

— *Very nice,* dit-il.

Tiens, il en est où, l'agent trouble, question mœurs ? C'est quoi, son panard, ce gus ? Les négresses, les petits garçons, les chèvres du Tibet ?

— Vous êtes marié, Ben ? je demande négligemment.

— Je l'ai été deux fois : c'est un sport incompatible avec ma profession.

Car il appelle « ça » une profession ! Faut pas craindre.

— Vous vous arrangez comment pour l'extase ? Vous vous cognez des pros ou vous faites des levages ?

— Ni l'un ni l'autre. J'ai la trouille du Sida. Un coup suffit pour attraper cette saloperie.

— Me dites pas que vous vous taillez des rassis !

— Non : je cultive la chasteté. Tout est question d'éthique. J'ai à New York une vieille copine de confiance chez qui je vais me mettre à jour de temps à autre ; elle est infirmière.

Ça doit le rassurer, Ben, que sa greluse ait une blouse blanche. Comme si ça modifiait la physionomie du danger !

J'imagine sa vie grise, uniquement basée sur ses manigances, sans récrés à deux, sans femme qui l'attende vraiment.

— Vous avez des mômes ?

— Non plus.

Le désert complet, quoi !

On déguste notre Dom Pérignon. Le premier violon de l'orchestre est descendu dans la salle. Penché sur la table du groupe, il joue *Fascination*. C'est toujours d'actualité, la nuit, après quelques flûtes de brut impérial. Frémissement dans le rectum avec propagation jusqu'à l'os de l'âme.

Regards noyés, mains qui se cherchent, se trouvent et se pressent. Culotte trempée. Pré-extase.

« *Et jeu n'ai rien fait pour chercher rà teu plaireu !* »

Tu parles ! A nous beurrer les esgourdes comme des coquilles d'escarguinches de Bourgogne (les escargots sont toujours de Bourgogne comme les sosies sont de Lyon (1)). Toujours les mêmes recettes. Ils ont trois cents mots pour s'exprimer au cours de leur putain de vie merdique, quatre recettes pour se coller du vague à l'âme et une seule pour cesser d'exister. Et tu voudrais connaître une autre vie, toi !

Ça dure deux heures d'enfilés, cette soirée suave, russo-tsigano-provinciale.

— C'est une drôle d'idée pour ces gens que de se réunir dans ce genre de boîtes, murmure Ben Wilby.

— Au contraire ! Ça n'a rien d'une conspiration : ils traitent leur petite affure avec l'accompagnement des sanglots longs des violons. Au vu et su de qui les regarde. Vous savez bien que ce qui se produit au grand jour passe toujours inaperçu.

— Vos gars sont sûrs de ce qu'ils vous ont rapporté ?

— J'ai la retranscription fidèle des conversations téléphoniques enregistrées. Bien que prudentes, elles sont éloquentes pour qui, comme nous, est au courant de l'affaire.

Il liche son champ'. On s'en refait une, d'un signe au loufiat vigilant.

(1) Celle-là je te l'ai déjà faite 314 fois, et c'est pas fini ! San-A.

— Vous avez percé l'identité de l'homme piégé ?

— Oui : un pauvre bougre de chômeur que Morlon a dû ramasser sur la bouche de ventilation d'une station de métro.

— C'est un malin !

— Moi, je dirais un fumier !

— Nous avons été timorés de le laisser en vie et en liberté, regrette Wilby.

— Rien n'est irréversible, sentencié-je. De plus, il va nous être utile, ce triste sire, maintenant qu'il est sorti de sa taupinière. Vous pensez bien qu'on va le surveiller au microscope, Ben. Il doit avoir en cours d'autres affaires comme celle-là.

Mon compagnon lisse ses cheveux grisâtres sur ses tempes. C'est vrai que, sans son fameux chapeau, il paraît nu.

— Il n'empêche qu'un chargeur dans le ventre n'aurait pas mangé de pain, comme vous dites en France !

A son ton gourmand, je pige confusément qu'il a des roues de secours dans sa garcerie de vie, ce teigneux. Son job, c'est pas seulement pour affurer son bœuf. Il s'agit d'une vocation bien enracinée. M'est avis qu'il doit s'en allonger pour les besoins de ses causes délicates. Je sens qu'il aurait été malheureux s'il avait tenu une papeterie-journaux. Lui, c'est le froid défouraillage. Un Colt gros commak à cinquante centimètres d'une poitrine et il balance la purée posément, sans quitter l'intéressé des yeux.

— C'est un vrai technicien, votre gars qui a installé un micro à leur table ?

— Plus qu'un technicien : un orfèvre, Ben ! Quand nous disparaîtrons, lui et moi, la police française sera veuve et orpheline.

J'imagine Mathias dans la salle du *Nuits Moscovites,* à bricoler la table réservée au nom du bel homme blond grisonnant. Bien sûr, ça n'a pas été tout seul : le gérant de l'établissement s'est mis à glapir comme toute une horde de loups quand on lui a exposé notre projet. Heureusement que j'avais son pedigree en poche, très exhaustif. Quand je lui ai eu démontré qu'on pouvait encore chanstiquer son parcours, rapport à des petites affaires mal éteintes et qu'en plus on savait qu'il vendait pas seulement du champagne dans son cabaret, il s'est calmé. Nous a donné carte grise mais « qu'il voulait pas le savoir ». Qu'entre six et sept y aurait personne dans la crèche et que les clés seraient dans les faux orangers encadrant l'entrée, mais des manières pareilles, c'était pas sa longueur d'onde, et ceci cela encore. La Lituanie habituelle, comme dit Béru.

Qu'à propos de Béru, juste le voilà qui dépose ses quatre-vingts kilogrammes de cul sur un fauteuil, derrière nous.

— C'est joli ce qu'y vaporisent, ces crincins ; tu connais l'tit' d'cette goualante ? murmure-t-il.

— L'*Adagio* d'Albidoni, renseigné-je.

— A propos d'adagios, magine toi que la Berthe avait une découverte à not' banque. Ces salauds m'ont salé pour c'qu'est des adagios ! Ah ! les nœuds ! Pas surprenant qu'y soient si riches !

— Où en est-on ? questionné-je.

— Parés pour la suite, mec.

Il me tend un paquet de photos. Travail soigné ! Et rapide ! Un premier cliché représente la tablée sous surveillance, en plan d'ensemble. Les autres sont des agrandissements de chacun des participants.

— C'est le photographe de la Maison qui a réalisé ça ?

— T'es louf ! Le Rouquemoute, d'puis la porte des chiches, au téléadjectif. Tu l'as pas aperçu dans son smockinge, l'artiss ? Beau comme une bite fraîche ! L'a dév'loppé son boulot dans un camion-labo en planque à deux rues d'ici.

Ben sourit.

— Mes méthodes font école, on dirait ?

— Si tu croives avoir inventé quéqu' chose, l'Ricain, tu t'fourvoyes l'finger dans les mirettes jusqu'à trouer l' fond de ton slip au cas qu't'en porterais n'un. Le nomb' de fois qu'on a pris des planques dans des tires banalisées, moi et Tonio, pas vrai, Grand ?

Cité à témoigner, le « Grand » confirme.

Je rends au Mastar le paxif d'épreuves.

— Tu vas rejoindre les potes et vous vous répartissez les gonziers à suivre ; à l'exception de la fille que nous nous réservons, monsieur et moi.

— Tu m'étonnes ! ricane l'Enfoirure vivante. Quant est-ce y a du linge quéqu' part, il est pour môssieur l'commissaire de mes chères frangines ! Bon, j'vas dispositionner. Si j'm'écouterais, j'prendrais le beau mec en blanc.

— Qui t'en empêche ?

— Toi, figure de figue. Tu m'dis qu'tu vas t'charger de la souris, or tu penses bien qu'elle va partir av'c le gars, tu voyes pas comme il la chauffe ? Y z'arrêtent pas d's'mamourer, les deux. Si ça finit pas par une partie d'tringle, ces simagrées, j'veux bien êt' cocu !

Cher, cher Béru ! Fait d'innocence.

— Tu sais bien que tu ne le seras jamais ! lui dis-je.

Il repart sans réagir.

***

Porsche contre Maserati.

Le blond grisonnant a la Porsche, moi la Maserati. Il roule comme un dingue, en jules qui n'a pas trop à se préoccuper des contredanses éventuelles.

Je le suis. Mais il est duraille de se tirer une bourre dans Paris *by night* sans être retapissé par le suivi.

Alors je fais au mieux. Heureusement, il a un feu

arrière cassé donc il est aisément repérable de loin. Notre poursuite ne dure pas lulure. Le mec enquille l'avenue George-Five jusqu'au carrefour de l'Alma. N'après quoi il oblique sur le quai, à droite, en direction de la Maison de la Radio.

C'est dans cette ligne droite qu'il plombe à mort, se jouant des feux. J'en fais autant. On passe devant l'édifice ; et puis il vire à droite et c'est un dédale infernal ! M'a-t-il repéré et cherche-t-il à me poivrer ? Je crois plus simplement qu'il aime se payer des sensations et filer les copeaux à sa potesse, manière de lui rétrécir le frifri avant usage.

La trouille est un astringent surchoix. Pis que le citron ! A deux cents à l'heure dans les rues de Pantruche, tu refais la virginité d'une mère maquerelle !

Mais cette équipée folle s'achève par un freinage époustouflant devant l'impasse du général Branloche, héros de l'aviation de 14-18 (c'est lui qui, à court de munitions, descendit trois avions ennemis avec un lance-pierres ; il visait le réservoir des sens).

L'impasse en question est somptueuse. En réalité, il s'agit plus exactement d'un petit square où quatre platanes entretiennent une ombre respectueuse sur la stèle dédiée au général Branloche.

Immeubles en pierres, de taille imposante. Doubles portes de fer forgé en arc de cercle. Marbre. Colonnes. Tapis. Bacs à fleurs : *the* classe !

Je me suis rangé devant un panneau d'interdiction de stationner, comme il est obligatoire de le faire à Paris.

Ben me regarde.

— Beau coup de volant, bravo !

— Merci !

Il n'a plus un poil de sec, ce gusman. Lui, c'est l'aventurier un peu pantouflard. Il organise ses coups, comme papa, jadis, ses parties de pêche. Le soir, il préparait des bas de ligne. Son crin trempait dans un bol de flotte afin de l'assouplir. Il tâtillait pour fixer de minuscules plombs, plus mignards que des têtes d'épingle au fil quasi invisible. Mais auparavant, la grande séance c'était pour attacher l'hameçon microscopique. J'ai jamais pigé le comment il y parvenait avec ses gros doigts de brave homme, mon vieux. Un magicien ! Il essayait de m'apprendre : la boucle, les six tours de fil après la tige infime de l'hameçon. Tu parles : tout me foirait dans les pinces ! J'ai toujours été un branque pour ces questions.

— Tu sais dans quel immeuble ils sont rentrés ? me demande Ben.

Voilà qu'il se met à me tutoyer ; c'est pourtant pas dans leurs manières, les Anglo-Saxons, avec ce *you* à tout faire qu'ils se coltinent pour toute intimité.

— Au 8, dis-je.

— Comment en es-tu sûr ?

Je pavane un peu. Pas fâché que cet artisan de l'enquête délicate soit épaté par mes prouesses.

— Parce que je connais l'adresse du gars et que c'est chez lui qu'il vient de driver la fille. Je peux même te préciser qu'il pioge au deuxième étage à gauche.

— Qu'est-ce qu'on fait ?

— On les laisse se dessaper et commencer leur petit steeple-chase. En attendant, je vais tuber à Mathias pour qu'il m'apporte la bande enregistreuse nichée sous leur table.

Je sonne le burlingue depuis ma Maserati, malgré l'heure à ce point tardive qu'elle en devient matinale. C'est le Rouquemoute qui répond. En voilà un qui ne pleure pas sa peine. Sa mégère doit lui faire des scènes à la Shakespeare, biscotte ses découcheries ; mais depuis quelques mois, il a pris du poil de la bestiole, l'Enflammé. Quelques étreintes fougueuses avec des personnes chaudes du rez-de-chaussée l'ont comme qui dirait affranchi. Il a appris qu'il était cap' de licebroquer sur l'évier, mon Rouquemoute.

— Ah ! heureux de vous entendre, commissaire.

— L'enregistrement était bon ?

— Il doit l'être, j'arrive, je n'ai pas eu encore le temps de le vérifier.

— J'aimerais en prendre connaissance d'urgence.

— D'urgence, c'est pas possible, commissaire. Il y a deux heures quarante-huit minutes d'enregistrement. Par contre, j'avais le casque de contrôle et j'ai tout suivi, je suis en mesure de vous dresser un résumé.

— Je t'écoute.

Il se recueille un instant, manière de mettre de l'ordre dans ses idées.

— D'abord parlons des présents : outre le couple que vous savez, il y avait là l'inventeur et le premier secrétaire de l'ambassade toufoulkanaise.

— Lui, je l'avais reconnu.

— Il a été beaucoup question de l'affaire Aubergenville. Le copain de la fille exultait. Il était ravi par la prompte intervention d'un certain Morlon qui, d'après ce que j'ai cru comprendre...

— Gaze, mec, je sais qui est Morlon.

— Ils sont convaincus que la situation est déblayée et qu'ils ont le champ libre. Ils veulent faire vite. Un envoyé de l'ambassade soviétique doit se présenter cette nuit chez le gars pour négocier. Ils sont d'accord, les uns et les autres, pour traiter à un million et demi de dollars. L'inventeur devra percevoir un million, le premier secrétaire cent mille et le couple se partagera les quatre cent mille restants.

— Charmante cuisine.

— L'inventeur a remis un échantillonnage de son produit sous forme d'une boîte de...

— De loukoums, coupé-je.

Mathias rit.

— Ce qu'il y a de formidable avec vous, commissaire, c'est que quand on vous fait un rapport, vous savez par avance ce que l'on va vous dire.

— Pas tout, Rouillé, pas tout, rassure-toi.

— Ils ont eu une discussion à propos des « honoraires » payés à Morlon : cinquante bâtons. Ce litige a alimenté la conversation pendant près d'une heure, ils ne parvenaient pas à se mettre d'accord. L'inventeur alléguait que cette décision de « traiter » Tabîtâ Hungoû n'était pas de son fait et qu'il ne voulait pas entrer dans ces considérations. Les autres lui ont démontré qu'elle conditionnait toute l'affaire et qu'il devait en assumer le financement. A la fin il fut convenu qu'il en payerait les deux tiers et que les trois autres se partageraient le tiers restant, ce qui revenait à dire que les « frais » seraient répartis au prorata des « gains ».

— Voilà qui est équitable, plaisanté-je. Quoi d'autre d'essentiel, mon vieux Pourprier ?

— Je crois vous avoir relaté le plus important.

— Le messager soviétique doit se présenter à quelle heure ?

— Cela n'a pas été précisé. C'est le Premier secrétaire qui avait pris le contact. Il a parlé d'une visite très tardive...

— Il a un mot de passe, un code quelconque ?

— Non. Rien de tel n'a été évoqué.

— O.K., tu as fait un boulot fantastique, mes compliments. Je vais demander un avancement pour toi. Directeur du labo, ça te dirait ? Celui qui te coiffe en ce moment est un mondain ramolli du bulbe qu'on devrait proposer pour la retraite anticipée.

— C'est trop, commissaire ! Vous n'y pensez pas ? s'enroue le Roux.

— Va tirer ta rombière et laisse-moi manigancer, grand.

Je raccroche.

Ben-le-mulot ne me pose pas de question vu que mon téléphone de bord arrose copieusement. Si t'es pas sourdingue à cent dix pour cent, t'es forcé de capter les converses.

— C'est bien, approuve-t-il. Très bien. Sans vouloir te désobliger, San-Antonio, je ne croyais pas la police française aussi performante.

— Tu la croyais coiffée d'un béret basque avec un pain sous le bras ?

— Plutôt.

— Eh bien non, tu vois, on finit par devenir des grands garçons à force de visionner des feuilletons américains.

Comme c'est décidément Bibi, autrement dit le gars mézigue, qui dirige l'opération, j'organise la suite de la manière suivante : Moi, je vais monter chez nos amoureux en me faisant passer pour le « contact » russe. Ben, lui, va se planquer, et guetter l'arrivée du vrai. Quand il le verra surgir, il l'interceptera pour lui dire qu'il y a un os dans la noce et que les pourparlers sont remis à demain.

Ma propose me vaut une moue catégorique.

— Sans t'ennuyer, commissaire, je préférerais que nous inversions les rôles : c'est moi qui monte et toi qui attends le Ruskoff.

— Pas question !

On s'empoigne verbalement. Chacun ferme sur ses positions. Puisqu'on est dans l'impasse (c'est le cas de le dire !) on décide de grimper tous les deux. Wilby a une idée fumante. Comme il sait le russe, il va écrire un mot en caractères acryliques, Béru dixit, qu'on coincera sur le tableau des sonnettes et sur lequel sera écrit : « Rendez-vous remis. » Ainsi le Russe fera-t-il demi-tour.

Il rédige sa babille avec mon stylo sur une feuille de mon calepin, on la fiche bien soigneusement dans le cadre de cuivre entourant les touches d'appel des différents locataires et, délibérément, j'appuie sur la sonnette de notre homme.

*
**

Pour deux étages on néglige l'ascenseur. Le gars nous attend sur le seuil de son appartement. Génial, Ben me cause en russe tandis que nous gravissons les marches ; ce qui fait vrai à se chier dans les guenilles.

Le blond grisonnant, vu de près, est encore plus beau que vu de loin. Visage buriné, regard pâle, menton énergique.

Il porte un pyjama de soie noire sous une robe de chambre de soie blanche gansée de noir. C'est *very* harmonieux. Très gigolpince de haut niveau. L'allure, quoi !

— Bonjour, messieurs, j'ignorais que vous seriez deux, dit-il.

Je m'incline avec cérémonie.

— Monsieur Igor Bouftapine ici présent, maîtrise mal le français, dis-je, il a préféré que je l'accompagne.

Le pseudo Bouftapine serre la main de notre hôte. Ce dernier nous fait entrer dans un salon élégant, le genre de modernisme qu'on peut espérer de ce mec : teintes caramel, canapés rase-mottes, meubles en cuivre et plexiglas, reproductions de Man Ray aux murs.

— Puis-je vous offrir une vodka glacée ? demande-t-il.

On lui répond qu'il peut. Il nous arrange ça à un coin bar logé dans un renfoncement de la pièce.

— C'est de la polonaise ! s'excuse-t-il.

On lui rétorque qu'on n'a rien contre la Pologne, juste ce con de Walesa qui nous pompe un peu l'air avec ses idées libertaires, qu'heureusement le gentil Jaruzelski est là pour lui claquer le bec ; qu'un de ces jours, le

Lesch, tu vas voir ses couilles comme garniture de sapin de Noël, le bel effet qu'elles feront !

Toasts muets à nos chers projets.

On boit (dont on fait les flûtes).

— Je pense que notre ami Kadmir Saabit vous a mis au courant de l'affaire ? attaque le blond grisonnant.

Nous opinons à bites rabattues.

— Je crois qu'il vous a soumis un échantillon pour tester la chose ?

— En effet, réponds-je.

— Vous avez donc pu mesurer l'ampleur de... du phénomène.

— Tout à fait, confirmé-je en connaissance de cause.

— Je tiens d'ailleurs un deuxième échantillonnage à votre disposition, dit le tombeur de charme.

Il va dans sa chambre et en revient, tenant une petite boîte de loukoums.

Ben va pour s'en saisir, mais, plus preste, je la biche et la glisse *in my pocket.*

— Ne vous donnez pas cette peine, camarade capitaine, je lui fais avec un sourire large comme l'écran d'un *drive-in.*

Putain, ce regard qu'il me virgule, le raton délavé !

— Vous pouvez considérer que nous sommes très imprudents en vous confiant, sans avoir perçu un dollar, un échantillon d'un produit que nous vous proposons, articule le mec, car, partant de lui vous pourriez le reconstituer après avoir défini ses composantes. Je gage d'ailleurs que vos services ont dû s'y employer.

Il rit.

— C'est de bonne guerre. Seulement, la particularité de cette denrée c'est que, justement, les éléments qui la composent sont inconnus. Il vous faut donc passer par l'inventeur pour avoir non seulement la formule, mais la source de la matière première. Très particulier comme affaire, non ?

Il aime jouer au chat et à la souris, à condition de tenir le rôle du chat. Manœuvrer des Soviétiques ne lui déplaît pas.

— Ce sera cher, annonce-t-il.

Te dire ce qui me passe par la tronche à cet instant, je saurais pas. Même un congrès de psychanalystes ne parviendrait pas à démêler cette confusance mentale. Tu sais ce que je me mets à débloquer? Je te jure, ça vaut le coup de cidre. Tu vois, je pense qu'il y a un goût du théâtral dans ma démarche. Le besoin d'en mettre plein le portrait à ce suffisant, à ce bellâtre!

— Ecoutez, lui fais-je, moi, je vois les choses de la façon suivante : on vous donne un million et demi de dollars. Vous en remettez un à l'inventeur ; M. Kadmir Saabit prend cent mille en règlement de ses bons offices et vous gardez les quatre cents derniers mille pour vous et votre copine. Correct, non?

Le bouchon est balancé loin, mais franchement, ça valait le détour!

J'ai vu souvent des gens se liquéfier, mais à ce point, encore jamais, mon pote! Lui, il réduit de volume! Il prend cent piges à la seconde! Se racornit. Recroqueville. Il n'est plus grisonnant mais blanc de neige! Ses joues se touchent. Ses yeux te font *bye-bye* en reculant loin, très loin dans les orbites. Sa bouche entrouverte par un début d'asphyxie contient mal le flot de bile qui lui arrive en droite ligne du foie.

Il est là, scié, paumé, à bout de supportance. Et du temps passe. Ben, qui a accusé la surprise aussi, mais en homme d'action, s'est vite remis et, facétieux dans le fond, profite du spectacle. Je parie qu'il m'approuve d'avoir tout envoyé aux pelosses et sorti cette botte secrète ressemelée de neuf.

Nous demeurons imperturbables et suaves face au gonzier estoqué.

Lui, il rame dans ses méninges. Il voudrait trouver à

dire. Adopter une attitude. Mais rien ne lui vient, c'est le désert complet, le black-out intégral. Peut-être qu'il pisse dans son beau pyjama de Casanova au rabais, tu veux parier ? Ce serait quoi alors, cette tache qui s'étale sur la peau de chamois de son fauteuil ?

— Dites donc, Léo, finis-je par attaquer, vous manquez singulièrement de réaction. En sortant de taule, vous ne ferez pas de carrière avec un tempérament aussi nouilles aux œufs. Quand on se lance dans des entreprises de ce genre, mon cher sous-secrétaire d'Etat, il faut avoir assez d'envergure pour pouvoir perdre, le cas échéant. Les vrais battants, c'est pas ceux qui savent triompher, mais ceux qui savent échouer. Je parie que la môme aura plus de ressort que vous !

Je me lève pour me rendre dans la chambre voisine.

Faut croire que ces pourparlers ne la captivent pas démesurément, la jolie, car elle pionce comme une bienheureuse ; ou alors, c'est qu'il l'a vergée jusqu'à l'évanouissement ! Moi, attendri, je m'assois au bord de son plumard, attendant que la lumière et ma présence (les deux se confondent, merci) la réveillent.

C'est beau, une femme qui dort. Fût-elle la dernière ou l'antépénultième des garces. Ça me fait songer à un ruisselet murmurant de haute montagne. Là que la végétation n'est plus que mousse et joncs. Y en a plein mon enfance de ces « secrets chuchoteurs » que causait le pouète. Je m'agenouillais devant leur eau limpide. J'ignorais que je contemplais la vie.

Eh bien, tu vois, Alicia Surcouff endormie n'est plus qu'une petite fille merveilleuse, autant dire un ruisselet : la source qui se met à marcher.

Ses combines, ses louches connivences, ses abominables complicités, tout cela a disparu pour laisser place à une innocence miraculeusement retrouvée.

Je comprends son succès. Ravissante et comédienne à ce point, elle pouvait pas rater le coche. Elle avait tout pour réussir. Que dis-je : elle réussissait ! Mais ça n'allait pas assez vite ; il lui fallait un tas de billets verts pour se faire une pelouse correspondant à son standinge. Qu'est-ce qu'elle espérait, cette connasse ? Deux cent mille dollars, tu vas pas loin de nos jours. Le temps serait venu où on les lui aurait donnés comme cachet ! A moins que... Oui, bien sûr, tout ça, c'était de la frime temporaire. Ils allaient baiser l'inventeur ! Leur discussion de marchands de tapis, aux *Nuits Moscovites,* c'était pour le mettre en confiance. Qui sait si le dénommé Morlon n'était pas chargé de faire « exécuter » un nouveau « contrat » ? Pour le coup, ça allait faire du sept cent mille dollars. Et là, ça commençait à bien carburer. Elle était bonnarde pour la Rolls et la résidence secondaire ; ou pour le tout bel apparte haut très très haut standinge, avenue Foch, le genre de crèche qui fait chier les confrères et éblouit les producs !

Ça y est, la voilà qui péclote dans sa dorme. Son sommeil marche plus que sur trois pattes. Y a une bougie qui donne plus ! Elle va respirer fort et débou-lonner ses vasistas. Juste ! Elle a une amorce de sourire, croyant voir son vrai julot, le sieur Léo Pauldine, à son côté, partant pour la troussée nocturne. La grande bourrée auvergnate après laquelle il fait tellement bon se rendormir !

Mais, que se passe-t-il, Achille ? Qui est ce gonzier inconnu qui se permet de poser son dargeot sur ma couche ? Attendez voir, Edouard : pas si inconnu que cela ! J'ai déjà vu cette belle gueule quelque part. Y a pas longtemps. Ne bougez pas ! Je l'ai sur la langue, comme la bitoune au beau Léo. Ah ! oui. Oh ! bon Dieu ! Mais c'est le commissaire venu enquêter chez moi, rue Meissonier (peintre français né à Lyon en 1815, Sana s'est gouré en parlant de l'orfèvre, l'orfèvre, faut deux « n » à son blaze).

La voilà qui se redresse, tout de suite braquée comme un Colt dans la main de John Wayne.

— Que faites-vous ici, commissaire ?

— Mon métier, chère vedette.

— Quelle heure est-il ?

Je cligne de l'œil.

— Je vous le concède, il n'est pas l'heure légale pour une interpellation, mais demain, à 9 heures, qui donc pourra le prouver ?

CLASSÉ

Le Vieux, c'est un marathonien dans son genre ; sauf que les 42,195 kilomètres, au lieu de les faire sur route, il les parcourt dans son bureau.

D'en plus, le voilà affligé d'un nouveau tic dû aux ravages de l'âge : il remonte son épaule droite tous les deux pas et la laisse retomber.

Nous sommes réunis au petit complet dans son burlingue : ma pomme, Béru, Mathias, Pinaud, M. Blanc.

Je suis assis à la place passager, face à son burlingue ministre. Mes quatre collaborateurs restent debout derrière moi, immobiles comme des mannequins de la Samar.

Chilou, il jacte en marchant, pour tromper la longueur de la route. Se tenir compagnie.

Il dit :

— D'accord, l'invention est étonnante. C'est quoi déjà ?

J'adresse un clic à Mathias. A lui de jouer, il est davantage technicé que moi, plus performant pour ce qui est d'expliquer ce genre de truc.

— Un produit dans lequel entrent différents éléments dont les principaux sont ignorés de tout le corps scientifique parce que dérivés d'une plante qui ne pousse que dans une contrée escarpée du Toufoulkan septentrional, monsieur le directeur. Il s'agirait d'une plante de la famille des papavéracées qui...

Mais le Dabe l'interrompt :

— Mathias ! Ne me faites pas chier, mon vieux ! Des noms pareils, à quatre heures du matin ! Vous vous foutez du monde. Bon, la drogue en question vous fait changer mentalement d'identité ; ça, j'ai saisi. Si j'en bouffe, je peux devenir subconsciemment le président de la République ! Quelle horreur ! Et de plus, il peut arriver tant le dégagement primo farinolé est intense que le sujet auquel je m'identifie devienne passagèrement moi par contagion subconsciente, j'ai compris. Pourquoi voulez-vous m'expliquer ce qui ne laisse pas le moindre doute dans mon esprit, mon garçon ? Il me prend pour un sénile, non ?

Là, il nous cite à témoins.

— C'est curieux, ce Mathias : un type si bien élevé, respectueux et tout, venir se foutre de ma fiole devant tout le monde ! Si je m'attendais !

Le Rouquin est à deux secondes et trois millimètres de l'évanouissement. Il râle des « Mais, monsieur le directeur » qui feraient frissonner un ouvrier travaillant autour d'un haut fourneau.

Achille reprend sa marche forcée. Déjà 28 km de parcourus ! Un pas de chasseur alpin ! Mathias reste debout par miracle, avec une clape béante de baleine sans fanons.

— Bon. Reprenons, décide le Dabe. Reprenons. Un chercheur natif du Toufoulkan, mais ayant fait ses études en Amérique, au cours de vacances au pays natal, a l'idée de travailler sur la plante en question, très connue des autochtones. Il fait la découverte que nous savons.

Il s'interrompt, me fait front.

— Suis-je explicite, Sanantonio ? Avez-vous quelque mal à me suivre ?

— Du tout, monsieur le directeur, c'est d'une grande limpidité.

— Heureux de vous l'entendre dire, mon petit. Mais s'il y a quelque chose que vous ne comprenez pas, n'hésitez pas à m'interrompre ; je suis ici pour tout vous expliquer !

Il chie pas la honte, le Birbe ! C'est ma pomme qui, au téléphone, lui ai tubé le compte rendu de l'affaire à son domicile ! Et voilà qu'il nous la raconte, ce vieux paon !

— Le savant en question était un condisciple et un ami de feu Son Excellence Tabîtâ Hungoû. Comme il voulait recueillir un maximum de profit de sa découverte et qu'il avait confiance en l'ambassadeur, il est venu le trouver à Paris pour le mettre dans la confidence. Aussitôt intéressé, cet éminent diplomate a héroïquement testé la découverte sur sa propre épouse !

— Pas héroïquement, monsieur le directeur. J'ai appris que son ménage allait mal et que...

Mais le Vioque, faut pas lui glisser des clous de tapissier sous les pneus, il tolère pas.

— Qu'en savez-vous, commissaire ! Faites-moi le plaisir de ne pas discuter ma version. Elle est l'expression de la réalité. Je répète *qu'héroïquement,* et je pèse mes mots, l'ambassadeur a testé l'invention sur son épouse. La malheureuse en a perdu la raison. Mais peut-être n'est-ce que provisoire. Passons : la science a besoin de martyrs. S'ensuivit alors un conflit entre l'inventeur et Hungoû. Terrifié par les conséquences qu'entraînait l'ingestion du produit, Son Excellence refusa d'en négocier la vente avec qui que ce soit et menaça même son ami de représailles s'il s'obstinait à vouloir le commercialiser. On ne badine pas au Toufoulkan !

— En réalité, monsieur le directeur, Hungoû entendait garder la chose pour son unique profit personnel, ne puis-je me retenir de rectifier.

— Comment osez-vous prétendre une telle infamie, San-Antonio ! Par quelle aberration mentale ?

— Mais, les faits, monsieur le...

— Silence ! Je continue. Ce sacripant d'inventeur, cupide et louche bonhomme, tente alors de s'allier avec le premier secrétaire de l'ambassade, un douteux, un torve, un traître celui-là !

— Cette fois, je suis en plein accord avec vous, monsieur le directeur.

— Ce qui n'a pas la moindre importance ! rebiffe le Déplumé, cinglant. Ce suppôt de Satan entre alors dans une machination effroyable. Comprenant qu'il n'est pas de taille à négocier seul, il se met en cheville avec un misérable individu fourvoyé dans les arcanes politiciennes de nos chers gouvernants actuels : ce Léo Pauldine, ancien acteur raté, ancien chevalier d'industrie récupéré par d'honnêtes leaders du parti en place dont il a trompé la probité. Alors, c'est carrément la résolution extrême. Son Excellence risque de tout faire capoter ? Eh bien, on va la neutraliser com-plè-te-ment. Il faut avoir le champ libre ! Coûte que coûte ! Vous comprenez bien cela, messieurs ? Tous ? Oui, San-Antonio à la rigueur, mais Bérurier ne pige rien à rien ! Pinaud dort, le Noir est nègre et Mathias est devenu trop insolent pour écouter mon développement avec une parfaite honnêteté. Ah ! c'est dur d'être un chef ! Quelle abominable solitude !

« N'importe, ne serait-ce que pour moi, je vais jusqu'au bout ! On manigance une rencontre de sa chère et noble Excellence avec cette sous-pute d'Alicia Surcouff, prête à brader ses fesses pour une poignée d'or ! Elle séduit ce grand honnête époux, le dévoie ! Le détourne du lit conjugal ! Léo Pauldine qui est un immense voyou en cheville avec la pire lie de notre société, paie un imprésario du meurtre pour faire assassiner l'Excellence. Tout est diabolique chez cet homme. Il sait bien que, un diplomate tué chez une maîtresse, c'est pas possible pour nos services des Affaires étrangères qui ont tant et tant de difficultés, actuellement. Le meurtre perpétré, découvert par la fille dotée du plus parfait des alibis : on la couronnait meilleure comédienne de l'année ! Tu parles ! C'est lui qu'elle allait prévenir. Et lui, ce sale bougre, de faire habilement jouer la raison d'Etat ! Tout s'est passé selon ses effroyables visées. Adieu, Excellence ! La voie est libre ! Entrons en contact avec les Soviétiques ! Heureusement, Achille veillait ! Achille était là, dans l'ombre avec ses troupes d'élite ! Achille *for ever !* »

Il se tait, tire sa pochette parfumée, en étanche les deux larmes de sublime orgueil qui perlaient à ses paupières fripées.

— Nous pouvons être fiers de moi, messieurs, dit-il.

Il a achevé le parcours imposé. Fatigué, il vient prendre place sur son trône. Dépose ses belles paluches manucurées sur le maroquin repoussé du sous-main *made in* Cordoba. Il les contemple avec une infinie tendresse, comme une maman ses deux chérubins endormis.

— Bien, chuchote-t-il. Où en sommes-nous, San-Antonio ?

— Le couple Pauldine Surcouff, le savant, le premier secrétaire sont dans la volière, monsieur le directeur, en compagnie de quelques malfrats ou ivrognes tapageurs arrêtés cette nuit. Je n'ai pas voulu prévenir le Parquet avant de vous avoir consulté.

— C'est vrai ? dit le Fabuleux. Vous n'avez alerté personne ? Pas même la presse ?

— Personne. Nos confrères eux-mêmes ignorent tout du dénouement.

Alors il se passe quelque chose d'admirable. Achille

récupère ses mains exposées sur le cuir fauve, les dépose sur les accoudoirs de son fauteuil, s'en sert comme point d'appui, se dresse, marche jusqu'à moi.

— Debout ! me dit-il.

Je me lève. Il m'étreint.

— Je t'aime ! me souffle-t-il à l'oreille. Oh ! comme celui-là est bien de moi ! Comme il est bien sorti des testicules de mon expérience ! Oh ! comme il me ressemble parfaitement !

Il s'écarte.

— Il va falloir me relâcher ce beau monde, messieurs ! Et puis ensuite, l'oublier. Ne jamais plus parler de lui ; à personne, vous m'entendez ? Pas un mot à vos familles, ni à vos maîtresses ! Le silence total ! Raison d'Etat. Ne venez pas me dire que c'est immoral. Si le cœur vous en dit, vous pouvez les tuer à titre personnel. Leurs vies m'importent peu. Honnêtement je les déplore. Mais il n'est pas possible qu'il y ait une instruction, des articles, un procès ! J'en frissonne rien que d'y songer ! Allez, messieurs ! Faites ce que je vous dis. Et, à l'unisson, oublions cette triste affaire !

Nous gagnons la double porte matelassée, tête basse, avec un goût de merde dans la bouche. Et pas de la bonne merde !

Avant de sortir, Béru s'arrête et murmure :

— M'sieur l'dirlo, c'que vous nous d'mandez là, après ce dont j'ai souffri, c'est vraiment la goutte d'eau qui met le feu aux poudres. Vous voyeriez-il une inconvénience à c'que j'allasse faire une prom'nade dans un terrain vague de mes relations en compagnie d'ce Pauldine ? Qu'au moins j'lu cassasse un'dizaine de dents, qu'j'y arrachasse une oreille et une couille ; la moind' des choses, quoi ; juste pour dire d'faire une p'tite B.A ?

Achille magnanime déclare :

— Je n'ai pas entendu votre question, Bérurier ; allez

donc vous promener où bon vous semble et avec qui vous voudrez.

J'ai envie de cloquer ma démission, moi !

Relâcher des criminels que j'ai eu tant de mal à coffrer ! C'est la première fois qu'une chose aussi cuisante m'arrive !

ET PUIS JUSTE ÇA ENCORE

Ce matin, il ne pleut plus. Mais une brise mordante circule dans Paris, rapide comme une mauvaise nouvelle.

Le jour se lève lorsque j'arrive rue de la Glacière, devant l'immeuble de Marie-Jeanne.

Une force mystérieuse m'a conduit là. En fait, elle n'a pas quitté ma pensée un instant, cette petite. Je la porte en moi, comme je porte mon cœur.

Y a déjà de la lumière chez elle. C'est vrai qu'elle se lève tellement tôt pour aller gagner sa pauvre croûte frugale.

Alors je monte et frappe à la porte.

Cœur battant, Antoine. Un collégien ! C'est le printemps qui chante en moi, comme ça disait dans j'sais plus quelle goualante à la noix.

Un glissement léger. Sa chère menue voix demande :

— Qui est-ce ?

— Un grand con de flic ! je réponds.

La porte s'entrouvre. Elle est là, en petite culotte et minuscule soutien-loloches. Seigneur ! Je me jetterais dessus si je m'écoutais et la boufferais toute crue.

— Bonjour, chuchote-t-elle, ça va ?

— Succès complet, ma chérie. J'ai suivi tes conseils et tout s'est passé merveilleusement.

— Ah bon !

Elle reste plantée dans l'entrebâillement, sans penser à me faire entrer. C'est Bibi qui hasarde, désignant l'intérieur :

— Je peux ?

Elle ne bronche pas, finit par bredouiller :

— C'est-à-dire que… j'ai reçu un camarade de la fac, hier, et il est resté.

Putain, cette chute en piqué ! Ce baquet d'eau froide !

Quelle drôle de bouille je dois avoir : épuisé par les événements, la nuit blanche, tout ça…

— Oui, oui, je comprends, fais-je. Ça n'a aucune importance, j'étais juste monté te demander l'heure. Ma tocante retarde. Pourtant, ces montres Cartier c'est pas de la camelote, hein ? Comment tu expliques ça ?

Elle me répond qu'elle n'explique pas et qu'il est 5 heures 10.

FIN

Achevé d'imprimer en novembre 1987
sur les presses de l'Imprimerie Bussière
à Saint-Amand (Cher)

— N° d'impression : 2451. —
Dépôt légal : décembre 1987.
Imprimé en France

PUBLICATION MENSUELLE